Diogenes Taschenbuch 22726

Ingrid Noll

Die Häupter meiner Lieben

Roman

Diogenes

Die Originalausgabe erschien 1993
im Diogenes Verlag
Umschlagillustration:
Artemisia Gentileschi, ›Giuditta e la fantesca‹, 1613,
Florenz, Palazzo Pitti, Galleria Palatina.
Foto: Scala, Florenz

Veröffentlicht als Diogenes Taschenbuch, 1994
Alle Rechte vorbehalten
Copyright © 1993
Diogenes Verlag AG Zürich
500/96/8/9
ISBN 3 257 22726 4

Inhalt

1 Elefantengrau 7

2 Seladongrün 19

3 Rot wie Blut 35

4 Persischrosa 51

5 Schwarzer Freitag 68

6 Siena 85

7 Safrangelb 100

8 Grau in grau 117

9 Goldenes Kalb 132

10 Grüne Witwe 147

11 Weiß wie Alabaster 163

12 Rosa Wolke 180

13 Inkarnat 199

14 Blaues Wunder 223

15 Glasklar 241

16 Weißglut 265

17 Perlmutt 278

Elefantengrau

Wenn ich im Bus zum Mikrofon greife und den deutsch-sprachigen Touristen Florenz vorführe, dann hält man mich für eine Romanistikstudentin, die ihr Taschengeld aufbessern will. Sie finden mich reizend; ein altes Ehepaar sagt mir ins Gesicht, daß sie sich ein Mädchen wie mich als Tochter wünschten. Sie haben immer noch nicht gelernt, daß das äußere und innere Bild eines Menschen nicht über-einstimmen muß.

Meine Touristen beginnen hier im allgemeinen ihre Tos-kanareise und können die Nullen der Lire nicht rasch genug einschätzen. Man könnte annehmen, daß das Trinkgeld deswegen zu hoch ausfällt, aber leider ist das Gegenteil der Fall. Um wenigstens einigermaßen auf meine Kosten zu kommen, warne ich meine Schäflein am Ende der Rund-fahrt vor Diebstahl und Handtaschenraub und erzähle ihnen als abschreckendes Beispiel die Geschichte einer Rentnerin aus Leipzig, der alle Verwandten zum siebzig-sten Geburtstag eine Italienreise schenkten, ein lang geheg-ter Herzenswunsch. Vor wenigen Tagen habe man ihr das ganze Geld gestohlen. Ich lasse eine Zigarrenschachtel her-umgehen, um für die Rentnerin zu sammeln. Die meisten lassen sich nicht lumpen, denn der Nachbar schaut zu.

Wenn die Tour beendet ist, teile ich mit Cesare, dem Bus-fahrer. Das ist gewissermaßen Schweigegeld, damit er der Agentur nichts von der sächsischen Tante verrät.

Cesare sagt mir Skrupellosigkeit nach. Natürlich liegen die Wurzeln einer solchen Eigenschaft in der Kindheit; in meinem Fall war es eine dumpfe Zeit der Schwermut und Verlorenheit, die wie ein grauer Bleiklumpen meinen Seelenmüll beschwert. Erst als ich Cornelia kennenlernte, ging es mit mir bergauf, und ich begann damit, krankmachende Elemente auszuschalten.

Als Kind bekam ich nie, was ich brauchte. Dabei wußte ich nicht einmal genau, was ich nötig hatte; heute ist mir klar, daß es Wärme und Fröhlichkeit sind. Wie jeder Mensch will ich geliebt werden, ich will ein bißchen Witz und Abenteuer; ich mag Freunde, die Humor haben und schlagfertig sind. Eine Prise Bildung und Kultur sollte nicht fehlen. Das alles gab es zu Hause nicht. Verbitterung war die Grundhaltung. Später nahm ich mir einfach, was mir fehlte; dabei bin ich wohl gelegentlich über das Ziel hinausgeschossen.

Meine Mutter sprach wenig, aber was sie sagte, war von präziser Bosheit. Sicher war das eine der Ursachen für mein unerschöpfliches Reservoir an verdrängter Wut, die sich gelegentlich heftig entladen mußte.

Schon als ich sehr klein war und beim Mittagessen eine naive oder spontane Mitteilung wagte, konnte ich nicht übersehen, daß mein verhaßter Bruder und meine Mutter einen sekundenschnellen Blick des Einverständnisses wechselten. Dieser Blick sagte mir, daß sie bereits oft über mich und meine Unbedarftheit gesprochen hatten und es auch in Zukunft häufig tun würden. Ich pflegte dann für Wochen zu verstummen. Mein unterdrückter Jähzorn ließ mich verschlagen werden.

Als mein Bruder Carlo vierzehn und ich zehn war, stahl ich seine heimlich gekauften Zigaretten und warf sie auf dem Schulweg in fremde Mülltonnen. Da er mich für feige und dumm hielt und überdies wußte, daß es mir gleichgültig war, ob er rauchte oder nicht, hat er mich nie verdächtigt. Er war sich sicher, daß unsere Mutter ihm auf die Schliche gekommen war und auf diskrete Weise dafür sorgte, daß er seine Gesundheit nicht ruinierte.

Ich wurde zur Diebin. Man hat mich nie beschuldigt, weil der Bestohlene davon ausging, daß ein Dieb seine Beute besitzen möchte. Was soll ein kleines Mädchen mit Zigaretten anfangen? Was nützt ihm das Parfüm seiner Tante, wenn doch jeder den teuren Duft sofort riechen kann? Ich stahl damals Hausschlüssel, Pässe und Lehrerbrillen, um sie wegzuwerfen; L'art pour l'art. Erst Jahre später habe ich gestohlene Gegenstände behalten.

Vielleicht hätte ich mich anders entwickelt, wenn mich mein Vater nicht so früh verlassen hätte. Ich sage bewußt, daß er mich und nicht unsere Familie verlassen hat, denn so empfand ich es. Ich war sieben Jahre alt, als es geschah, und war bis dahin seine Prinzessin gewesen.

Wie in einer Renaissancekomödie gab es in unserer Familie zwei Liebespaare: ein hochstehendes – der König und die Prinzessin –, und ein Dienerpaar – meine Mutter und mein Bruder. Der König nannte mich »Prinzessin Maja«, später »Infantin Maja«. Er besaß ein Kalenderblatt mit der Abbildung spanischer Hofdamen, die ein Mädchen bedienen. Obgleich meine dünnen hellbraunen Haare im Gegensatz zu den blonden jener Prinzessin standen, behauptete mein Vater, ich sähe ihr ähnlich. Ich liebte dieses Bild.

Vor kurzem habe ich mir eine Reproduktion gekauft und neben meinen Spiegel gehängt. Genau in der Mitte des Bildes steht die liebliche Infantin Margarita; ihr ernsthaftes Kindergesicht wird von seidenweichem Haar umrahmt. Wie die erwachsenen Frauen trägt auch sie eine steife Krinoline, wodurch sie wahrscheinlich zur Streckhaltung gezwungen wird. Anscheinend weiß Margarita genau: alles dreht sich um sie. Links im Bild hat sich der Maler in Arbeitspose porträtiert; ein schöner, selbstbewußter Mann. Im Kontrast zu ihm steht rechts im Bild eine Zwergin mit verkniffenem Mopsgesicht. Neben ihr versucht ein Kind oder Zwergenkind mit seinem zierlichen Fuß den dösenden Hund aufzuscheuchen, aber erfolglos. Der Hund verkörpert die Ruhe und Würde auf diesem schönen Gemälde. Man sieht noch andere Personen, die von historischer Bedeutung sind, mich aber nicht interessieren. Die Farben im Hintergrund sind grau, grünlich, umbra; im Vordergrund herrscht ein leichtes Elfenbein vor, mit einigen köstlichen Tupfern Nelkenrot. Alles Licht scheint sich auf der Infantin zu sammeln.

Mein Vater war ebenso ein Maler wie jener Mann im Hintergrund des Gemäldes, der vor langer Zeit die Infantin gemalt hatte; als er mich verließ, verschwanden auch alle seine eigenen Bilder. Das Blatt mit der spanischen Prinzessin fand ich unter einer Kommode, zerknittert und eingerissen. Ich faltete es zusammen und versteckte es in Dierckes Weltatlas, wo es mein Bruder entdeckte und zerriß.

Mein Bruder mochte darunter gelitten haben, daß er nie ein Prinz gewesen war und seine Schwester über ihn gestellt wurde. Er nahm Rache, wo er nur konnte.

Meistens mußte ich den Tisch decken. Einmal stolperte ich über einen umgetretenen Teppich, und drei Tassen, Untertassen und Teller gingen zu Bruch. »Wie ein Elefant im Porzellanladen«, bemerkte meine Mutter. »Die Infantin ist zur Elefantin geworden«, sagte Carlo. Sie lachte beifällig. »Hämisch, aber gut gesagt.«

Ich war nun die Elefantin. Jahrelang gebrauchte mein Bruder diesen Namen. Meine Mutter sprach mich zwar im Notfall mit »Maja« an, aber ich hörte beim Hereinkommen gelegentlich, wie sie zu Carlo sagte: »Die Elefantin naht.«

Aschenputtel wird Königin, das häßliche Entchen ein Schwan. Mein Traum war, berühmt zu werden und die Welt unter meinen Elefantenfüßen zu haben. Mit fünfzehn Jahren beschloß ich, Sängerin zu werden, eine zweite Callas. Von da an mußten Mutter und Carlo immer die gleiche Arie aus ›Carmen‹ aushalten. Meine Stimme war laut, mein Gesang feurig. Ich war weder stimmlich begabt noch besonders musikalisch, aber mein Temperament konnte sich dabei austoben. »Sie singt wieder das Elefantabile«, pflegte meine Mutter zu sagen.

Auch eine Mitschülerin hörte einmal, wie mein Bruder mich ansprach. Tags darauf wurde ich in der Klasse von einem ohrenbetäubenden Tarzanschrei begrüßt. Selbst in der Schule war ich zum Dickhäuter geworden.

Sah ich einem Elefanten ähnlich? In Größe und Gewicht entsprach ich der menschlichen Norm, meine Füße waren zierlich, meine Nase glich durchaus keinem Rüssel, und meine Bewegungen waren weder unkoordiniert noch trampelig. Einzig meine Ohren paßten nicht ganz zum Standard; zwar waren sie von durchschnittlicher Größe, standen aber ab und ragten aus meinen glatten Strähnen heraus. Bis ich zu alt dafür war, pflegte mich meine Mutter nach dem Haarewaschen unbarmherzig zu kämmen, und dabei blieben die Zinken des Kammes am Ohr hängen und harkten es talwärts. Als ich längst erwachsen war, geschah das gleiche Mißgeschick mitunter einer Friseuse. In solchen Fällen dachte ich sofort mit einer Gänsehaut am ganzen Körper an meine Mutter, die auch noch bei anderen Aktivitäten ein körperliches Mißbehagen in mir hervorrief: ihr spitzer Finger zwischen meinen Schulterblättern, das laute Knacken ihrer verschränkten Hände und die grauenerregenden Quietschtöne, die sie beim Fensterputzen produzierte.

Meine Mutter sorgte dafür, daß sich meine Elefantenhaftigkeit auch äußerlich manifestierte. Ich brauchte einen Wintermantel und wünschte mir einen feuerroten. Angeblich war kein Geld für einen neuen Mantel vorhanden. Mutter ließ mir aus einem geerbten Umhang aus Lamawolle ein graues Cape nähen, das mir in der Tat eine gewisse Unförmigkeit verlieh. Auch meine Schuhe wurden in Grau und eine Nummer zu groß gewählt, damit sie zum Cape und im nächsten Jahr noch paßten.

Eine Lehrerin hörte den Elefantenruf meiner Mitschüler und sah mich in meiner ganzen Tristesse durch den Novembernebel stapfen: »Maja Westermann, solche Scherze geben sich mit der Zeit! Im übrigen solltest du die Kraft eines Elefanten nicht gering veranschlagen; eine starke Frau ist etwas Erstrebenswertes!«

Aber ich wollte nicht stark sein. Ich hatte mich verliebt, und in meinem Kopf war nur noch für die Liebe Platz. Natürlich war es nicht das erste Mal. Es fing so früh an, wie meine Erinnerung reicht, und das erste Liebesobjekt war mein Vater. Als er mich verließ, hielt ich ein Trauerjahr ein.

Neulich stieg mein früherer Geographielehrer samt Frau in meinen Touristenbus; es waren Osterferien, die er für einen kleinen Bildungsurlaub in Italien verwandte. Seit meinem Abitur vor drei Jahren hatten wir uns nicht mehr gesehen, aber wir erkannten uns sofort, begrüßten uns freundlich und entließen uns gegenseitig unter wohlwollenden Versicherungen. Er ahnte nicht, daß er monatelang das Zentrum meiner Phantasien gewesen war. Einzig Herr Becker und der Traum von einer Karriere als Operndiva verhinderten ein Abgleiten in Depressionen, so grau und verhangen waren Schulzeit und Familienleben. Von diesen beiden Zukunftswünschen war einer unrealistischer als der andere. Übrigens besitze ich noch einen Kamm meines Lehrers, den ich beim einzigen Besuch in seiner Wohnung als Erinnerungsstück mitgehen ließ.

Er war damals fast dreißig, und ich befürchtete schon, einen Ödipuskomplex zu haben. Über Nacht wurde ich ein Star in Geographie.

Im Erdkundeunterricht wurden historische, wirtschaftliche und politische Zusammenhänge betrachtet. Es ärgerte Herrn Becker, daß die meisten Schüler nur den Sportteil und die Kinoanzeigen der Zeitung lasen, Politik und Wirtschaft aber aussparten. Jeden Morgen bekam ich Streit mit Carlo, der mir das Tageblatt hemmungslos wegriß. Als wir im Unterricht über wirtschaftliche Auswirkungen der Dürrekatastrophen im Tschad, Niger und Sudan sprachen, hob ich als einzige der Klasse die Hand. Bevor Herr Becker mich befragen konnte, brüllte jemand: »Kein Wunder, daß sie Bescheid weiß, wo doch Afrika ihre Heimat ist!«

»Bist du in Afrika geboren?« fragte Herr Becker interessiert und nichtsahnend. Wie eine echte Elefantin stürmte ich unter dem Trompetenschrei meiner Mitschüler hinaus und warf beim Aufspringen zwei Stühle um. Vor der Turnhalle sank ich auf ein Mäuerchen und brauchte meine Papiertaschentücher auf. Dabei hegte ich die Hoffnung, daß mich mein Lehrer suchen und finden würde. Vielleicht konnte ich ihm signalisieren, daß ich eine vorurteilslose Frau war. Aber niemand kam. Später sagte eine Mitschülerin: »Sorry wegen Afrika – wer kann schon wissen, daß du zur indischen Sorte gehörst.«

Meine Mutter habe ich nie bestohlen, auch wenn ich sie manchmal auf den Mond wünschte. Wir hatten wenig Geld. Von meinem Bruder wußte ich – denn meine Mutter sprach nie darüber –, daß unser Vater zwar gelegentlich etwas überwies, aber unregelmäßig und unberechenbar. Meine Mutter arbeitete als Altenpflegerin, und das war mit Sicherheit der ungeeignetste Beruf für sie. Sie hatte den Lehrgang für Altenpflege absolviert, weil es eine besonders kurze Ausbildung war. Bei ihrer Intelligenz und schnellen Reaktion hätte sie alle Büroarbeiten mühelos erlernen können. Statt dessen pflegte sie mit harten Händen und verschlossenem Herzen alte Menschen, als wären sie ein Stück Holz.

Nicht nur wegen unserer Armut bestahl ich Mutter nicht. Der eigentliche Grund war, daß ich sie mit unglücklicher, quälender Inbrunst liebte. Je älter ich wurde, desto klarer sah ich, daß sie eine Verletzte war, deren Wunden nicht heilen konnten. Wir trauerten beide auf unsere Weise um den Verlust des Königs, ohne einander helfen zu können. Ich ahnte damals natürlich nicht, wie grausam ich ebenfalls von Vater enttäuscht werden sollte. Ein wenig aber schien auch meine Mutter, die meinen Bruder als Liebesersatz für ihren Mann ansah, an mir zu hängen. Trotz ihrer Bosheiten und ihrer Weigerung, meine Wünsche und Bedürfnisse wahrzunehmen, widersetzte sie sich kräftig meinem Plan, die Schule zu verlassen.

»Es wird dir einmal leid tun«, war ihr Hauptargument gegen meine Schulmüdigkeit. Das schönste Mädchen unserer Klasse wollte abgehen und eine Lehre in einer Drogerie antreten. Dadurch kam mir die Idee, wie wunderbar es sein müßte, eigenes Geld zu verdienen und nicht Stunde um Stunde in einem miefigen Klassenzimmer zu verdämmern. Aber ich wußte auch nicht genau, ob eine Lehre das Richtige war. Die Schule war ein ruhiger Parkplatz. Ich ließ mich ohne allzu große Aufsässigkeit von meiner Mutter zum Weiterlernen überreden. Heute denke ich, daß es nicht nur Ehrgeiz, sondern Liebe war, die sie zu diesem Standpunkt gebracht hatte. Für meine Mutter wäre es leichter gewesen, wenn ich Geld verdient hätte. Das ist eines der wenigen Dinge, die ich ihr positiv anrechne.

Übrigens war ich ihr für die Elefantenkleidung am Ende noch dankbar. Hatte ich es zuvor nach Kräften vermieden, das Lama-Cape zu tragen (nur der besonders eisige Winter hatte bewirkt, daß ich die wärmende Wolle überzog), so kamen jetzt Zeiten, wo ich selbst an lauen Frühlingstagen nicht aus meiner Hülle schlüpfte.

Herr Becker sagte, daß ihm unter allen schicken Jacken und Mänteln, die auf dem Pausenhof eine Modenschau veranstalteten, mein grauer Teewärmer am besten gefalle.

»Du bist eine Individualistin, Maja. Ich war genauso wie du, ich wollte nie mit der Masse gleichziehen.«

Obgleich er annahm, daß ich mich für das Elefantenkostüm freiwillig entschieden hatte, so wurde es jetzt durch seine Worte geadelt. Ich war beglückt, daß er dachte, wir hätten eine innerliche Gemeinsamkeit. Ich lächelte ihn an.

Mein Wissen über die Liebe war theoretischer Art und stammte aus Büchern: ›Anna Karenina‹ und ›Madame Bovary‹. Ich hatte davon gelesen, daß sich Frauen hingeben oder wegwerfen. In meinen Träumen war ich aber eine weltberühmte Sängerin, und Herr Becker konnte dankbar sein, daß *er* sich mir hingeben durfte.

Als ich neulich diesen bemühten, aber spießigen Lehrer mit seiner braven Gattin in meinem Bus entdeckte, konnte ich nur den Kopf schütteln über meine damalige Einfalt. Übrigens hätte ich ohne jegliches Risiko der guten Frau Becker in die Handtasche langen können, die nach meiner Predigt und der Abgabe ihrer Spende immer noch offenstand. Aber Cesare sah mich im Rückspiegel und schüttelte mißbilligend den Kopf.

Als ich mit sechzehn Jahren Cornelia kennenlernte, hatte Herr Becker ausgedient, nicht jedoch das graue Cape. Ich hatte es liebgewonnen. Meine Mutter schenkte mir zu Weihnachten jenen roten Mantel, den ich mir ein Jahr zuvor gewünscht hatte und den sie nun verbilligt kaufen konnte. Sie erkannte wohl, daß ich schon im zweiten Jahr als Elefantin herumlief und jetzt Anspruch auf etwas Eleganz hatte. Leider war es zu spät. Zum großen Leid meiner Mutter zog ich den roten Mantel nie an, ich wollte grau bleiben.

In meinem Bus bin ich keine graue Maus mehr, sondern als eine Art Stewardeß verkleidet, dunkelgrünes Kostüm, weiße Bluse und rotes Seidentuch – also italienische Farben. Auch meine Schuhe sind rot; ständig muß ich den Touristen das Schuhgeschäft nennen, wo ich diese schicken Schuhe gekauft habe. In meiner Handtasche habe ich außerdem die Adressen eines deutschsprechenden Arztes und eines Pfarrers, obwohl letzterer nur ein einziges Mal verlangt wurde. Fleißig schreiben sie sich die Telefonvorwahl nach Deutschland auf, meine Hinweise auf Feiertage und Ladenschluß, die Postgebühren und sogar meinen diskreten Hinweis auf die üblichen Trinkgelder.

Aber nach drei Stunden Fahrt, Besichtigung und diversen Fotostops, ist mein guter Rat längst vergessen, und sie schielen wieder ängstlich auf die vielen Nullen ihres Geldes. Es gibt allerdings auch Pedanten, die den Taschenrechner zücken; die sind mir auch nicht gerade ans Herz gewachsen, denn bei der Spende fehlt ihnen jegliche Spontaneität, und sie produzieren weder Schadenfreude noch feuchte Augen.

Wenn Cesare guter Laune ist, fährt er mich mit dem dikken Bus nach Hause, was natürlich streng verboten ist. Anfangs hätte er niemals solche Extratouren unternommen, aber mit der Zeit habe ich seine Hemmungen abbauen können. Er steigt nie aus und trinkt einen Espresso in der rosa Villa, denn er scheint zu befürchten, Sodom und Gomorrha könnte sich hinter ihren Türen verbergen.

Ich kläre ihn nicht darüber auf, ob ich allein oder in Gesellschaft lebe, ob ich Verwandte und Freunde habe. Meine bewegte Vergangenheit geht ihn nichts an; außerdem bin ich sicher, daß sie seine Phantasien und Unterstellungen bei weitem übertrifft.

2

Seladongrün

Wenn Cesare ein Liebespaar im Bus ausmacht, ist er entzückt und versucht, mich mit einem Augenzwinkern oder Lächeln auf diese interne Sehenswürdigkeit aufmerksam zu machen. Er ist sentimental; kinderreiche Familien, weißhaarige Omas und knittrige Neugeborene können seine Aufmerksamkeit vom Straßenverkehr ablenken und ihn zu spontanen Sympathiebekundungen verleiten.

Ich bin anders, und bei den Pärchen habe ich Probleme. Was soll Schönes an diesem dümmlichen Anhimmeln, der kritiklosen Einigkeit und geschmacklosen Anfasserei sein? Andererseits weiß jeder, daß diese Phase nicht von Dauer ist, und das tröstet mich. Vielleicht beruht meine Empfindlichkeit aber auch darauf, daß ich neidisch bin und nicht gerade stolz auf meine eigenen Affären (Romanzen waren es nie). Neulich sah ich eine Sechzehnjährige, die mit ihrem gleichaltrigen Freund wie ein altes Ehepaar auf Bildungstourismus machte. Scheußlich. So war ich zum Glück nie gewesen.

Als ich sechzehn war, hatte ich immer noch keinen Liebhaber, dafür endlich eine Freundin. Sie wurde die wichtigste Person in meinem Leben.

Cornelia kam als Neue in die Klasse. Sie gehörte zu jenen, die von allen Menschen angestarrt werden. Nicht weil sie von auffallender Schönheit war (obgleich sie keinen Makel hatte), sondern weil sie eine unerhörte Konzentration und Authentizität verkörperte.

Cornelia betrachtete die Klasse eine Woche lang und wurde ihrerseits ebenso beobachtet. Sie beteiligte sich locker am Unterricht, plapperte häufig Unsinn, hatte auch geniale Einfälle und schämte sich nie, ehrlich zu gestehen, wenn sie keine Ahnung hatte. Man war fasziniert von ihr und begann, um ihre Gunst zu buhlen.

Doch Cornelia schlug alle Angebote aus und wandte sich entschieden und nachdrücklich mir zu. Ich konnte mein Glück nicht fassen. Der Himmel schenkte mir eine Freundin mit Pfeffer, Witz und Phantasie, mit roten Haaren und unverfrorenem Benehmen. Cornelia stammte aus feinster Familie. Ihr Vater war Professor für Sinologie und, wie ich später feststellen konnte, die Kultur in Person. Fast nach jedem Satzteil schob er ein prononciertes »nicht wahr« ein und sprach wie ein Lehrbuch. Man nannte sie zu Hause »Cora«. Ein chinesischer Student hatte sogar einmal »Miss Cola« gelispelt.

Cora erzählte mir, daß man sie mehr oder weniger aus ihrer bisherigen Schule herausgeschmissen hatte, weil sie sich hinter den Theaterkulissen (von ihr für eine Schulaufführung entworfen) mit dem Kunstlehrer geküßt hatte. Nicht zum ersten Mal. Aber bei jenem verhängnisvollen Kuß waren der Direktor, die Schulsekretärin und ein Referendar unfreiwillig Zeugen geworden. Cornelia lachte darüber. Auch der Lehrer mußte übrigens die Schule wechseln.

Cora wollte Malerin werden und zeigte mir ihre riesigen, auf Packpapier gemalten Werke. Ihre Bilder waren originell und gekonnt; trotzdem gefielen sie mir nicht immer, weil

Cornelia einen leichten Hang zu ekelerregenden Objekten zeigte. Um ihr zu imponieren, gestand ich ihr meine Kleptomanie. Sie war entzückt, fand es allerdings unrentabel, nach dem Aufwand des Stehlens die Beute wegzuwerfen. Im Schnellverfahren ließ sie sich von mir in die Kunst des Diebstahls einweihen. Beim ersten Mal nahm ich vor ihren Augen im Kaufhof einen scharlachroten Lippenstift. Sie aber wollte eine Herrenkrawatte. Ich stahl zwei Schlipse aus dem Drehständer, dezent gestreift, und wir trugen sie fortan im Unterricht. Meiner Mutter sagte ich »von Coras Bruder«, während Cora das gleiche zu Hause vorgab. Auf diese Weise kleideten wir uns nach und nach individueller ein. Gefällige Teenagerkleidung mochten wir nicht; alles mußte den Touch des Außergewöhnlichen haben. Wir besaßen Hosenträger und langbeinige Unterhosen, Metzgerberufskleidung und Trauersachen.

Eines Tages gab es im Museum eine Ausstellung chinesischer Porzellane. Zur Eröffnung hielt Coras Vater vor geladenem Publikum eine Rede. Wir sollten die artigen Töchter spielen, Sekt einschenken, Blätterteigspiralen oder Lachsbrötchen herumreichen.

Mit halbem Ohr hörte ich den kultur- und sherrydurchtränkten Vater sprechen. »Seladongrün« war das einzige Wort, das mir im Kopf herumging. Was war das? Cora zeigte mir nachsichtig einige viereckige und runde Gefäße mit einer milchig-blassen, fremdartig graugrünen Glasur, in die ich mich sofort verliebte.

»Cora, ich muß diese seladongrüne Schale haben!«

Meine Freundin nickte. Kein Zögern, keine Skrupel.

»Warte, bis die Leute aufbrechen. Wir helfen beim Auf-räumen.«

So kam es, daß in meinem kargen Zimmer ein Stück ur-altes Porzellan mit eingeschnittener Drachenzeichnung unter der Glasur (aus der Sung-Dynastie) zu finden war. Meine Mutter beachtete dieses unbezahlbare Unikat nicht, denn es war so edel, fein und zurückhaltend, daß ein unge-übtes Auge es übersah.

Es war ganz einfach gewesen, die Schale zu stehlen. Der Museumsdirektor war ein Freund von Coras Vater. Als am Schluß nur noch die Crème de la crème der handverlesenen Gäste anwesend war, schloß er die Vitrinen auf und nahm eigenhändig einige reizvolle Gegenstände heraus, um das interessierte Publikum auf Details aufmerksam zu machen.

Etwa zehn Gäste standen noch um Direktor und Profes-sor herum, als wir begannen, die leeren Sektgläser einzu-sammeln. Cora deckte mich, als ich die Schale aus der Vi-trine nahm. Wir stellten vier Gläser darauf, und Cora trug dieses Miniaturtablett an allen Anwesenden offen vorbei in den Nebenraum, wo ein Spülbecken stand und Flaschen lagerten. Für das Innere meines Elefantencapes hatte ich schon vor einiger Zeit einen abknöpfbaren Beutel genäht, der mühelos meine Fischzüge aufnahm. Wir sammelten die übrigen Gläser ein, spülten im Nebenraum und verabschie-deten uns. Coras Vater winkte uns geistesabwesend zu. »Jeunesse dorée«, sagte der Museumsdirektor. Der Profes-sor hatte uns ein gutes Taschengeld fürs Bedienen bezahlt, denn er glaubte, daß uns die Ausstellung nicht die Bohne interessiere.

Cora berichtete später, daß das Fehlen der Schale erst

zwei Tage später von einem Assistenten entdeckt worden war. Es entstand grenzenlose Aufregung. Polizei und Versicherungsspezialisten nahmen diskret ihre Nachforschungen auf, denn in Anbetracht der illustren Gäste sollte nichts über den Vorfall in der Presse erscheinen. Anhand der Einladungsliste wurde ermittelt. Cora und mich hatte man aber vergessen. Schließlich fiel der Verdacht auf den chinesischen Kulturattaché, auf dessen undurchsichtigen Zügen man einen Schauder gesehen haben wollte, als er hörte, daß alle die chinesischen Schätze aus Londoner und Berliner Museen stammten. Ein Profi mußte zugelangt haben, denn es handelte sich bei der Seladonschale um ein besonders altes und erlesenes Stück, das aber für den Laien eher unscheinbar wirkte.

»Du hast einen guten Geschmack«, sagte meine Freundin, »ich hätte vermutlich die Ochsenblutvase genommen. Aber das ist bloß Theorie, denn ich kann solches Zeug nicht gut auf meine Fensterbank stellen so wie du.«

Schließlich zahlte die Versicherung eine stattliche Summe an das Victoria-und-Albert-Museum. Die Frau des chinesischen Diplomaten war zwei Tage nach meiner Tat nach Peking geflogen, und man sah diese Reise als Beweis für die Schuld des Chinesen an.

Aber die seladongrüne Schale sollte mir noch Unglück bringen.

Es begann alles an Carlos zwanzigstem Geburtstag, der auf einen Samstag fiel. Mutter hatte an diesem Wochenende Dienst im Altersheim. Ursprünglich wollte sie mit einer Kollegin tauschen, um am Geburtstag ihres Lieblings frei zu haben. Carlo protestierte. Er sei kein Kleinkind mehr, für das die Mama Kuchen backe; es reiche, wenn man abends ein Gläschen Wein zusammen trinke.

Mutter ging also arbeiten, und Carlo plante, ihre Abwesenheit für ein kleines Fest zu nützen. Notgedrungen, wie ich damals dachte, weihte er mich in seinen Plan ein. Er wollte für einige Freunde kochen, ich sollte Cornelia einladen. Erst viel später ging mir auf, daß er alles ihretwegen inszenierte.

Vormittags schickte er mich einkaufen, er gab mir eine Liste und Geld. Das neue Spiel, daß er nett zu mir war, gefiel mir kurzfristig, und ich ging folgsam aus dem Haus, kaufte spanischen Rotwein, Weißbrot und Käse, Weintrauben und Lachsersatz von seinem Geld, stahl Gänseleberpastete, Kaviar und Champagner aus eigener Initiative dazu. Das war allerdings ein grober Fehler, zu dem ich mich aus Enthusiasmus und Gewohnheit hinreißen ließ. Schon an der Haustür war mir klar, daß ich die Delikatessen nicht vor seinen Augen auspacken durfte. Später konnte man sagen, Cornelia habe sie den elterlichen Vorräten entnommen.

Aber als ich die Tür aufmachte, winkte mich Carlo mit geheimnisvoller Miene in die Küche, ohne meine Einkäufe zu beachten. Er deutete auf einen Stuhl. Ich setzte mich erwartungsvoll. Carlo zog einen Umschlag aus der Tasche und überreichte ihn mir wichtigtuerisch. Blöder Affe, dachte ich, war aber natürlich neugierig, von wem der Brief war.

»Von Vater«, sagte Carlo.

Nun wurde ich nervös, riß den Bogen aus dem Umschlag und las.

Mein lieber Sohn, wenn ich mich richtig erinnere, hast du heute Geburtstag – warum hatte er sich nie an meinen Geburtstag erinnert? *– Denke nicht, ich hätte Euch vergessen. Doch voller Scham muß ich gestehen, daß aus meinen Plänen, mir eine Existenz aufzubauen, nichts geworden ist. Jahrelang habe ich gehofft, daß meine Bilder eines Tages verkauft würden. Wahrscheinlich wird das erst nach meinem Tod der Fall sein, und Ihr seid dann die lachenden Erben. Karin hat sich von mir getrennt –* wer um alles in der Welt war Karin? *–, ich lebe einsam und zurückgezogen, habe von Jahr zu Jahr mehr Gebrechen und leide unter mißlichen Umständen. Aus reiner Not habe ich die entwürdigende Stelle eines Blutboten angenommen. Wie gern hätte ich Dir ein großzügiges Geschenk zukommen lassen, aber glaube mir, daß ich so manchen Abend ohne Mahlzeit ins Bett gehe. Ich schreibe Dir in dem Wissen, daß mir nicht mehr viele Jahre bleiben. Ich wünsche, daß Maja und Du mir verzeiht und in Liebe an Euren alten Vater zurückdenkt.*

»Na?« sagte Carlo.

»Was ist ein Blutbote?« fragte ich.

Er zuckte mit den Schultern. Wir sahen uns ratlos an.

»Wo wohnt er?« fragte ich, sah aber selbst, daß kein Absender angegeben war. Wir betrachteten den Stempel: Bremen, entzifferten wir. »Unser armer Vater«, sagte ich leise.

Carlo rümpfte die Nase. »Sag eher: unsere arme Mutter! Erst haut er mit einer anderen Frau ab, zahlt fast nie Unterhalt, und nun kommt so ein Bettelbrief!«

»Aber er sagt doch gar nicht, daß er etwas will, wir wissen noch nicht einmal, wo er lebt.«

Carlo ging an Mutters Schreibtisch und entnahm ihm ihre Bankauszüge. »Letztes Jahr hat er im April einen kleinen Betrag geschickt, das weiß ich zufällig«, sagte er. »Ich müßte eigentlich den Überweisungsauftrag finden, wahrscheinlich steht auch seine Adresse darauf.«

Mutter hatte Ordnung in ihren Papieren, und Carlo war als Banklehrling geübt im Sortieren. Schnell fand er, was er suchte. Die Anschrift war tatsächlich mit einem Stempel auf das Formular gedruckt. Vater wohnte in Lübeck, nicht in Bremen. Zum zweiten Mal sahen wir uns unschlüssig an. Mit Mutter konnte man über den verschwundenen Vater nicht reden, sie lehnte es ab, uns in irgendeiner Weise Auskunft zu erteilen.

»Wir müssen ihn besuchen«, sagte ich.

»Hat er uns je besucht?« fragte Carlo. »Hat er je zuvor an uns geschrieben – zu meinem Abitur, zu Weihnachten –, hat er sich je erkundigt, ob wir überhaupt noch leben?«

Ich schwieg. Carlo haßte ihn, aber er bekam ein bescheidenes Gehalt, er konnte eher helfen als ich. Geld hatte ich noch nie gestohlen, vielleicht war jetzt die Zeit dafür gekommen. Oder sollte ich Vater Care-Pakete mit gestohlenen Lebensmitteln schicken? Ich verfiel ins Grübeln.

Carlo schreckte mich auf. »Wir sagen Mutter erst einmal nichts über diesen Brief und reden später weiter. In einer Stunde kommen die Gäste, jetzt wird gekocht.«

Schweigend versteckte ich die gestohlenen Delikatessen unter meiner Bettdecke, stiftelte Emmentaler, entkernte Weintrauben und tat geistesabwesend alles, was Carlo mir auftrug.

Als seine Freunde kamen, war ich in Gedanken nicht bei der Sache. Ich hatte mich eigentlich gefreut, Carlos neuen Freund aus der Bank kennenzulernen, von dessen Intelligenz er ständig berichtete; aber jetzt sah ich diesen Detlef kaum an. Ich dachte nur an Vater. Sicher, ich hatte schon lange befürchtet, daß er arm war, denn sonst hätte er vielleicht Geschenke für mich geschickt. Ein Künstler wird oft erst nach seinem Tod geschätzt, das sagte er zu Recht. Wenn er sich nicht gemeldet hatte, so geschah dies aus Scham. Aber warum schrieb er ausgerechnet an Carlo und nicht an mich, wo ich seine Prinzessin gewesen war?

Er ist kein Maler mehr, er ist Blutbote, dachte ich mit einem Schauder. Ein furchtbares Wort, das an Dracula erinnerte und mit dem ich nichts anfangen konnte.

Dann trafen zwei weitere Freunde von Carlo mit ihren Mädchen ein, und wir setzten uns zum Essen: Carlo neben Cora, ich neben Detlef. Gern hätte ich Cora von Vaters Brief berichtet, aber in Gegenwart dieser heiteren Gesellschaft konnte ich nicht reden. Wir tranken Rotwein und aßen, es wurde erzählt und gelacht. Schließlich gelang es mir, Cora in mein Zimmer zu dirigieren. Ich hob die Bettdecke auf, Cora sah den Champagner und sagte in ihrer praktischen Art: »Sofort kühlstellen!«

Als ich aus der Küche kam, hatte sie bereits den Kaviar auf meiner seladongrünen Schale angerichtet. »Was hast du?« fragte sie, als sie meine Bestürzung sah, und dachte schon, die Polizei sei im Anmarsch.

Ganz kurz erzählte ich ihr, was in Vaters Brief stand.

»Wir werden ihn besuchen«, sagte sie, »morgen machen wir einen Plan.«

Cornelia schien meinen arroganten Bruder nicht unsympathisch zu finden, sie lachte über seine Secondhandwitze, die ich alle kannte. Allmählich kamen mir Zweifel, ob nicht doch mehr dahintersteckte als ihr bewährter Trick, einen Mann verliebt zu machen, um ihn dann ein bißchen zu quälen. Mochte sie ihn am Ende?

Alles hatte sich gegen mich verschworen. Als ich den roten Kaviar brachte, der sich sehr edel und fast wie ein Goldfisch auf dem grünlichen Porzellan ausnahm, fragte Detlef, ob das eine chinesische Schale sei.

»Könnte sein«, antwortete ich.

Alle waren auf einmal still und starrten die Schale an.

»Woher ist die überhaupt?« fragte Carlo.

»Vom Flohmarkt«, sagte Cora geistesgegenwärtig, und schon ging das allgemeine Geplauder wieder los.

Detlef sah mich unverschämt an. »Mein Onkel ist Custos im Museum«, sagte er bedeutungsvoll.

Leider war ich nicht so abgebrüht wie Cora, ich wurde rot. »Na und?« fragte ich ängstlich.

»Du weißt Bescheid, ich weiß Bescheid«, sagte Detlef, »wir werden uns ein andermal über die Sung-Dynastie unterhalten.« Dann aß er fast allein den Kaviar auf; Cora trug die Schale hinaus, spülte sie aus und stellte sie in meinen Kleiderschrank. Sie hatte mit untrüglichem Instinkt die wichtigsten Worte gehört und dabei routiniert mit Carlo geflirtet. Ich bewunderte sie. Ohne Cora wäre ich wahrscheinlich in mein Zimmer gelaufen und hätte mich nicht im geringsten um den Verlauf dieser schrecklichen Party gekümmert.

Schließlich holte Cora den gekühlten Champagner, ließ

ihn von meinem Bruder öffnen und gab mir das erste Glas. Ich trank aus, mußte aufstoßen, alles lachte, und ich trank aus Verzweiflung gleich ein zweites Glas.

Nach zehn Minuten wurde ich redselig und hätte gern gesungen, aber Carlo bremste mich. Als alle heim wollten, weil meine Mutter erwartet wurde, stand auch Carlo auf und brachte Cornelia nach Hause. Ich war verletzt, weil ich damit gerechnet hatte, daß Cora bei mir blieb und wir zu dritt aufräumen würden. Nun blieb alle Arbeit an mir hängen.

Detlef sagte an der Tür: »Bis bald«, und es klang drohend. Dann war ich allein mit meinen Ängsten und dem schmutzigen Geschirr.

Als meine Mutter kam, riß sie sofort die Fenster auf und verdächtigte mich des Rauchens, aber es fiel ihr nicht auf, daß Kaviar auf dem Teppich lag und der Raum nach Rasierwasser und schalem Wein roch. Ich gab vor, Kopfschmerzen zu haben, und verkroch mich. Obwohl ich darauf lauerte, hörte ich nicht, wann Carlo heimkam.

Am Sonntag machte ich mich ohne Frühstück auf den Weg zu Cora. Meine Mutter war bereits ins Altersheim geradelt, mein Bruder schlief. In meiner Wut schüttete ich zwei Eßlöffel Salz in die Kakaotüte, die er meistens als erste Tat nach dem Aufstehen aus dem Kühlschrank zog.

Cora war noch im Nachthemd (ein altes Erbstück aus Leinen mit Lochspitze) und trank schwarzen Kaffee im Bett. Sie empfing mich wie eine Fürstin beim *Lever*. Ihre Eltern, mit dem Hund an der Leine, begaben sich gerade auf einen Spaziergang und drückten mir die Klinke in die Hand.

»Unsere Tochter pflegt noch der Ruhe«, sprach der Professor, »wie ein Riesenfaultier, nicht wahr.«

Cora wußte, daß ich über Vater sprechen wollte. »Wir brauchen Geld«, sagte sie, »dann fahren wir hin und sehen nach dem Rechten.«

Mir erschien das unmöglich. »Erstens kann ich nicht verreisen, ohne es meiner Mutter zu sagen! Und zweitens kann ich auch keine Bank überfallen.«

Cora grinste. »Ach Maja, das läßt sich regeln. Wohin fahrt ihr in den Ferien?«

Mir stiegen die Tränen in die Augen. Seit Jahren waren wir nicht mehr verreist, weil kein Geld da war. Als wir klein waren, fuhren Carlo und ich bisweilen zu Mutters Bruder nach Bonn. Onkel Paul hatte das Schreibwarenlädchen unseres Großvaters übernommen, umgebaut und einen florierenden Computerladen daraus gemacht. Ohne seine regelmäßigen Überweisungen hätten wir im übrigen von Mutters Gehalt nicht leben können. Dorthin wollte ich nicht mehr, es war eine einzige Demütigung. Die Kusine war stocklangweilig. Die Tante pflegte mir zwar jedesmal etwas Praktisches zum Anziehen zu kaufen, aber darauf konnte ich pfeifen.

Cora hörte sich alles an. »Ist vorzüglich«, sagte sie, »ich muß zwar zwei Wochen gemeinsam mit meinen Eltern in die Toskana, aber erst am Ende der Ferien, vorher ist noch eine Menge Zeit. Praktischerweise habe ich Verwandtschaft in Hamburg. Deine Mutter wird wohl erlauben, daß ich dich einlade. Im übrigen sind Onkel und Tante beide berufstätig, und es ist ihnen völlig egal, ob wir den Tag im Museum oder im Bett verbringen.«

»Lübeck ist nicht weit, ich kann dann sofort weiterfahren.«

»Nee«, sagte Cornelia, »das wäre unvorsichtig. Du wohnst mit mir in Hamburg, und wir begeben uns gemeinsam zu deinem Königspapa.«

Cora war neugierig auf meinen geheimnisvollen Vater. Ich wäre ihm lieber erst allein begegnet, aber zunächst schwieg ich.

»Das zweite Problem ist die Kohle«, sagte Cora, »und da habe ich einen Plan. Die Reise bezahlen meine Eltern, sicher auch für dich. Aber wir brauchen einen Zuschuß für den hungernden Künstler.« Mir gefiel ihre Ironie nicht, aber ich sagte nichts und wartete auf Vorschläge. »Neulich habe ich in der Zeitung gelesen, daß ein Betrüger täglich die Todesanzeigen studiert hat«, erzählte Cornelia, »etwa zwei Wochen nach dem Tod eines Opas schellte er an der Haustür der Witwe und behauptete, der Verstorbene hätte eine saftige Rechnung nicht bezahlt. Wenn dann die Oma wissen wollte, worum es ging, zog er ein Auftragsformular heraus und sagte, leise und diskret, es handele sich um Pornos, die der Tote bestellt hätte. Alle Omas wurden bleich und zahlten sofort, um nie wieder an diesen Skandal erinnert zu werden.«

»Wie gemein«, sagte ich lachend, »aber es kann doch nicht dein Ernst sein, auf solche Weise Geld einzutreiben! Und außerdem können wir uns vielleicht auf etwas älter schminken, aber eine Pornohausiererin nimmt uns keiner ab.«

Cora bekam einen Lachanfall. »Das wollte ich doch gar nicht, Elefantenbaby. Aber durch diese Geschichte kam ich auf eine gute Idee, paß mal auf: Mein Vater ist unheimlich gebildet, aber zerstreut, wie es sich für seinen Stand gehört. Neulich hat er vergessen, zur Beerdigung eines Kollegen zu gehen oder wenigstens eine Beileidskarte zu schicken. Mutter erinnerte ihn an diesen Termin, als es schon zu spät war und sein schwarzer Anzug in der Reinigung hing. Na, kurz und gut, man hatte darum gebeten, keine Kränze zu schicken, sondern eine Spende. Und zwar ausgerechnet für den Reit- und Fahrverein, als ob die nicht reich genug wären! Vater griff in die Brieftasche, schrieb schnell ein paar unaufrichtige Worte und schickte mich ins Trauerhaus. Weil Geld im Umschlag war, sollte ich ihn persönlich abgeben.«

»Hast du etwa das Geld behalten?«

»Wo denkst du hin. Ein altes Tantchen machte mir auf und führte mich ins Herrenzimmer, bot mir sogar Tee an. Alle anderen Angehörigen waren auf dem Friedhof. Als die Alte in die Küche ging, war ich allein mit einem Schreibtisch voller Spendenumschläge, die ich aber als wohlerzogene Tochter nicht geöffnet habe.«

Ich war fasziniert. »Kann man das machen, einem Toten Geld klauen?«

»Es gehört weder dem Toten, noch hat er etwas davon«, sagte Cornelia, »wir könnten zu wildfremden Beerdigungen gehen, natürlich nur bei reichen Leuten. Wenn in der Zeitung steht, daß für Amnesty oder SOS-Kinderdorf gespendet wird, dann lassen wir die Finger davon. Aber Golf- und Yachtklub oder so – da hätte ich keine

Bedenken. Meinst du nicht, daß dein Vater es nötiger braucht?«

Ich nickte. Aber ich hatte keinen Spaß an der Idee. Einen Lippenstift zu stehlen, das war ein Sport gewesen. Bei der Porzellanschale hatte ich erst hinterher begriffen, was ich angestellt hatte. Fast bereute ich die Tat ein bißchen. Andererseits liebte ich dieses Stück, Tausende von Museumsbesuchern würden es ebensowenig beachten wie meine Mutter. Im Grunde hatte ich mich als Kennerin erwiesen und vielleicht ein moralisches Recht an diesem Gegenstand erworben. Aber Geld stehlen empfand ich damals als kriminell, und auch der Gedanke, als Robin Hood zu handeln, konnte es mir nicht leichter machen.

Ganz plötzlich sprang Cora aus dem Bett. »Es hat heute nacht geregnet, ich muß auf Schneckenjagd gehen.«

Verwundert folgte ich ihr in den Garten. Barfüßig und im Nachthemd stakste sie zwischen feuchten Blumenrabatten herum und zerschnitt fette Nacktschnecken mit einer Rosenschere. Hingerissen beobachtete sie, wie sich der quellende Schleim ins Gras ergoß. Mir wurde übel.

Als ich schließlich zu Hause war, meinte Carlo anzüglich, Detlef sei dagewesen und habe nach mir gefragt. Dabei musterte er mich mit Interesse.

»Was wollte er?« fragte ich unwirsch, obgleich ich Schreckliches ahnte: Erpressung.

»Er scheint Feuer gefangen zu haben«, sagte Carlo, »übrigens ist Cora eine tolle Frau. Wenn du mir bei der Werbung unterstützend beistehst, kann ich dir als Dank den klugen Detlef in die Arme treiben.«

»Ich will deinen Detlef nicht«, sagte ich und knallte die Tür zu.

Bald waren Ferien; ich sehnte mich danach, meine scheußliche Familie eine Zeitlang nicht zu sehen und für Detlef unerreichbar zu sein. Warum war das Leben so kompliziert!

3
Rot wie Blut

Neulich stieg ein Vater mit seiner kleinen Tochter in unseren Bus. An und für sich ist es Unsinn, Kinder in diesem Alter auf eine Besichtigungstour mitzunehmen, und ich sehe es in der Regel nicht gern. Die meisten Kinder stören; sie langweilen sich, reden laut in meinen Vortrag hinein, bleiben nicht auf ihrem Platz, schmieren Schokolade auf die Polster und lenken selbst ernsthafte Touristen vom Zuhören und Spenden ab. Zum Glück wissen das die meisten Eltern und fahren mit kleineren Kindern lieber ans Meer. Aber dieser Vater hatte eine fertige Persönlichkeit neben sich, die aufmerksam und trotzdem nicht altklug wirkte, kein Zuckerpüppchen, sondern eine Prinzessin von königlichem Geblüt. Mir tat es weh. Vater und Tochter waren ein ebenso erlesenes Paar, wie ich es als Infantin von Spanien mit meinem königlichen Papa gewesen war. Sicher hatte ich meinen Vater, der so früh nicht mehr greifbar war, nach Herzenslust idealisiert. Vielleicht aber war auch dieses reizende Paar ein Trugbild, und zu Hause wartete eine verbitterte Mutter.

Trotz dieser Assoziation zur eigenen Vergangenheit erinnere ich mich nicht ungern an unsere Geldbeschaffungsaktion für meinen Vater, die ja noch vor seiner Entlarvung stattfand.

Obwohl Cornelia und ich täglich die Todesanzeigen

studierten, ergab sich vorerst keine Möglichkeit, weil in den meisten Anzeigen nichts von einer Spende stand; in den wenigen, bei denen man ein Konto angab, war vom evangelischen Kirchenchor oder vom Taubenzüchterverein die Rede; das waren, nach Adresse und Text zu urteilen, wahrscheinlich Hinterbliebene, die alle Trauergäste persönlich kannten. Wir hätten unnötig Aufsehen erregt, überdies war nur mit kleinen Beträgen zu rechnen. Krebshilfe und Schulförderverein zu bestehlen, lehnte ich ab. Schließlich stießen wir auf die Freimaurer; wir wußten nicht genau, was es mit ihnen auf sich hatte, aber sie waren ein reiner Männerverein, und Cora überzeugte mich, daß das keine philanthropische Sache sei und man zugreifen sollte.

Die Villa stand am Neckar, feinste Lage, mit Geld war zu rechnen. Oder ob die Trauergäste eine Banküberweisung vorzogen?

Ich unterschrieb eine Beileidskarte mit Dr. und einem unleserlichen Schnörkel. Auf Befragen wollte sich Cora als Tochter eines Frankfurter Professors ausgeben. Wir zogen uns zwar nicht schwarz, aber gedeckt und unauffällig an, keine Schminke, kindlich-ordentliches Aussehen. Ich flocht mir dünne Zöpfe und setzte Carlos Brille auf. Cora hatte eine dunkle Perücke, die ihre Mutter vor Jahren zu Fastnacht getragen hatte, zu einer braven Ponyfrisur zurechtgeschnitten und sah in Cordhosen und blauem Samtpullover wie eine Zwölfjährige aus. »Camouflage«, sagte Cora, »das heißt Tarnung und ist in der Tierwelt sehr verbreitet.«

Im Trauerhaus (eine öffentliche Feier wurde gleichzeitig in der Innenstadt veranstaltet) machte uns eine ältliche Frau auf. Cornelia sagte schülerhaft und künstlich lispelnd ihren Spruch auf. Die Freimaurertante hörte schlecht, nickte aber und wollte mir den Umschlag aus der Hand nehmen. Von Hineinbitten keine Rede. Ich wollte mich geschlagen geben, aber Cora brüllte der alten Dame ins Ohr (wobei sie das Lispeln vergaß), daß wir eine lange Bahnfahrt hinter uns und Durst hätten. Wir wurden in die Küche geführt. Zwar lagerten hier keine Umschläge mit Geld, dafür Platten mit appetitlichen Schnittchen. Während ich Limonade trank, rief Cora »Toilette« und verließ die Küche. Die Frau fragte nach meinen Eltern. Ich gab an, ein Waisenkind zu sein, und trank ein Glas nach dem anderen. Schließlich kam meine Freundin wieder herein, blinzelte mir zu, trank auch einen Schluck und drückte der Frau unter Dankesbezeugungen die Hand. Im Eiltempo verließen wir das Haus.

Ich fragte: »Hast du...«, und sie nickte.

Wir gingen in ein Café in der Fußgängerzone, schossen ins Klo, riegelten die Tür zu und rissen die Umschläge auf. Cornelia hatte sämtliche Kondolenzschreiben eingesteckt. Eigentlich hatte ich erwartet, daß sie nur eines oder zwei mitnehmen und man das später nicht bemerken würde. Im ersten lag ein Scheck.

»Scheiße«, sagte ich. Aber alles in allem hatten wir, wie sich dann herausstellte, einen guten Fischzug gemacht. In der ersten Begeisterung bestellten wir unsere Lieblingstorten, dann beschlossen wir flüsternd, den Rest nicht anzurühren, sondern meinem Vater zu übergeben. Aber er würde fragen, woher dieses Geld kam.

»Mir fällt schon etwas ein«, sagte Cora, und ich glaubte ihr sofort.

Zweimal war es mir gelungen, Detlef zu entkommen. Er war kurzsichtig und erkannte mich nicht so schnell wie ich ihn. Beim ersten Mal stand er, an die Mauer gelehnt, vor unserem Haus, als ich am späten Nachmittag von meiner Spanisch-Arbeitsgemeinschaft (die ich besuchte, weil sie von Herrn Becker geleitet wurde) zurückkam. Ich schlug einen Haken wie ein Hase und versteckte mich kauernd in einem fremden Vorgarten. Als er nach langer Zeit abzog, kroch ich, steif geworden, endlich heraus. Beim zweiten Mal saß er in unserer Küche und tat meiner Mutter gegenüber so, als ob er auf Carlo warte. Diesmal fiel mir blitzschnell eine Notlüge ein. »Carlo läßt dir sagen, daß du nicht auf ihn warten sollst, er ist ins Kino gegangen.« Detlef warf mir einen vernichtenden Blick zu, wagte aber in Gegenwart meiner Mutter keine Widerrede und ging. Kurz darauf kam Carlo heim, und nun war meine Mutter verwundert. Aber sie war zu müde zum Nachhaken, setzte seufzend Teewasser auf und legte ihre geschwollenen Beine hoch.

Am nächsten Tag brachte Carlo einen Brief von Detlef. »Sieh da«, sagte er, »die Elefantin trampelt auf Männerherzen herum!« Er ahnte nicht, daß er kein Postillon d'amour war, sondern einen Erpresserbrief übergab.

Wenn Du morgen um sechs nicht am Hinterausgang der Bank stehst, werde ich Dich anzeigen. D.

Cora riet mir hinzugehen. »Wir müssen erst einmal hören, was er überhaupt will und warum er dich bis jetzt nicht angezeigt hat«, sagte sie. Im übrigen erbot sie sich mitzukommen, aber ich lehnte ab; sie sollte mich nicht für feige halten.

Carlo kam gewöhnlich um fünf heim; ich mußte nicht befürchten, ihn ebenfalls anzutreffen, als ich am nächsten Tag pünktlich auf meinen Erpresser wartete.

Detlef war zunächst freundlich. Er lud mich zu einem Cinzano ins Café ein. Irgendwann kam er zur Sache. Alles gehe in Ordnung, die Porzellanschale könne noch meinen Enkeln als Nippes dienen, wenn ich ihm ein wenig entgegenkäme. Ich stellte mich dumm. Er sollte gezwungen sein, die Dinge beim Namen zu nennen. Auf diese Weise schlichen wir eine Weile wie die Katzen um den heißen Brei herum. Schließlich kam seine Aufforderung, mit ihm zu schlafen. Ich hatte es erwartet. Trotzdem war ich sekundenlang sprachlos vor Empörung. Aber in aller Öffentlichkeit konnte ich ihn nicht anbrüllen. Ich stand auf. »Ich werde über deine Worte nachdenken«, sagte ich und sehnte mich nach Cora. Sie wüßte Rat.

Zehn Minuten später war ich bei ihr. Sie lobte mich. »Du hast alles prima gemacht. Wir müssen im Grunde nur die fünf Tage überstehen, bis wir abreisen. Dann sind wir ihn erst mal los.«

»Fünf Tage sind aber viel! Morgen wird er wieder fragen!«

»Schlimmstenfalls überläßt du ihn mir, Maja. Ich werde mit so einem Sandkasten-Mafioso dreimal fertig.«

»Dann will er am Ende mit *dir* schlafen. Wahrscheinlich sogar lieber als mit mir!«

Cornelia umarmte mich. »Mach dir keine Sorgen, ich krieg' ihn so klein«, und sie zeigte mit Daumen und Zeigefinger ein winziges Männchen. Aber ich hatte solche

Angst, daß sie mir versprach, mich in diesen fünf Tagen nie allein zu lassen.

Meine Mutter hatte nichts dagegen, daß ich bei Cora übernachtete, meine Freundschaft mit einer Professorentochter schmeichelte ihr. Ich hatte ihr vorgelogen, daß Coras Eltern verreist seien und meine Freundin Angst habe, allein im Haus zu wohnen. Überraschenderweise bot Mutter an, Cora könne auch bei uns schlafen, sah aber ein, daß im Professorenhaus mehr Platz und Komfort war.

So hatten wir erreicht, daß wir unserem Feind Detlef nur gemeinsam begegneten, und in Coras Gegenwart fielen mir schnippische und hinhaltende Worte ein, die Detlef ein wenig Hoffnung machten.

Gleich am ersten Ferientag setzten wir uns in die Eisenbahn. Coras Verwandte schienen über den Besuch nicht begeistert; sie hatten im übrigen wenig Zeit für uns. Im Grunde war uns das recht. Cornelia war nichts anderes gewöhnt, denn auch ihre Mutter zeichnete sich durch Abwesenheit aus. Diese schöne Frau, die ich nur selten gesehen hatte, war eine Herumtreiberin, wie Cora sagte. Sie hörte Psychologie-Vorlesungen, besuchte Vernissagen, graste Boutiquen ab und flog für drei Tage nach New York. Ich bewunderte sie. Ihre Hamburger Schwester war anders, ein ernstes Arbeitstier. Von früh bis spät regulierte sie Gebisse in einer zahnärztlichen Gemeinschaftspraxis.

Nachdem wir einen Tag in Hamburg ausgeschlafen hatten, fuhren wir nach Lübeck. Ich war noch nie so aufgeregt gewesen. Sah mein Vater noch genauso aus wie auf dem Foto, das ich besaß? Immerhin war dieses Bild neun Jahre alt. Ein phantasievoller Mann war er gewesen, zuweilen lustig, dann wieder nachdenklich und in sich gekehrt. Beim Malen durfte man ihn nicht stören. Er war schlank und schön, mit einem Bärtchen. Würde ich ihn erkennen? Ich konnte mir seine Stimme nicht mehr vorstellen. Wie würde Cornelia ihn beurteilen? Auch das war mir wichtig.

Wir mußten mehrmals fragen, bis wir die Straße fanden. Es war eine Souterrainwohnung. ›Roland Westermann‹ stand auf einem blauen Isolierband, das unter die anderen Klingelknöpfe geklebt war. Wir schellten, erst zaghaft, dann kräftiger. Als wir fast aufgeben wollten, wurde die Tür aufgerissen.

Ein böser Mann im Bademantel stand vor uns. Er war eine Karikatur des Königs.

Nach einem Anfall ohnmächtigen Schreckens sagte ich: »Ich bin Maja!«

Mein Vater zurrte den viel zu kleinen, rot-grau gestreiften Veloursmantel mit einem Strick etwas enger um den verschwollenen Bauch und rieb sich die Augen. Er starrte mich an, sichtlich noch überraschter als ich: »Bist du etwa meine Tochter?«

Ich nickte und mußte weinen. Der dicke Mann zog mich ins Haus, die ratlose Cora folgte unaufgefordert. In einer dunklen Wohnküche setzten wir uns auf eiserne Gartenstühle mit defekten Lattensitzen. Es stank nach Bier, Rauch, saurem Kohl und ungelüftetem Bett, durch eine offene Tür sah man ein graues Lager.

Vater schüttelte ständig den Kopf. Dann sah er nach der Uhr, die neben einem Rasierspiegel über der Spüle hing. Es war zwei Uhr nachmittags.

»Eine schlechte Zeit. Ich arbeite sehr früh am Tag und wollte gerade mein Mittagsschläfchen halten.«

»Wir konnten nicht wissen . . .«

Cora sah ihn an. »Ich bin Majas Freundin«, sagte sie deutlich, als rede sie mit einem Schwachsinnigen. Vater hatte Watte im rechten Ohr, die er langsam herausklaubte.

»Du warst ein schönes Kind«, sagte er zu mir.

Ich wußte nichts zu antworten. War ich nicht mehr schön?

Cora öffnete die Fenster. Vater stand auf, zog im Kämmerchen die Rolläden hoch und trug einen Nachttopf hinaus. Mit wäßrigen Augen blinzelte ich Cora an, als er draußen war.

»Dein Vater säuft«, sagte sie.

So weit war meine Diagnose noch nicht gediehen. Als er wieder hereintrat, betrachtete ich ihn en détail. Weiße Schlieren in, dicke Tränensäcke unter den Augen, kein Bärtchen mehr, dafür unrasiert. Schüttere Haare von undefinierbarer Farbe, die strähnig abstanden. Der Bauch war aufgeschwemmt, ein schmutziges Unterhemd war unterm Bademantel auszumachen, an den Beinen Schlafanzughosen aus oliv-mausfarben gemustertem Flanell.

Vater genierte sich vor meinen Blicken. »Ich ziehe mich an«, sagte er und zog die Tür zum Schlafkämmerchen hinter sich zu.

Wieder blickten Cora und ich uns an. Sie zog das Geld aus ihrer Tasche und gab es mir. »Wir sagen: Lotto!« flüsterte sie.

Als Vater erneut auftrat, hatte er sich verbessert. Er trug einen dunkelblauen Troyer, der weit genug war, den Bauch zu verbergen, hatte sich gekämmt und mit einem scharfen Eau de Cologne befeuchtet. Seine schwarze Hose war allerdings voller Katzenhaare.

»Kinder, ist das eine Überraschung!« sagte er. »Wir gehen jetzt in ein Gasthaus, hier ist es leider immer muffig. Schlecht genug für einen rheumatischen alten Mann, aber unzumutbar für junge Damen.«

Ich gab ihm das Geld. »Wir haben im Lotto gewonnen!« sagte ich.

»Das kann ich unmöglich annehmen«, rief er und zählte die Scheine, »die eigene Tochter werde ich niemals anpumpen.«

»Ich schenke es dir«, sagte ich.

Vater steckte es ein. Ich wäre gern umarmt worden, aber nicht vom rheumatischen alten Mann, sondern vom König und Künstler.

In der Kneipe bestellte er Bier und Schnaps für sich, ich wollte Kaffee, Cornelia Schokolade. Ich mußte von Carlo und mir erzählen. Vater wurde nach einigen Schnäpsen netter, gelöster, witziger.

»Was ist ein Blutbote?« fragte ich.

Er erklärte, daß er früh am Tag mit einem Firmenwagen aufbreche und zahllose Arztpraxen besuche. Man übergab ihm eine Tasche mit verschiedenen Blutproben, die er in ein Zentrallabor brachte. »Blut klebt an meinen Händen«, sagte er scherzend. Mittags sei er wieder zu Hause und mache ein Schläfchen, um dann aufzustehen und zu malen. Das große Unglück sei ihm letztes Jahr widerfahren, als er für sechs Monate seinen Führerschein losgeworden sei und keine Arbeit mehr hatte. Gott sei Dank habe man ihn danach wieder eingestellt. »Aber ich habe Schulden, Kinder... Von Sozialhilfe kann man nicht leben.«

Natürlich wollte ich von seiner künstlerischen Arbeit wissen. Er versprach mir, zu Hause seine Bilder zu zeigen. Aber als wir nach drei Stunden die Gastwirtschaft verließen, schickte er uns zum Bahnhof. Er müsse arbeiten, und wir könnten ihn ja in den nächsten Tagen wieder besuchen. Leider habe er kein Telefon, aber günstig sei der späte Nachmittag.

Eine ganze Zeitlang konnte ich nicht mit Cora reden, saß nur neben ihr und starrte zum Zugfenster hinaus. Sie sagte auch nichts. Irgendwann ertappte ich mich dabei, daß ich mir einen Skandal in ihrem feinen Elternhaus ausmalte, so sehr schämte ich mich.

Die nächsten Tage verbrachten wir faul, schliefen lange, gingen ins Schwimmbad oder aßen Eis in der Stadt, bändelten mit anderen Jugendlichen an und kehrten erst zurück, wenn uns die Tante zum Abendbrot erwartete. Dann ließen wir uns Geld fürs Kino aufdrängen und verspielten anschließend den Rest an Flippern und Münzautomaten, obgleich wir uns fast zu alt dafür hielten. Schon bald lernten wir zwei junge Männer kennen, die Semesterferien hatten. Wir luden die beiden zum zwölf-Uhr-Frühstück in die Tantenwohnung ein. Cornelia hatte sich schnell für den Netteren entschieden und ihn in die Küche gelotst, während ich mich mit seinem gehemmten Freund im Eßzimmer langweilte. Aber ich gönnte Cora ihren Spaß und genoß es, daß mich in Hamburg niemand mit »Elefantin« anredete. Innerlich hielt ich unablässig Zwiesprache mit Vater.

»Weißt du noch, daß ich die Infantin Maja bin und du der König von Spanien? Warum bist du so heruntergekommen? Wer ist Karin? Wie sehen deine Bilder aus?« wollte ich in meinen fiktiven Dialogen wissen. Aber ich ahnte, daß ich beim nächsten Treffen nur nach den Bildern fragen würde.

Cora war nicht mehr so scharf darauf, nach Lübeck zu fahren, aber sie wollte mich nicht im Stich lassen. Ich versicherte ihr, sie könne ruhig in Hamburg bleiben, aber das fand sie langweilig. Wir hinterließen der Tante einen Zettel, daß wir nicht zum Essen zurück wären, und starteten zum zweiten Besuch.

Fast schien uns Vater erwartet zu haben. Er selbst und sein Ambiente waren merklich aufgeräumter. Aus wenigen Vorräten kochte er ein passables Essen, wobei mich nur die schmuddeligen Teller störten. Gern hätte ich sie heiß abgespült, fürchtete aber, ihn zu kränken.

Auf meine Bitte zeigte er einige seiner Bilder. Sie waren kleinformatig und ganz anders, als ich sie in Erinnerung hatte. Cora entdeckte mit Kennerblick sofort, daß er nur mit drei Farben auskam.

»Wie recht du hast«, Vater sah Cora zum ersten Mal intensiver an. »Ich habe aus der Not eine Tugend gemacht. Ihr kennt doch das Märchen: weiß wie Schnee, schwarz wie Ebenholz, rot wie Blut... Als ich kein Geld hatte, um Farben zu kaufen, habe ich beschlossen, nur noch mit denen, die ich hatte, auszukommen. Schwarz wie der Tod, weiß wie das Licht, rot wie die Sünde.« Wie in der Schule hörten wir zu. Er fuhr fort: »Die Nazis mit ihrer schwarz-weiß-roten Fahne hatten wahrscheinlich mit Hakenkreuz und weißem Kreis in einem Meer von Blut den richtigen Nerv ihrer Anhänger getroffen. Beim gleichen Motiv in anderen Farben, sagen wir mal Blau, Gelb, Grün, hätten sie nie Erfolg gehabt. Daraus folgt: wenn ihr euch in Schwarz-Weiß-Rot kleidet, werdet ihr viele Verehrer finden.«

Cora sagte: »Ich will keinen faschistischen Zulauf.«

Ich war verunsichert. Hatte das kräftige Rot mit seinem Beruf als Blutbote zu tun? Viel später grübelte ich, warum er diese Farben wählte, wenn er sie als rechtsradikal entlarvt hatte? Konnten Farben überhaupt Ideologie transportieren, waren sie nicht in der Natur vorhanden und ebenso unschuldig wie Erde, Meer und Gras?

Vaters Bilder waren alle ähnlich, immer krochen schwarze Insekten – Käfer, Ameisen, Motten – auf roten Früchten herum. Der Hintergrund war weiß, meistens ein Tafeltuch mit akribisch gemalten Falten und Schatten.

»In der Beschränkung zeigt sich erst der Meister«, meinte er.

Ich erinnerte mich an seine früheren Bilder. »Damals hast du den Himmel und das Meer gemalt, niemals Granatäpfel mit Wanzen.«

»So? Kann sein. Tatsächlich, du hast recht«, er kramte hinter seinem Kleiderschrank, erregte sich, weil er nicht fand, was er suchte, und packte immer neue schwarz-weiß-rote Bilder aus. Dazwischen lagerte eines, das ihn selbst überraschte. Ein weißer, christusähnlicher Leichnam lag auf schwarz verkohlten Balken, aus seinen Wunden strömte Blut. Er trug die Züge von Carlo. Wir starrten darauf.

»Muß ich im Suff gemalt haben«, sagte Vater.

Wie so oft, sprach Cora aus, was ich nur zu denken wagte. »Herr Westermann, hat Carlo Sie in letzter Zeit besucht?«

Vater sah sie irritiert an und schüttelte den Kopf.

»Woher weißt du, wie Carlo heute aussieht?« fragte ich. »Damals war er ein Kind.«

»Das ist nicht Carlo.«

»Wer denn?« fragte Cora.

»Ach Kinder! Das ist niemand. Die Ausgeburt meiner Phantasie. Weiß deine Mutter, daß du mich besuchst, Maja?«

»Nein.«

»Was hat sie über mich gesagt?«

»Nichts.«

Er glaubte mir. Wir verabschiedeten uns und versprachen, bald wiederzukommen.

Am nächsten Tag traf sich Cora mit ihrem Studenten in der Stadt, während ich einen Streifzug durch die Hamburger Geschäfte machte. Eigentlich wollte ich nicht stehlen; das Taschengeld, das mir Mutter mitgegeben hatte, war für unsere Verhältnisse reichlich, und ich konnte davon Straßenbahnkarten, Eis und andere Kleinigkeiten bezahlen. Meine privaten Bedürfnisse waren bescheiden, nie wäre mir in den Sinn gekommen, mich mit Luxus einzudecken. Nur Erlesenes konnte mich in Versuchung führen. Aber für meinen armen Vater...

Ich stahl weder Geld noch Lebensmittel, sondern Farben. Ihre seltsamen Bezeichnungen faszinierten mich: Caput mortuum, Cölinblau und Krapplack.

Weil es Sommer war und ich den Elefantenmantel nicht anziehen konnte, trug ich eine große Plastiktüte voller Brötchen am Arm, in deren Tiefen ich eine kleine Sammlung von Farbtuben gleiten ließ. Der Pinsel mußte aus Marderhaar sein.

Abends gingen wir in ein Musical. Coras Onkel hatte Karten mitgebracht. Er hegte die Hoffnung, daß wir bald heimfahren würden.

Cora fand, daß wir die schönen Farben bald nach Lübeck bringen sollten. Seit sie das Leichenbild gesehen hatte, hielt sie viel von Vaters Kunst, weil dieses Motiv ihren Geschmack getroffen hatte.

Vater war gerührt über mein Geschenk. »Aber was soll ich nur malen?« rief er wie ein Kind.

»Uns«, sagte ich, »ein Doppelporträt von Cornelia und mir.«

»Ich habe seit einer Ewigkeit keine Personen gemalt.«

Aber auch Cora setzte ihm zu, weil ihr meine Idee gefiel. Vater fing Feuer; die neuen Farben reizten ihn. Er begann mit mehreren Skizzen, die erstaunlich lebendig gerieten. »Ich werde euch wie zwei Kurtisanen von Utamaro malen.« Von spanischen Prinzessinnen war nicht die Rede.

Nach drei Sitzungen brachte er das Bild in einem gewaltigen Schaffensrausch zu Ende. Dieses Werk fiel ganz aus dem Rahmen seiner Käferbilder, es war bunter.

Cora und ich sahen älter und wissender aus, hatten aber etwas kindlich Grausames im Ausdruck, als hätten wir seinen Insekten gerade die Flügel ausgerissen.

Vater war begeistert, umarmte mich zum ersten Mal und auch Cornelia (nicht korrekt, fand ich) und meinte, dieses Bild sei der Anfang einer zweiten Karriere. Von einer ersten war mir nichts bekannt.

Zum Abschied wollte mir Vater das Bild schenken. Aber wie sollte ich es vor Mutter verbergen? Sie wüßte sofort, wer es gemalt hatte. Ich versuchte, das zu erklären.

»Dann sag ihr die Wahrheit«, meinte er.

»Sie spricht nicht über dich. Carlo und ich wollen sie nicht verletzen; wahrscheinlich hat sie nie verkraftet, daß du uns verlassen...«

Bei diesen Worten wurde ich verlegen, denn so direkt hatte ich die ganze Zeit nicht mit ihm gesprochen.

Er starrte vor sich hin. »Eine harte Frau«, sagte er, »als ob ich freiwillig in den Knast gegangen wäre.«

Cora und ich fuhren hoch. Was hatte er gesagt?

Cornelia fragte höflich: »Warum waren Sie im Knast, Herr Westermann?«

Ich hätte mich nicht getraut.

»Mein Gott...«, Vater holte Schnaps und trank direkt aus der Flasche, »ich erzähle es euch, wenn ihr älter seid.«

Mit sechzehn hört man alles lieber als das.

»Jedenfalls war es ein Unglücksfall. Ich habe dafür bezahlt. Wenn deine Mutter zu mir gehalten hätte, wäre ich seit Jahren wieder bei euch gewesen.« Er machte noch eine unklare Bemerkung, daß andere Frauen weniger hartherzig waren.

Wieder war es Cornelia, die bohrte: »Haben Sie zum zweitenmal geheiratet?« Dabei mußte sie wissen, daß meine Eltern nicht geschieden waren.

»Nein, nein«, sagte er, »Karin ist Krankenschwester, eine tüchtige Frau ohne Vorurteile. So dachte ich. Jetzt ist sie weg, wo ich alt werde und Hilfe brauche.«

»Vater«, sagte ich mit neuem Mut, »weißt du noch, daß ich die Infantin Maja bin?«

»Wieso Infantin?« fragte er und stocherte mit einem Streichholz im Ohr. »So was gibt es nicht bei uns. Karin war übrigens nicht jünger als deine Mutter, sogar ein Jahr älter.«

Die blöde Karin interessierte mich nicht. »Vater, ich meine den Velázquez«, sagte ich beschwörend.

»Velázquez? Wenn ich mich recht erinnere, malte er Bilder vom spanischen Hof, auch Infantinnen. Wie kommst du darauf? Ich bin kein Epigone.«

Damit war bewiesen, daß er seine kleine Tochter vergessen hatte.

Cora packte das Bild ein. »Wenn Maja es nicht will, werde ich es mitnehmen«, sagte sie.

Vater nickte bloß. Anscheinend kam er nicht auf die Idee, es selbst als Erinnerung zu behalten. Wir nahmen Abschied. Am nächsten Tag wollten wir nach Hause fahren. Ich hatte vieles nicht geklärt und nicht erfahren, neue Geheimnisse waren zu den alten hinzugekommen. Enttäuscht und verletzt gab ich ihm die Hand.

»Na, denn man tschüs«, sagte er.

4

Persischrosa

Man kann seine Eltern hassen, man kann sie idealisieren. Coras Eltern waren so sehr das Gegenteil von meinen, daß sie mir bar aller Gemeinheit und alltäglicher Abnutzungserscheinungen als Inbegriff moderner partnerschaftlicher Beziehung erschienen. Mein Vater war ein Säufer, meine Mutter depressiv. War sie es seinetwegen geworden, oder hatte Vater ihretwegen zur Flasche gegriffen? Wie immer es nun war, jedenfalls hatten sie sich in ihrer verhängnisvollen Entwicklung gegenseitig bestens gefördert.

Im Frühling regnet es manchmal heftig in Florenz. Aus dem Bus heraus ist kaum etwas von der Schönheit dieser Stadt zu sehen, schmutziges Regenwasser rinnt über die Fenster. Der Vergleich mit den Tränen meiner schmutzigen Seele ist wahrscheinlich nicht originell, aber er fällt mir immer wieder ein.

An solchen trüben Tagen denke ich an unsere Rückreise von Hamburg nach Heidelberg. Als wir in der Bahn saßen und Coras erleichterten Verwandten zunickten, hatte ich das Gefühl, eine Grippe zu kriegen. Übrigens blieb ich gesund, aber meine innere Schlappheit und Weinerlichkeit waren den Vorboten einer Krankheit ähnlich. Wir sprachen über meinen Vater, das heißt, Cora tat es. Ich hatte wenig Kraft, eigene Theorien zu entwickeln.

»Wirst du Carlo über unsere geheime Mission aufklären?« fragte sie. »Natürlich ohne unseren Lottogewinn zu verraten.«

Ich war entsetzt. »Das geht ihn einen feuchten Dreck an.« Aber gleichzeitig fand ich es verlockend, daß ich mehr wußte als er und ihn mit einem langsamen Bericht, bei dem er mir ständig die Würmer aus der Nase ziehen mußte, auf die Folter spannen konnte. »Ich muß es mir noch überlegen«, sagte ich, kuschelte mich an Cora und schlief ein.

Ich wachte nach einem fiebrigen Schlaf auf; ein unangenehmer Traum, den ich nicht in Worte fassen konnte, beunruhigte mich. Er hatte etwas mit Vaters Bildern zu tun. Bald mußte ich mich von Cora trennen und war schutzlos meinem Erpresser ausgeliefert. Ohne meine Freundin fühlte ich mich wie ein mutterloses Kind.

Cornelia hatte im Gepäcknetz eine Zeitung gefunden. Kaum schlug ich schläfrig die Augen auf, sagte sie schon:

»Ich muß dir etwas Interessantes vorlesen. Paß auf:

Bei einer Feier unter Jugendlichen in der Kreisstadt H. kam unter tragischen Umständen der siebzehnjährige Markus Sch. schwerverletzt ins Krankenhaus. Nach reichlichem Alkoholgenuß setzte er die Gaspistole seines Vaters, von der er annahm, daß sie keine Gefahr bedeutete, an seine Schläfe und drückte ab. Nach Aussagen seiner Freunde wollte er einer Klassenkameradin, die ihm eine Abfuhr erteilt hatte, einen Schrecken einjagen. Die ausgelassene Feier nahm ein furchtbares Ende. Durch die Druckwelle des Schusses erlitt der junge Mann ein schweres Hirntrauma. In bewußtlosem Zustand wurde er in die

Neurologische Universitätsklinik eingeliefert, wo er erst
nach drei Tagen aus dem Koma erwachte.«

Erwartungsvoll sah mich Cora an.

»Okay«, sagte ich, »das hätte ich nicht gewußt. Ich dachte immer, diese Abschreckungswaffen machen bloß angst und richten keinen Schaden an.«

»Ja schon, aber dieser dämliche Markus hat die Pistole direkt an seinen Kopf gehalten, das ist der Unterschied.«

»Meinetwegen«, sagte ich gereizt.

»Maja, mein Vater hat in seiner Nachttischschublade auch eine Gaspistole.«

Ich sah sie groß an. Was hatte sie vor?

»Wenn dieser Detlef nicht locker läßt, wäre das eine Möglichkeit.«

»Willst du ihn umlegen?«

»Man könnte ihn dazu bringen, daß er selbst schießt, genau wie in diesem Artikel. Niemand weiß, was wir gerade gelesen haben.«

»Cora, das geht zu weit. Wir müssen das anders anpak-ken. Ich finde, wir müßten etwas gegen ihn in der Hand haben: ihn sozusagen zurück-erpressen.«

Cora rupfte Wollflusen aus meinem Lambswoolpull-over. »Könnte hinhauen, meine Eltern sind am Wochen-ende nicht da. Am Dienstag fahren wir in Urlaub, und bis dahin müssen wir dich gerettet haben.«

»Was meinst du mit Wochenende und Eltern weg...?«

»Na, die Party in der Zeitung bringt mich auf eine Idee. Wir laden Detlef ein, Carlo auch, und vielleicht noch ein paar Leute. Dann machen wir diesen miesen Typ besoffen,

und ich schmeiß mich an ihn. Ich locke ihn ins Elternschlafzimmer. Er zieht sich aus und deponiert seine Kleider im
Bad, weil ich es so will. Das Bad hat zwei Türen, du holst die
Sachen heraus und versteckst sie, und wenn er splitternackt
ist, laufe ich ihm davon.«

»Ach Cora, was soll das! Das wird ihn überhaupt nicht
beeindrucken. Der rollt sich ins Ehebett, nimmt den Schlaf-
anzug deines Vaters und schläft seinen Rausch aus. Überhaupt, der zieht sich doch nicht nackig aus, wenn du es nicht
vorher tust!«

»Ich ziehe mich auch ein bißchen aus . . .«

Cornelia war mir weit voraus, das ahnte ich. Aber wie
weit – das hatte ich nie gefragt, weil ich wußte, daß ich bei
diesem Thema nicht mitreden konnte. Ich überwand mich.

»Cora, wann hast du eigentlich zum ersten Mal richtig
mit einem Mann . . .«

»Vorgestern.«

Ich glaubte ihr nicht und peilte sie scharf an. »Etwa der
Student?«

Sie nickte: »Tatsache.«

»Und – wie war es?«

»Hast nichts verpaßt.«

Ich wußte damals noch nicht, daß Cora die Männer für
eine Art Maus hielt, mit der man wie eine junge Katze ein
wenig spielt, bevor man seinen Hunger stillt.

Wir schwiegen lange und sahen zum Fenster auf die
flache norddeutsche Landschaft hinaus. Dann kamen wir
wieder auf unseren Erpresser zurück und beschlossen, es
doch mit einer Party zu versuchen. Ohne Pistole, aber mit
der Absicht, ihn irgendwie zu blamieren oder ihm Angst

einzujagen. Einschüchterungsversuche durften nicht mit Flucht beantwortet werden, Angriff war die beste Verteidigung.

»Und wenn alles nichts nutzt?« fragte ich. »Dann bist du weit weg, sonnst dich in Italien und ißt Gelati, während ich ihn um unser Haus schleichen sehe.«

»Quatsch. Du bist eine Elefantin und wirst ihn niedertrampeln.«

Das brachte mich auf eine Idee.

Carlo schien erfreut über die Einladung, wahrscheinlich bildete er sich ein, Cora würde diese Party seinetwegen veranstalten. Am Tag vor dem Ereignis radelte ich ins Altersheim. Oft war ich nicht dort gewesen. Ich begab mich ins Stationszimmer. Eine Kollegin meiner Mutter, die mich nicht kannte, betrachtete mich neugierig.

»Du bist also die Tochter von Frau Westermann! Aber wie eine Elefantin siehst du gar nicht aus.«

Ich fragte, wo ich meine Mutter erreichen könne, ich hätte meinen Hausschlüssel verloren. Die Pflegerin wollte sie suchen. Kaum war ich allein in dem kleinen Raum, öffnete ich den Arzneischrank und suchte nach Schlafmitteln. Eigentlich sollte man solche Schränke abschließen, dachte ich streng; hier steckten überall die Schlüssel im Schloß, obgleich man den verwirrten Alten sicher nicht trauen konnte. Das größte Depot außer Abführmitteln waren die Tranquilizer und Schlaftabletten.

Als meine Mutter, etwas verwundert über meinen Besuch, in ihrer weißen Kittelschürze eintrat, erzählte ich auch ihr die Schlüssellüge. Schimpfend gab sie mir den eigenen Hausschlüssel. »Als du klein warst, ist dir das nie passiert.«

Ein Arzt stand in der Tür und grinste: »Elefantile Regression.«

Cora standen genug Getränke aus dem elterlichen Keller zur Verfügung. Wir beschlossen, ein schwer verdauliches Essen zu kochen, das die Teilnehmer dumm und müde machte. Aus dicken weißen Bohnen, fettem Schweinebauch, Tomaten, Knoblauch, Chili und roten spanischen Würsten bereiteten wir mitten im August ein winterliches Essen, nach dessen Genuß man am liebsten ein längeres Schläfchen hält.

Carlo hatte Detlef Bescheid gegeben, der sich jetzt bestimmt auf eine Orgie freute. Eine Klassenkameradin namens Greta wollte ihren Freund mitbringen, außerdem hatte Cora einen Vetter eingeladen, der ebenfalls eine Eroberung zur Hand hatte. Cornelias Bruder, den ich nicht kannte, studierte in den USA und wurde erst an Weihnachten erwartet. Zu acht, so dachten wir, könnte man eine Party feiern.

Wir hatten Wein, Bier und viele harte Getränke aus des Professors Kellerbar zwanglos im Zimmer verteilt. Detlef probierte alles aus, und wir schenkten ihm fleißig ein. Er strahlte mich an, Cora strahlte ihn an. Carlo war leicht irritiert, weil er Cornelia für seine Beute hielt. Schließlich servierten wir das schwere Abendessen. Cora und ich gaben damit an, nach authentischen peruanischen Rezepten gekocht zu haben, und luden unserem Erpresser mächtig auf. Die erste Schlaftablette ruhte bereits in ihm, weil sie ihm von Cora, zerdrückt auf einem Löffel Bohnenpampe, direkt in den Mund gefüttert wurde. Sie flirtete mit ihm von der linken Seite, ich bemühte mich von rechts.

Carlo zupfte mich irgendwann am Ärmel und zog mich in die Küche.

»Hör zu, Dickhäuterin! Ich weiß nicht, was du vorhast«, zischte er mich an, »aber du könntest deiner Freundin mal in den Arsch treten, damit sie dir den Detlef überläßt.«

»Warum?«

»Herrgott noch mal, stell dich doch nicht so blöd! Das macht doch keinen Spaß, wenn ihr beide denselben anmacht und ich in die Röhre gucke!«

»Dann geh halt nach Hause! Cora und ich sind nun einmal ein Herz und eine Seele!«

Er kniff mir schmerzhaft in den Arm und stöhnte über so viel Dämlichkeit. »Ihr habt beide weder Herz noch Seele!«

Nach der zweiten Schlaftablette, viel Essen und viel Schnaps zog Cora mit Detlef davon, um ihm das Haus zu zeigen. Carlo ging beleidigt heim, die anderen Paare waren mit sich beschäftigt.

Ich schlich ins Bad. Weitere Schlaftabletten hatte ich in Sekt aufgelöst und in ein markiertes Glas gegeben. Durch die Badezimmertür sah ich Detlef in der Unterhose auf dem Elternbett sitzen. Cora nahm mir das Glas ab und trichterte es ihm ein. Er schaute glasig in die Gegend. Ich trat ein, und wir zogen uns beide langsam bis auf Slip und BH aus. Detlef grunzte bei diesem Anblick: »Mein Blut ist Lava«, dann kippte er um und schlief.

Wir schlossen ihn ein, begaben uns zu den anderen Gästen und erklärten, daß wir Carlo und Detlef wegen

Trunkenheit davongejagt hätten. Erschrocken machten sich Greta und ihr Freund ebenfalls auf den Heimweg. Der Cousin hatte sich mit seiner Liebsten im verlassenen Zimmer von Coras Bruder niedergelassen. Beim Aufräumen hörten wir aber schließlich die Haustür zufallen, wir waren endlich mit Detlef allein. Blitzschnell flitzten wir ins Elternschlafzimmer. Da lag er mit offenem Mund und schnarchte beruhigend.

Er war sonst sehr korrekt gekleidet; ebenso wie Carlo hatte er bei der Bank gelernt, daß eine Karriere in der Wirtschaft nicht mit nachlässiger Kleidung zu erreichen ist. Rein äußerlich hatten wir wenig gegen ihn einzuwenden. Er war zwar, genau wie sein Name, etwas fad mit seinem ferkelfarbenen Haar und dem langweiligen Bubigesicht, aber Details wie der blaue Siegelring und die Angeber-Uhr forderten unsere Kreativität heraus.

»Wir können jetzt alles mit ihm machen«, flüsterte Cora.

»Aber was?« fragte ich schon etwas lauter, denn es war deutlich, daß sein Schlaf einer Narkose glich.

»Abschneiden zum Beispiel«, sagte Cora, jetzt auch mit aufgedrehter Stimme.

Ich bekam einen Schrecken. »Und wenn er verblutet?«

»Quatsch, die Haare.«

Wir sahen uns suchend um. Ich hatte sonst selten die Gelegenheit, ein elterliches Schlafzimmer zu sehen. Meine Mutter schlief auf einem dreiteiligen Sofa im Wohnzimmer. Bei Verwandten von mir oder Cora sah ich zuweilen ein Doppelbett, Nachttische und Kleiderschränke, aber ohne jeglichen erotischen Touch. Hier war alles anders. Bereits das Bad der Eltern erinnerte mit seinen orientalischen Kacheln an die Blaue Moschee. Aber was mich viel mehr faszinierte, war die Bettwäsche; ich kannte nur weiße, karierte oder sonstwie artig gemusterte. Hier gab es Wäsche aus reiner Seide in einem fremdartigen Rosa, das mir im matten Licht der Messingampeln wie die Sünde selbst erschien.

»Was für eine merkwürdige Farbe...«

Cora nickte. »Persischrosa, die Lieblingsfarbe meiner Mutter.«

Detlefs Ferkelhaare paßten schlecht zu dieser Tönung. Sein offener runder Mund machte den Sparkassenlehrling zu einem Schwein, dem man die gesparte Mark ins Porzellanmaul stopft. Cora holte den Nagellack ihrer Mutter, selbstverständlich in persischrosa. »Hilf mir, ihn auf den Bauch zu drehen«, sagte sie, dann begann sie mit rosa Lack seinen Rücken zu bepinseln.

Ich hatte unterdessen seinen Blazer gefilzt und die Brieftasche herausgenommen. Als ich aufsah, stand auf Detlefs Rücken ICH BIN. »Wie geht's weiter?« fragte ich.

»EIN SCHWEIN«, sagte Cora.

»Finde ich nicht originell.«

»Okay, ICH BIN PERVERS«, und Cora tunkte den Pinsel ein.

»Nein«, sagte ich, »besser: ICH BIN IMPOTENT.«

»Er kann es nicht allein abmachen, er muß eine zweite Person darum bitten. Noch lustiger, er würde es nicht merken und ahnungslos ins Schwimmbad gehen.«

Als die Schrift getrocknet war, drehten wir ihn wieder um.

»Cora, sieh mal, er hat Liebesbriefe von zwei verschiedenen Frauen in der Brieftasche!«

»Gib her, ich bringe sie gleich zurück. Vater hat einen Kopierer, außerdem eine Polaroidkamera.«

Während Cora fotokopierte, hatte ich fünf Minuten Zeit, mir einen nackten Mann zu betrachten. Als Cora auf der Treppe zu hören war, hatte ich Detlef schon wieder zugezogen.

»Bevor wir ihn fotografieren, kriegt er noch rosa Fingernägel«, sagte Cora. Wie Mani- und Pediküre arbeiteten wir uns durch je zehn Finger- und Fußnägel in Persischrosa. Es war eine Tätigkeit, die uns hoch befriedigte. Schließlich strichen wir passend dazu das Zifferblatt seiner Uhr und den Siegelring an.

»Was noch?«

Cora holte aus Professors Schreibtisch verschiedene Stempel. Sie las vor ›Büchersendung‹, ›Drucksache‹, ›Einschreiben‹, ›Vertraulich‹ und so weiter. Wir entschieden uns für ERLEDIGT und damit wurde Detlefs Brust, auf der nur wenige Borsten wuchsen, abgestempelt.

»Gibt ein gutes Foto«, sagte Cora, »schade, daß man Vorder- und Rückenteil nicht gleichzeitig ins Bild kriegt: ERLEDIGT, und IMPOTENT.«

»Ach, wo wir gerade dabei sind«, sagte ich, »wir könnten dem Sparkassenschwein einen Ohrring spendieren.« Mit einer Stopfnadel fuhr ihm Cora durchs Ohrläppchen, ich hielt ein Stück Seife dagegen und ein Tempotuch bereit. Detlef gab böse Töne von sich, aber er wehrte sich nicht. Wir zogen Silberdraht durch das Ohr und befestigten ein winziges Negerbaby aus Plastik daran, das aus einem Kaugummi-Automaten stammte.

Dann machten wir eine Menge Aufnahmen. Detlef von

allen Seiten, gelegentlich auch mit Cora und mir. Allerdings zogen wir uns nicht aus, sondern steckten nur die Köpfe aus der persischrosa bezogenen Daunendecke heraus.

In seine Brieftasche legten wir zu den Originalbriefen je eine Fotokopie, damit er wußte, daß wir sie vervielfältigt hatten, außerdem einige gelungene Fotos.

Während Cora mir die Liebesbriefe vorlas, trennte ich die goldenen Ankerknöpfe von Detlefs dunkelblauer Jacke und nähte sie sorgfältig um einen Zentimeter versetzt wieder an. Mitten im geruhsamen Nähen kamen mir Bedenken. »Meinst du nicht, daß es Nazi-Methoden sind?« fragte ich meine heitere Freundin.

Cora beruhigte mich. »Von außen sieht man gar nichts, bloß die rosa Fingernägel und das Negerbaby. Das kann er mit einer Wette erklären. Mach dir nicht gleich ins Hemd. Wir gehen jetzt schlafen.«

Vorsichtshalber ließen wir die Lampen im Schlafzimmer an und stellten Detlef einen Putzeimer vors Bett.

»Ob wir uns morgen früh, bevor er aufwacht, neben ihn legen sollen?« sagte ich. »Dann könnte er denken, wir hätten es die ganze Nacht mit ihm getrieben und wären quitt.«

»Dazu paßt nicht IMPOTENT auf seinem Rücken, und ich bin zu faul, es wieder abzumachen. Ich weiß sowieso nicht, wo der Nagellackentferner ist.«

Also gingen wir schlafen, denn meine Mutter hatte erlaubt, daß ich im angesehenen Professorenhaus übernachtete. Wir schliefen bis zwei Uhr nachmittags und wurden durch ununterbrochenes Telefongeklingel geweckt.

Cora stöhnte: »Bestimmt meine Eltern«, und begab sich an den Apparat. Aber es war Carlo, der Detlef zu Hause nicht erreicht hatte und sich nach seinem Verbleib erkundigte.

»Weiß ich nicht«, sagte Cora, »er war stockbesoffen und wollte noch ins Bordell, aber frag mich bitte nicht, in welches.« Geschockt gab sich Carlo zufrieden.

Wir huschten schnell zu den rosa Ehebetten. Unser Ferkel hatte den Eimer benutzt. Cora riß die Fenster auf. Detlef sah krank aus, und ich hatte beinahe Mitleid mit ihm. Wir schubsten ihn ein wenig, er öffnete mühsam die Augen.

»Du mußt gehen«, sagte Cornelia streng, »willst du, daß dich meine Mutter in ihrem Bett vorfindet?«

Detlef wollte auf die Uhr schauen, sah das rosa Zifferblatt und stöhnte.

»Es ist Montag morgen«, log ich, »wenn du dich beeilst, kommst du um acht an deinen Bankschalter, aber deine Fahne riecht man noch durch die Glasrennscheibe.«

Wir verließen das Zimmer und hörten ihn nach einiger Zeit furchtbar fluchen, das Klo benutzen und Hals über Kopf das Haus verlassen. Er hat nie wieder Sehnsucht verspürt, uns zu erpressen. Auch von Carlo distanzierte er sich, und mein armer Bruder hat nie erfahren, warum.

Heimlich träumte ich davon, daß mich Coras Eltern in die Toskana einladen würden. Seit Jahren mieteten sie die gleiche Ferienwohnung bei Colle di Val d'Elsa, und ich wußte, daß dort vier Betten standen. In früheren Jahren war Coras Bruder immer mit von der Partie gewesen. Aber ich mochte nicht darum bitten (der Professor hatte mir schon die Fahrt nach Hamburg bezahlt), weil es mir erschien, als ob ich ständig in der Rolle einer ärmlichen Verwandten steckte.

Obgleich mir Cora oft von diesem Ferienhaus (mit Pool natürlich) erzählt hatte, kam auch ihr nicht der Gedanke, bei ihren Eltern eine Einladung zu erwirken.

Nun war sie fort und wurde braun, verbesserte ihr Italienisch durch Flirts mit gebräunten Vespa-Fahrern, aß Tomaten mit Basilikum und trank Chianti classico. Und ich?

»Seid ihr am Ende lesbisch?« hatte Carlo nach jener Party bitterböse gefragt. Ich hatte ihm den gefüllten Aschenbecher aufs weiße Bankerhemd gekippt. Aber ich dachte über diese Worte nach. Wir waren nicht lesbisch, aber ich mußte zugeben, daß ich mich von meinem Geographielehrer entfremdet hatte, seit ich immer inniger mit Cora befreundet war. Es konnte doch nicht normal sein, fragte ich mich besorgt, daß ich im Augenblick in gar keinen Mann verliebt war? Cora war mein ein und alles, bei ihr fühlte ich mich wohl und gegen alle Bosheiten dieser Welt gefeit. Ohne sie war ich ein halber Mensch. War diese große Abhängigkeit gut?

In den zwei Wochen, die Cora in Italien war, litt ich sehr. Ich war fleißig, räumte mein Zimmer um, putzte die Küche, um meine Mutter zu entlasten, und wühlte vormittags, wenn sie im Altersheim und Carlo in der Bank war, in alten Papieren. Ich hoffte, irgendwelche Dokumente, Briefe oder Erinnerungsgegenstände von meinem Vater zu finden. Anscheinend hatte meine Mutter alles vernichtet, was von ihm stammte. Nur ein paar Fotos im Familienalbum hatte sie anstandshalber nicht eliminiert; wahrscheinlich, weil eine Lücke erst recht neugierig machte und weil sie auch nicht gut leugnen konnte, daß wir einen Erzeuger besaßen.

Allerdings fand ich, versteckt in einem Eichendorff-Gedichtbändchen (das seltsamerweise nicht im Bücherschrank stand, sondern bei Mutters persönlichen Papieren und Briefen lag), mehrere Fotos eines jungen Mannes, der meinem Bruder auffällig glich. Wer mochte das sein, und warum wurde er uns verheimlicht? Auf einem Bild war er Arm in Arm mit Mutter zu sehen, die damals vielleicht zwanzig war. »Elsbeth und Karl« konnte ich auf der Rückseite entziffern, die violette Tinte war verblichen. Am Ende war er Carlos Vater? Ich rätselte herum. Carlo sah weder meiner Mutter noch meinem davongelaufenen Papa ähnlich. Er hatte schwarzes Haar, sehr helle Haut und blaue Augen, war sportlich ambitioniert (sein Rennrad bedeutete ihm viel) und muskulös; eigentlich ein hübscher Junge, wenn man von den Pickeln, die ihn von Zeit zu Zeit anfallsartig überfielen, einmal absah. Der Mann auf dem Schwarzweißfoto schien ebenfalls dunkelhaarig zu sein, und ich phantasierte mir eine wilde Romanze zwischen ihm und Mutter zusammen.

Wem sah ich ähnlich? Früher hatte ich stets gehofft, als echte Prinzessin dem König zu gleichen. Jetzt war ich davon nicht mehr überzeugt. Mein dünnes braunes Haar mochte von ihm sein, auch meine leicht abstehenden Ohren, aber die melancholischen Gesichtszüge hatte ich von Mutter. Ich wollte weder wie sie sein noch wie sie aussehen und wäre am liebsten ein Kuckucksei gewesen.

Als ich eines Nachmittags vom Einkaufen zurückkam – Mutter ließ mir häufig eine Liste mit Aufträgen auf dem Tisch liegen –, stand Carlo vor der Küchenspüle und rasierte sich ungeniert die Beine. »Bist du noch dicht? Willst du Transvestit werden?« fragte ich.

»Die Profis machen das alle. Meinst du, ich hätte nur zum Vergnügen täglich trainiert? Morgen mache ich bei einem Radrennen mit.«

»Denkst du am Ende, ohne Haare bist du schneller?«

»Vielleicht ein wenig, aber man macht es wegen der Verletzungen. Es ist schlecht, wenn Härchen in die Wunde kommen; außerdem hat es der Masseur leichter.«

Ich staunte. Hatte ich Carlo unterschätzt? »Seit wann hast du einen Masseur?«

»Das kommt noch, wenn ich Profi werde. Setz dich mal in Bewegung, Elefantin, entweder du holst mir den großen Spiegel aus dem Flur, oder du rasierst mir die Rückseite selbst.« Ich beeilte mich, den Spiegel zu holen, obgleich ich Carlo nicht ungern beim Rasieren geschnitten hätte.

»Das war dein Glück. Übrigens wollte ich schon lange fragen, wer das Bild in Coras Zimmer gemalt hat?«

»Wieso warst du in Coras Zimmer?«

»Wenn du dich zu erinnern geruhst, hat sich keine Sau bei eurer Kinderparty um mich gekümmert. Da hab' ich mich auf eigene Faust umgesehen. Also, wer hat euch gemalt?«

Ich konnte meistens nicht so flott lügen wie Cora. »Ist doch egal«, sagte ich ungeschickt. Es war ihm nicht egal, er drehte mir den Arm um.

»Ein Onkel von Cora«, sagte ich.

»Lüg mir nichts vor. Ich habe es selbst erst spät kapiert, es muß von Vater gemalt sein. Sein Zeichen steht darunter, es kam mir sofort bekannt vor, aber ich bin nicht gleich darauf gekommen.« Mit nassen Beinen lief er zu seinem stets abgeschlossenen Schreibtisch und kramte eine kleine schmuddelige Landschaftsskizze heraus. Das Zeichen, ein verschlungenes R. W., stand für Roland Westermann. Ich ließ den Kopf hängen.

»Also raus mit der Sprache, ihr müßt ihn besucht haben. Wenn du nicht sofort mit der Wahrheit herausrückst, werde ich es Mutter sagen.«

Warum konnte ich diesen Gedanken nicht ertragen? Weil ich spürte, Mutter mit solchen Enthüllungen das Herz zu brechen. Das Thema ›Vater‹ war ein Tabu, dessen bloße Berührung eine Katastrophe heraufbeschwor. Carlo und ich waren noch klein, als Vater uns verließ, und wir hatten zunächst nach seinem Verbleib gefragt. Aber die fast zu Tode entsetzte Miene unserer Mutter, ihr weißes tränenloses Gesicht und das Zittern ihrer Hände hatten mehr verraten als der zusammengepreßte Mund und das hilflose Kopfschütteln.

»Wir waren in Lübeck.« Ich gab es zu. Carlo war natürlich bis zum Bersten gespannt, und ich erzählte zögernd von Vaters Tätigkeit als Blutbote, von seiner großen Armut und seiner menschenunwürdigen Unterkunft. Von meinem eigenen Schock über sein versoffenes Gehabe, sein ungepflegtes Äußeres und seine egozentrische Einstellung verriet ich nichts, ebenso sagte ich kein Wort über unsere Geldbeschaffung.

Carlo erregte sich so, daß er aufhörte, den schwarzen Pelz von seinen Beinen abzuschaben. Sein Haß auf Vater wurde durch meinen Bericht geschürt. Er konnte überhaupt nicht begreifen, daß wir mehrmals dort gewesen waren, um uns porträtieren zu lassen.

»Was hält Cora von diesem Menschen?« fragte er, denn ihre Meinung war wichtig für ihn.

»Sie kam mit Vater gut zurecht«, sagte ich.

Cornelia war der einzige Mensch, der meine Enttäuschung sofort erkannt hatte, dem ich vertrauensvoll mein Herz ausschütten konnte. Bei Carlo, der mich nie gemocht hatte, war ich mir im Grunde nicht sicher, ob er nicht trotz seines Versprechens meiner Mutter alles sagen würde: um ihr weh zu tun, um sich interessant zu machen, um ihr zu zeigen, daß ich eine verdorbene Tochter war, die ein Tabu durchbrochen hatte.

5

Schwarzer Freitag

Gelegentlich biete ich einem interessierten Publikum an, eine Shopping-Tour zu unternehmen. Es gibt immer Menschen, die es schätzen, wenn man sie in die richtigen Geschäfte führt. Natürlich bekomme ich eine Provision, wenn ich betuchte Touristen in Schuhgeschäfte, Designerläden oder zu Antiquitätenhändlern führe. Bei letzteren handle ich für meine Kundschaft einen günstigen Preis aus, und der Verkäufer gibt sich den Anschein, als ob wir hart miteinander feilschten. Er liebt dieses Spiel genauso wie ich. Im ganzen besuche ich drei verschiedene Antiquitätenläden in den Gäßchen um die Piazza Pitti, immer schön abwechselnd. In jedem habe ich einmal gestohlen, aber ich werde mich hüten, es ein weiteres Mal zu tun. Ich besitze einen Fächer von Marie-Antoinette aus geschnitztem und bemaltem Elfenbein, eine goldene Schnupftabakdose in Muschelform mit eingelegter Emailarbeit und ein Reisenähkästchen aus Ebenholz mit Schildpatt, das neben zierlichen Scheren und Nadeln, Flakons und einem Becher auch eine Miniaturwaffe für die bedrängte Lady enthält – ein winziges, aber messerscharfes Stilett. Dieses Nähkästchen hatte ich schon häufig bewundert, aber in meine Handtasche ließ es sich nicht zwängen; ich bat eine Zürcher Touristin es in ihren schicken Lederrucksack zu stecken. Zuvor hatte ich eine Plastiktüte darübergestülpt, und sie hielt meinen »Kauf« wohl für einen einfachen Holzkasten.

Cora hat übrigens kein großes Interesse an meinen Schätzen; ihr schweben andere Fischzüge vor: Riesengemälde aus Museen, ein Tintoretto wäre ihr recht. Aber hierfür fehlt uns beiden das Know-how.

Zu meinem geheimen Sammlerkabinett gehören nicht nur Kunstgegenstände, sondern auch Erinnerungsstücke, die für mich einen persönlichen oder ästhetischen Wert haben, zum Beispiel ein verbeultes italienisches Schild. Ich erhielt es am Ende jener Ferien, als wir meinen Vater besucht und Detlef besiegt hatten.

Cora kam mit einem blauen Florentinerhut aus Italien zurück. Sie brachte mir Geschenke mit. Eine gestohlene Blechtafel ATTENTI AL CANE, die ich an meine Zimmertür hängen sollte. Für sich selbst hatte sie DIVIETO DI CACCIA mitgehen lassen, ein Jagdverbotsschild aus toskanischen Wäldern. Außerdem erhielt ich ein Tagebuch aus handgeschöpftem Papier und das Skelett einer Fledermaus, das sie auf dem vertrockneten Rasen entdeckt hatte. Coras Malerauge sah diesen morbiden Gegenstand mit anderem Blick als ich, die ich mich ein wenig vor den filigranfeinen Rippen ekelte.

Lustlos begannen wir unser vorletztes Schuljahr. Nicht daß wir Probleme mit dem Lernen hatten, aber das Leben bestand aus vielen Dingen, die wir für wichtiger hielten als Macbeth und die Wahrscheinlichkeitsrechnung. Herr Bekker, den ich nur noch für einen normalen Menschen und nicht mehr für einen begnadeten Pädagogen hielt, gab in unserer Klasse keinen Unterricht mehr. Der Name »Elefantin« war mir zwar geblieben, aber er wurde gleichgültig gebraucht und verursachte mir keine Depressionen mehr. Man hielt mich für hochmütig, und da war etwas Wahres daran. Trotz meiner Elefantenhaut fühlte ich mich als Prinzessin unter Proleten.

»Der brave Mann denkt an sich selbst zuletzt«, zitierte unsere Deutschlehrerin aus Schillers ›Wilhelm Tell‹. »Die brave Frau denkt an sich selbst«, schrieb ich als Leitmotiv ins neue Tagebuch. Leider habe ich nicht immer danach gehandelt.

Cora hatte ständig wechselnde Freunde, und auch Carlo buhlte weiterhin um ihre Gunst. Mal war sie reizend zu ihm, und er machte sich Hoffnungen, dann stolzierte sie händchenhaltend mit einem anderen vorbei. Männern gegenüber kannte Cora keine Treue, aber zu mir war sie stets zuverlässig und sorgend, liebevoll und herzlich, vor allem aber ehrlich.

Sie wurde immer hübscher. Die roten Haare trug sie schulterlang zerzaust. Ihre Figur war graziler geworden, und ihre Knöchelchen mußten denen meiner Fledermaus ähneln. Cora glich ein wenig den Damen auf italienischen Renaissancegemälden, mit ihrer tief ausgezupften Stirn und dem eigenwilligen Profil. Es war nicht verwunderlich, daß sie begehrt wurde.

Und ich? Mit siebzehn fand ich mich nicht schön, obgleich ich nachträglich sagen muß, daß kein Grund dazu bestand. Aber Glanz und Charme gingen mir ab, und das ist bis heute so geblieben.

Der Tag, an dem das Unglück geschah, begann wie alle anderen, dieser schwarze Freitag im September. Dabei strahlte die Sonne noch warm, und der Tag erschien uns golden; die Aussicht auf ein Wochenende im Schwimmbad ließ Cora und mich gutgelaunt aus der Schule kommen. Coras Mutter war, wie so oft, verreist. Der Vater hatte vor Semesterbeginn noch organisatorische Probleme an der Universität zu klären. Meiner Mutter hatte ich bereits am Vortag gesagt, daß ich nach der Schule zu Cora ginge und erst abends zurückkäme. Wir machten uns ein schnelles Essen aus Cornflakes, Milch und Bananen, Cora lieh mir einen Bikini, und wir fuhren mit dem Bus zum überfüllten Waldschwimmbad. Cora hatte sich in Italien so viele Sommersprossen zugelegt, daß sie von weitem dunkelbraun erschien, während ich, die im Grunde viel besser bräunte, bläßlich daneben aussah.

Natürlich lagen wir nie allein auf unseren Handtüchern; Cora war ein Lockvogel, dem die Erpel, Pfauen und Gockel auf den Leim gingen.

Um fünf tauchte Carlo auf. Die Haare an seinen rasierten Beinen waren stoppelig nachgewachsen. Er produzierte sich mehrmals auf dem Sprungbrett und ärgerte sich wahrscheinlich, daß Cora nicht hinschaute. Als er aber mit drei Eisbechern bei unserem Lager aufkreuzte, war sie plötzlich wie umgewandelt und scherzte ausschließlich mit ihm, so daß zwei Anwärter, die ihr hingebungsvoll den Rücken geölt hatten, das Weite suchten. Ich aß Eis und ging schwimmen, wobei ich mir viel Zeit ließ. Anschließend unterhielt ich mich lange mit Greta, die auf einer entfernten Rasenecke saß und las. Wenn Cora ihre Schau abzog, fühlte ich mich in der Statistenrolle nie wohl, ganz besonders nicht, wenn das Flirten meinem Bruder galt.

Es wurde Zeit zum Aufbruch. Cora und ich packten unsere Sachen und brachten die Abfälle zum Papierkorb. Carlo prahlte mit einer Überraschung auf dem Parkplatz. Ich ahnte gleich, daß er sich ein Auto geliehen hatte.

Cornelia mimte Neugier. Tatsächlich stand dort ein nicht eben neuer Sportflitzer, der dem windigen Bruder eines ehemaligen Schulfreundes gehörte. Carlo öffnete uns die Tür. Ich wußte, wenn ich allein hiergewesen wäre, hätte er sie mir vor der Nase zugeschlagen und mich laufen lassen. Nun, so kamen wir schneller nach Hause als im stickigen Bus.

Selbstverständlich saß Cora vorn. Carlo fuhr grauenhaft. Seine Erfahrung mit Autos beschränkte sich im wesentlichen auf die Fahrstunden, die er mit achtzehn Jahren genommen hatte. Aber er tat großkotzig, trug ein offenes rotes Seidenhemd und eine Spiegelbrille. Die Zigarette lässig im Mundwinkel, den Sitz weit nach hinten gestellt. Ich hätte ihm am liebsten eine über die Rübe gegeben, als er playboyhaft neben Cora saß und ihr primitive Erklärungen gab, wie man aus diesem Schlitten das Letzte herausholen könnte. Unaufgefordert ging er mit zu Cora und behauptete, er müsse sich unser Doppelporträt noch einmal ansehen.

»Dies Bildnis ist bezaubernd schön«, sang er im Falsett.

Ich konnte es schlecht ertragen, gemeinsam mit ihm und Cora das Bild meines Vaters zu begutachten, und ging in die Küche, um Mineralwasser zu trinken. Als ich nach zehn Minuten wieder eintrat, saßen sie eng nebeneinander auf Coras Bett und verstummten; eine Situation, die ich schon häufig zu Hause erlebt hatte, wenn Mutter und Carlo zusammen waren.

»Ich muß jetzt heim«, sagte ich frostig, »kommst du, Carlo?«

»Stapf mal schön zu Fuß, grauer Urwaldriese«, sagte er, »ich bleibe.«

Cora sagte nichts, sah mich nicht an und nahm sich eine von Carlos Zigaretten.

Ich knallte die Haustür zu und verschwand. Fast war ich schon zu Hause, und mein Zorn war nicht verraucht, sondern richtig aufgelodert, als mir einfiel, daß ich meine Schulsachen bei Cora liegengelassen hatte und dringend eine Goethe-Biographie für ein Referat brauchte.

Später habe ich mich oft gefragt, ob das wirklich so dringend war, denn mein Referat war fast fertig. Warum hatte ich nicht angerufen und Carlo gebeten, mir meine Mappe mitzubringen? Aus irgendeinem Gefühl heraus habe ich wohl einen Grund gesucht zurückzukommen. Ich wollte nicht, daß mein Bruder und meine beste Freundin zusammen auf einem Bett und unter Vaters Bild saßen, der Gedanke an diese Vertraulichkeit tat weh.

Als ich wieder vorm Hause Schwab stand, kam ich mir nun doch fehl am Platze vor. Cora würde denken, ich sei eifersüchtig und wolle ihr nachspionieren. Was mein Bruder dachte, war mir egal. Das geliehene Auto stand noch vor des Nachbars Garagenausfahrt.

Sollte ich klingeln? Ratlos wartete ich eine Weile vor der Tür. Dann schlüpfte ich durch die Gartenpforte, weil ich wußte, daß die hintere Verandatür häufig für den Hund offenstand; in diesem Fall konnte ich durch den Wintergarten in die Diele schleichen, wo meine Schultasche lag. Wollte ich wirklich nur die Tasche? Oder wollte ich lauschen, stören, Carlo ärgern? Vielleicht trieb mich eine böse Ahnung zurück.

Als ich an der Verandatür ankam, hörte ich aus dem oberen Stock beängstigende Geräusche. Ein unterdrückter oder abgewürgter Schrei, ein Möbelknarren und Poltern. Ich trug Turnschuhe und war in wenigen Sätzen im oberen Stock. Coras Zimmertür mit dem Jagdverbotsschild stand offen. Carlo hockte schnaufend auf ihrem Bauch, hielt ihr mit der einen Hand den Mund zu und mit der anderen die Arme fest. Sekundenlang ließ er los, um ihre Bluse aufzureißen, Cora schrie gellend auf. Warum habe ich ihn nicht an den Haaren gerissen und meiner Freundin im Nahkampf beigestanden? Wahrscheinlich hätte mein bloßes Erscheinen bewirkt, daß Carlo von ihr abgelassen hätte.

Ohne zu überlegen, war ich ins persischrosa Schlafzimmer gerannt und hatte die Gaspistole aus der Nachttischschublade gerissen. Mit vorgehaltener Waffe stand ich Sekunden später vor Coras Bett und sagte: »Hände hoch!«

Mein Bruder wandte den Kopf leicht zu mir, gehorchte jedoch keineswegs, sondern brüllte: »Hau ab!«

»Gib's ihm, Maja!« kommandierte Cora zwischen Carlos Fingern mit vor Schrecken versagender Stimme.

Ich setzte die Gaspistole an Carlos Schläfe und sagte die magischen Worte: »Ich zähle bis drei!«

»Weg mit dem Spielzeug«, zischte Carlo in äußerster Erregung, ließ Coras Hände los und versuchte, mir die Waffe wegzureißen. Doch durch seine heftige Drehbewegung rutschte sie ab, geriet ihm auf Brusthöhe und ging los.

Habe ich abgedrückt? Es muß so gewesen sein, und doch kann ich mich nicht erinnern, es getan zu haben. Wie wir später erfuhren, war die Herzmuskulatur durch die starke Druckwelle zerrissen. Auf Cornelia lag ein lebloser Sack, aber das begriffen wir nicht sofort. Wir stießen ihn gemeinsam herunter und sahen uns zitternd in die Augen. Wir konnten weder weinen noch sprechen. Erst nach einigen Minuten wälzten wir Carlo auf den Rücken und verstanden schockartig, daß wir einen Toten vor uns hatten.

Cora tastete nach seinem Puls. »Ich glaube, wir müssen einen Krankenwagen bestellen«, sagte sie, denn sie konnte die Wahrheit nicht aussprechen.

»Das Bild in Lübeck!« Genauso hatte jenes schwarz-weiß-rote Gemälde ausgesehen. Zwar hatte mein Bruder keine blutende Wunde, aber das rote Seidenhemd, die weiße Leinendecke und das schwarze Haar hatten identische Farben mit jenem visionären Bild meines Vaters. Keine weitere Farbe war im Spiel.

In jenen grauenhaften Minuten tat Cora das einzig Richtige: sie rief ihren Vater an. Zum Glück war er sofort erreichbar, und ich werde nie vergessen, was er in der Folgezeit für mich getan hat.

Zwar muß ihn Coras gestammelte Botschaft schrecklich verwirrt und getroffen haben, aber er behielt die Ruhe, befahl uns, im Wohnzimmer auf ihn zu warten, er sei sofort da. Gleichzeitig mit dem Professor trafen ein befreundeter Arzt und ein Rotkreuzwagen mit heulender Sirene ein. Coras Vater hatte des weiteren seiner Sekretärin befohlen, den Rechtsanwalt der Familie zu verständigen.

Nachdem der Professor den Sanitätern versprochen

hatte, die Polizei zu verständigen, fuhren sie unverrichteter Dinge davon. Der Rechtsanwalt ließ sich die Situation schildern und war beim anschließenden Gespräch mit Polizei, Psychologen und einer Kriminalbeamtin anwesend.

Um es kurz zu machen, die folgenden Wochen vergingen qualvoll, aber ich bekam keine Jugendstrafe. Die Sache wurde schließlich als Unfall in Notwehrsituation bezeichnet und zu den Akten gelegt, wobei ich allein weiß, daß es ebensogut als vorsätzliche Tötung gelten konnte. Schon seit vielen Jahren hatte ich meinen Bruder umbringen wollen.

Viel schlimmer als die polizeilichen Ermittlungen war es für mich, meiner Mutter gegenübertreten zu müssen. Auch hier stand mir Herr Schwab zur Seite, wie er sich letzten Endes von nun an um alles kümmerte. Er ließ den geliehenen Sportwagen von einem Polizisten zum Besitzer zurückfahren, er telegrafierte seiner Frau, und er brachte Cora zu seiner Sekretärin, bevor er mit mir gemeinsam zu Mutter fuhr. Er hatte den Kriminalbeamten verboten, sie zu benachrichtigen. Meine Mutter sah mich an und wurde weiß wie die Wand. Das Kainsmal stand mir auf der Stirn geschrieben.

Ich konnte nicht sprechen. Der Professor, der meine Mutter nicht kannte und eigentlich ein Mann war, der menschlichen Konflikten gern aus dem Weg ging, handelte bewundernswert. Er zog sie aufs Sofa, hielt ihre knochige Hand und sagte schonend einen Teil der Wahrheit. Sie hat nie erfahren, daß ihr Sohn meine Freundin vergewaltigen wollte, und der Professor vermied es auch auszusprechen, daß ich die Pistole benutzt hatte.

Aber meine Mutter, die ihn mit aufgerissenen Augen ansah, zeigte plötzlich mit dem Finger auf mich. »Die hat es getan!«

»Nein, Frau Westermann«, sagte der Professor, »ein entsetzlicher Unglücksfall, nicht wahr, wie in der griechischen Tragödie. Drei ahnungslose Jugendliche, die miteinander balgen, die nicht wissen können, daß eine Gaspistole, die aus unmittelbarer Nähe abgefeuert wird, gefährlich werden kann. Auch für Experten ist so ein Fall mit Todesfolge die große Ausnahme. Frau Westermann, es ist ein Unglück für uns alle, am meisten aber für Sie, unfaßbar und tragisch, aber bitte geben Sie nicht Maja die Schuld.«

Meine Mutter starrte mich weiter an. »Ein Unglücksfall«, sagte sie ganz langsam, »das hat Roland auch behauptet. Maja kommt ins Gefängnis wie ihr Vater.«

Nach längerer Zeit ließ uns der Professor allein, er meinte wohl, sich nun um seine fast vergewaltigte Tochter kümmern zu müssen. An der Haustür, wohin ich ihn begleitete, ließ er sich die Telefonnummer meines Bonner Onkels aufschreiben, dem er wohl die weitere Verantwortung übergeben wollte. Mein Vater hatte kein Telefon.

Nun war ich allein mit Mutter und begann mich zu fürchten. Sie sprach weiterhin nicht mit mir, weinte nicht und blickte mit einem irren Ausdruck ins Leere, der mir jeden Mut nahm, ihr durch Worte oder Körperkontakt Trost zu geben. Dabei hätte ich selbst dringend Trost gebraucht, mehr denn je in meinem Leben. Plötzlich kam mir der Gedanke, aus dem Fenster zu springen und so meiner tiefen Verzweiflung ein Ende zu bereiten. Das Ausmalen einer Doppelbeerdigung spendete mir schließlich doch so etwas wie Tröstung, weil ich bei der Vorstellung, Vater und Mutter im Unglück vereint vor unseren Gräbern stehen und weinen zu sehen, endlich selbst weinen konnte.

»Laß mich allein«, murmelte Mutter irgendwann an diesem Abend. Ich war erleichtert, daß sie überhaupt etwas sagte, und ging auf mein Zimmer, um dort weiter zu schluchzen.

Als das Telefon klingelte, hob Mutter nicht ab. Sie saß noch genauso da und rührte sich nicht. Es war ihr Bruder aus Bonn, den der Professor angerufen hatte und der nun mit Mutter sprechen wollte. »Onkel Paul«, sagte ich und hielt ihr den Hörer hin. Sie nahm ihn nicht, und der Onkel versprach, am nächsten Tag zu kommen.

Es rief noch einmal an: Cora. Sie wirkte gefaßt, aber in Gegenwart meiner starren Mutter wagte ich nicht, länger mit ihr zu sprechen. Sonst hatte ich stets das Telefon in mein Zimmer getragen, aber diesmal ging es nicht mehr um Schulmädchengeheimnisse, sondern um Brudermord. Cora schien die Situation zu begreifen. »Ich komme morgen vormittag«, versprach sie.

Ich muß in dieser schlaflosen Nacht doch geschlafen haben, denn als ich gegen drei hochfuhr, sah ich, daß das Licht im Wohnzimmer gelöscht und Mutter zu Bett gegangen war. Unter Tränen schlief ich wieder ein.

Als Cora am nächsten Morgen erschien, schlief Mutter immer noch, und ich traute mich nicht, die Tür zu Carlos Zimmer zu öffnen, denn sie schien sich dort hingelegt zu haben. Es war Samstag, Mutter hatte frei, und wir mußten nicht zur Schule.

Gegen Mittag kam Onkel Paul aus Bonn. Wir betraten

gemeinsam Carlos Zimmer. Offensichtlich hatte sie eine Überdosis Schlaftabletten genommen. Fast kam ich mir nun auch wie eine Muttermörderin vor, weil ich nicht früher den Mut gehabt hatte, an ihr Bett zu treten. Es war aber nicht zu spät. Mutter lebte und bekam den Magen ausgepumpt. Allerdings entließ man sie nach einigen Tagen im Krankenhaus nicht nach Hause, sondern überwies sie in eine psychiatrische Klinik. Sie lehnte meine Besuche ausdrücklich ab.

Mein Onkel blieb ein paar Tage und wollte mich mit nach Bonn nehmen. Ich widersetzte mich heftig. Er durfte Mutter zwar täglich besuchen, aber anscheinend wußten beide nicht, wie alles weitergehen sollte. Mutter war in eine schwere Depression gefallen, und die Ärzte hatten erklärt, daß man mit einer längeren stationären Behandlung rechnen müsse.

Schließlich war Onkel Paul einverstanden, daß ich vorerst im Hause des Professors wohnte und mich weiter auf das Abitur vorbereitete. Coras Mutter war sofort aus den Staaten zurückgeflogen und hatte angeboten, daß ich »bis auf weiteres« bleiben sollte. Anscheinend wurde diese stets aushäusige Frau von Gewissensbissen geplagt, weil sie zu wenig daheim gewesen war und ihrer Erziehungspflicht nicht genügt hatte.

Als die ersten schrecklichen Wochen vorüber waren, mußten sich Cora und ich auf Anordnung des Professors einer psychotherapeutischen Behandlung unterziehen, und zwar hatte er für seine Tochter eine Gesprächstherapie und für mich eine Psychoanalyse vorgesehen. Coras Mutter fuhr mit uns zu Ausstellungen, besuchte mit uns Konzerte und Theateraufführungen und versuchte, uns jeden Mittag mit einem italienischen Essen zu empfangen.

Carlos Beerdigung fand erst Wochen nach seinem Tode statt. Zum einen hatten die Pathologen offensichtlich keine Zeit, um diesen Fall sofort zu bearbeiten, zum andern hoffte man, daß meine Mutter sich soweit stabilisiert hätte, um daran teilzunehmen. Doch so weit sollte es nicht kommen, denn die behandelnden Ärzte hielten es für gefährlich, und sie selbst äußerte nicht den Wunsch, bei der Urnenbestattung anwesend zu sein.

Aber mein Vater kam. Ich schämte mich vor dem Professor, daß die verkommene Gestalt im geliehenen schwarzen Anzug mein Vater war. Er blamierte mich jedoch nicht, weil er überhaupt nicht sprach und nur mit abwesender Miene Hände schüttelte. Onkel Paul und er ignorierten sich, obgleich sie miteinander telefoniert haben mußten. An diesem Abend war ich mit Vater allein in unserer Wohnung, aus der ich inzwischen alle meine Sachen zu Cora gebracht hatte. Nur die seladongrüne Schale durfte nicht im Hause des Sinologen stehen; ich mußte froh sein, daß er bei seinem Besuch mein Zimmer nicht betreten hatte.

Vater sollte in Carlos Bett schlafen, ich zum letzten Mal in meinem eigenen. Wir saßen bei Rührei und Brot in der Küche, mein Vater hatte für Bier und Schnaps gesorgt. Ich trank Tee. Cora hatte mich nach der Beerdigung verlassen und war tränenüberströmt zu ihren Eltern ins Auto gestiegen. Da ich meine Therapie schon begonnen hatte, wußte ich, daß es einige Punkte zu klären gab, und ich nahm meinen ganzen Mut zusammen.

»Warum warst du im Gefängnis, und wieso konntest du Carlos Tod voraussehen?«

Vater holte ein schmutziges Taschentuch heraus, er weinte tatsächlich. Diese Tränen hätte ich meiner versteinerten Mutter gewünscht.

»Du hast ein Recht darauf, die Wahrheit zu erfahren«, begann er wie ein Schmierenkomödiant und war schon wieder still.

Ich goß ihm Schnaps ein. »Ich höre.«

Schneuzend setzte er von neuem an: »Deine Mutter hatte zwei Brüder, Paul und Karl. Wahrscheinlich kannst du dich nicht an Karl erinnern.«

Das Foto! dachte ich. Also hatte Mutter keinen Liebhaber gehabt, es war leider nur ihr Bruder.

Mein larmoyanter Vater fuhr fort: »Elsbeth liebte Karl mehr als Paul und mehr als mich. Carlo wurde nach ihm benannt, das C und das O konnte ich mit Mühe durchsetzen. Karl und ich haßten uns von Anfang an. Er studierte Chemie und galt in seiner Familie als Aufsteiger. Ich hatte damals ein abgebrochenes Studium hinter mir, arbeitete als Briefträger und malte. Elsbeth glaubte an meine Kunst und machte mir Mut. Karl fand meine Bilder schwach.«

»Soll der Tote auf dem schwarz-weiß-roten Gemälde gar nicht Carlo sein, sondern Karl?«

»So ist es. Ich habe Karl im Suff erschlagen und kam ins Gefängnis. Jahre später muß ich dieses Bild gemalt haben.«

»Warum hast du das getan?«

»Im Affekt, aus Eifersucht und Wut. Ich habe ihm eine Bierflasche auf den Kopf gehauen, er war sofort tot.«

»Hatte er dich angegriffen?«

»Nur verbal, aber das kann schlimm sein. Er wollte, daß ich mich von deiner Mutter scheiden lasse. Sie sei zu schade für einen Versager.«

Lange rührte ich im Tee, und Vater kratzte mit einer Gabel den Dreck aus seinen Fingernägeln.

»Deine Mutter konnte mir nie verzeihen.«

»Mir auch nicht«, sagte ich bitter. Ich sah ihn an und dachte: Mein Vater ist ein Mörder, ich bin eine Mörderin. Ein schöner König, eine feine Prinzessin. Das Opfer ist meine Mutter, denn ihre liebsten Menschen wurden von uns umgebracht. Griechische Tragödien waren Kindermärchen gegen unser Familienstück.

Als Vater ziemlich betrunken war, gab er zu, daß er seinen Sohn nie geliebt hatte, weil er Mutters Bruder so verteufelt ähnlich sah. Gleichzeitig war er sich aber seiner Ungerechtigkeit bewußt und hatte vielleicht deswegen häufiger an Carlo gedacht als an mich. Er verlangte, daß ich von meinem Bruder erzählen sollte, und ich verlor meine mühsam gewahrte Fassung. Ich weinte, er weinte, und wir konnten uns weder trösten noch in die Arme fallen.

Nach einem ausgiebigen Rülpser schlief Vater am Küchentisch ein, und ich legte mich in meine Zelle, denn mein Zimmer erschien mir wie ein Gefängnis, in dem ich jahrelang gelebt hatte.

Vater machte keine Versuche, für mein Leben Verantwortung zu übernehmen oder planend einzugreifen. Ich sagte ihm, daß ich bei meiner Freundin wohnen wolle und daß Onkel Paul meinen Unterhalt bestreiten werde. Er nickte, vielleicht schämte er sich. Es sei ihm schwergefallen, die Bahnfahrt zu bezahlen, sagte er mir. Der Kauf zweier Schnapsflaschen war ihm anscheinend leicht gefallen.

»Na, denn man tschüs«, mehr brachte mein Vater beim Abschied wieder nicht heraus. Aber ich konnte seine traurigen Augen nicht vergessen und dachte in der Folgezeit nicht bloß verächtlich, sondern auch mitleidig an ihn.

Cora und ich hatten uns geschworen, keiner Menschenseele von jenem Zeitungsartikel, den wir in der Bahn gelesen hatten, zu erzählen. Auch unseren Psychotherapeuten, denen von Berufs wegen Schweigepflicht verordnet war, wollten wir vor allem in diesem Punkt keinen reinen Wein einschenken. Alle, von der Polizei bis zu unseren Eltern, von den Lehrern bis zu den Mitschülern, glaubten, daß ich die Waffe nur als Drohmittel gebraucht hatte und von ihrer Harmlosigkeit überzeugt war. Auch Carlos häßliche Rolle wurde der Allgemeinheit verschwiegen, allerdings wußten in diesem Fall die Kriminalbeamten, Coras Eltern, der Rechtsanwalt und die Psychologen, daß eine versuchte Vergewaltigung vorlag. Die Version für Presse, Schule und meine Mutter lautete: bei einem harmlosen Gerangel und Rollenspiel hatte ich versehentlich die Gaspistole abgedrückt. Bis auf meine Mutter brachten alle Mitmenschen Verständnis und Mitleid auf, wahrscheinlich fand jeder mit einem Funken Einfühlungsvermögen, daß es grauenhaft sein mußte, den eigenen Bruder auf dem Gewissen zu haben. Nur mit Cora sprach ich darüber, daß ich mich als Mörderin fühlte, und sie war als einzige dazu imstande, mir meine Schuldgefühle auszureden.

»Zu einem Mord gehören niedrige Beweggründe, und du wolltest mir helfen! Der Mord muß heimtückisch oder grausam ausgeführt werden – beides trifft nicht zu! Dann gibt es noch das Motiv ›Zur Ermöglichung oder Verdeckung einer anderen Straftat‹ – das war auch nicht der Fall.«

Ich sah alles ein, und doch wußte ich, daß in meiner hintersten Hirnkammer ein Tötungswunsch bestanden hatte, wie ihn wahrscheinlich viele Menschen mit sich herumschleppen, ohne daß es zu einer Katastrophe kommt.

Aber etwas moralisch schwer Belastendes kam in meinem Fall dazu: Ich war froh, von Mutter und Bruder befreit bei Cora zu leben. Nie zuvor hatte ich es so gut gehabt.

6

Siena

Es gibt wenig Menschen, die allein verreisen. Gerade deswegen sind sie interessanter als die Rudeltiere. Da gibt es den Typ Steppenwolf, meist männlichen Geschlechts und Esoteriker. Er sitzt selten im Touristenbus; eher der Einzelgänger mit Kunsttick, der bestimmte Glockentürme oder andere abseits gelegene Trophäen sammelt. Die alleinreisenden Frauen sind meistens nicht so versponnen, sondern machen das Beste aus ihrer Situation. Aber allen, ob Mann oder Frau, haftet etwas Trauriges an, wenn sie einsam Ferien machen und ohne Freunde oder Familie beim Essen sitzen. ›Die Winterreise‹, denke ich dann unwillkürlich.

Unter den vielen verschiedenartigen Paaren gibt es gelegentlich auch Geschwister, die zusammen verreisen. Mit Argwohn sehe ich Bruder und Schwester einträchtig nebeneinander sitzen. Mein Bruder Carlo verdankt mir, daß er nie mehr verreisen, Rad fahren, mit Freundinnen schlafen oder ein Auto besitzen kann. Und ich verdankte diesem Umstand eine neue Familie.

Nach Carlos Tod hätte ich mich sehr gefreut, wenn mir Coras Eltern das Du angeboten hätten, wenn ich sie mit »Ulrich« und »Evelyn« hätte anreden können. Aber auf diesen Gedanken sind sie nie gekommen, es blieb bei »Herr und Frau Schwab«. Es hätte gerade noch gefehlt, daß ich Professor und Doktor sagen sollte, aber so ließ sich Coras Vater selbst von seinen Studenten nicht anreden.

Onkel Paul zahlte ohne Begeisterung, aber pflichtbewußt Alimente für mich. Ich wußte, daß diese Summe für meinen früheren Unterhalt gereicht hatte, aber beim aufwendigen Lebensstil in diesem Haus zuwenig war. Das Essen war von besserer Qualität, die Wäsche wurde häufiger gewechselt, eine Haushaltshilfe hielt das Haus sauber; man bezahlte mir Eintrittskarten für kulturelle Veranstaltungen, man kaufte mir Kleider und Wäsche, Bücher und Kosmetika. Ich gewöhnte mich schnell an einen höheren Lebensstandard, gleichzeitig blieb aber ein Unbehagen zurück, weil mir diese Vergünstigungen nicht zustanden. Zwar war es ein freundliches und selbstverständliches Geben und kein gnädiges Gewähren, das meine neue Familie auszeichnete, aber was Cora als Tochter zustand, war keineswegs mein gutes Recht. Ich träumte zuweilen, daß man mich hinauswarf oder daß Cora mich leid wurde und ihren Eltern klarmachte, daß ich kein guter Umgang für sie war. Diese Ängste gründeten nicht auf Tatsachen. Coras Eltern behandelten mich fast wie eine Tochter und machten in materieller Hinsicht überhaupt keinen Unterschied. Aber aus meiner unterschwelligen Unsicherheit heraus, durch irgendein Fehlverhalten aufzufallen, hörte ich auf zu stehlen, war in der Schule aufmerksam und hatte nur noch gute Zeugnisse; vielleicht wurde ich für Cora ein bißchen langweilig, und sie hatte nicht so viel Spaß mit mir wie früher. Andererseits verstand sie, daß mir der Übermut nach jenem schwarzen Freitag vergangen war. Auch sie hatte am Verarbeiten dieses Traumas zu kauen.

Mindestens einmal im Monat ging die Professorenfamilie kantonesisch essen. Es war ein Genuß für mich, wenn Coras Vater mit den Kellnern chinesisch plauderte und sich die Gäste an den Nebentischen neugierig und voller Bewunderung nach uns umdrehten. Auch Cora und ich sagten zu der Empfangsdame im geschlitzten Seidenkleid: »Ni hau!«

Frau Schwab hatte rote Haare wie ihre Tochter, sah aber anders aus. Sie trug gern zarte, gebrochene Farben, lange Perlenketten und elegante italienische Schuhe. Wie gern wäre ich die Tochter dieser Eltern gewesen! Wenn mich fremde Beobachter dafür hielten, war das allein schon ein Hochgefühl.

Coras Mutter, die sich nun intensiv um uns kümmerte, beriet uns gern in modischen Fragen und war dabei gar nicht auf den eigenen damenhaften Stil festgelegt. Cora lehnte alles ab, was ihrer Mutter gefiel, so daß die frustrierte Beraterin mehr und mehr Gefallen daran fand, mich einzukleiden. Wenn wir zu dritt einkaufen gingen, kam Cornelia mit einem Packen wilder Klamotten nach Hause, billigem Zeug, das schnell ausgedient hatte. Ich dagegen wurde geschmackvoll und viel teurer ausstaffiert, weil ich Qualität zu würdigen wußte. Leider kam es aber häufig so, daß Cora ihre Kleider nicht auf den Bügel hängte und kurz vor Schulbeginn nach meinen griff, als ob es keine Frage sei, daß meine Sachen auch ihre waren. Ihre Mutter lächelte zufrieden, wenn sie Cornelia in meiner beigen Leinenjacke sah, und manchmal kam mir der giftige Gedanke, daß sie letzten Endes doch nur ihre eigene Tochter auf dem Umweg über mich einkleidete.

Wie lange konnte ich in dieser Familie bleiben?

Ich malte mir aus, daß meine Mutter zurückkäme, versteinert und ins Leere blickend, und wir wieder zusammen in unserer trostlosen Wohnung leben müßten. Hin und wieder war ich für ein paar Stunden dort, saugte Staub, lüftete und versuchte, Carlos abgeschlossenen Schreibtisch aufzubrechen. Mein Therapeut hatte mir geraten, wenn ich das Bedürfnis hätte, Mutter zu schreiben, es auch in die Tat umzusetzen. Dreimal hatte ich dieses Bedürfnis, dann wich es einem Gefühl der Bitterkeit, denn sie reagierte nie. Von Onkel Paul erfuhr ich sporadisch, daß es ihr weiterhin schlecht gehe und man über einen Entlassungstermin nicht spekulieren wolle. Natürlich hoffte ich, Mutter würde irgendwann ein normaler Mensch (glücklich war sie wahrscheinlich nie gewesen), aber von mir aus konnte ihre Depression bis zu meinem Abitur dauern.

Cora fing damit an, ihren Therapeuten zu testen. »Woher soll ich wissen, ob der Bursche etwas taugt?« fragte sie und erzählte ihm einen erfundenen Traum. Hinterher bekam ich zu hören, das sei die erste amüsante Therapiestunde gewesen.

Der »Bursche«, der sich mit ihr abmühte, war ein milder und dicklicher Mann, der Cora forschend in die grünen Augen sah und nicht merkte, daß sie log. Mein Therapeut war viel strenger, ich durfte nicht abschweifen und traute mich anfangs nicht, ihm einen Bären aufzubinden.

Cora sagte: »Ich habe nicht gewußt, daß du so feige bist.«

Ihr zuliebe dachte ich mir den Traum vom Waldvöglein aus. Ich war ein Vöglein, das nachts wie ein Uhu zu hell erleuchteten Fenstern flog und die Menschen beobachtete.

Meinem Therapeuten war sofort klar, daß es sich um die Freudsche Urszene handelte und ich in frühkindlichem Alter meine Eltern im Bett ertappt hatte. Immer wieder mußte ich mich entspannen und zu delikaten Klecksbildern frei assoziieren. Weil es vorzüglich klappte, machte mir dieses Spiel schließlich Spaß. Ich verschwieg ihm aber meine wirklichen Tagträume, in denen ich mir ausdachte, daß ich Coras Bruder heiraten würde und meine Ersatzeltern legal für mich verbuchen konnte.

Eigentlich liebte ich den Bruder aus diesem Grunde, bevor ich ihn kannte. Er hieß ganz altmodisch Friedrich und studierte Physik. Cora gab zuweilen mit ihm an, er sei unwahrscheinlich intelligent, ein zweiter Einstein.

Eine Woche vor Heiligabend holte die ganze Familie Schwab den verlorenen Sohn vom Frankfurter Flughafen ab, natürlich ohne mich, denn der Platz im Auto würde knapp, da viel Gepäck erwartet wurde. (Friedrich hatte nur eine Reisetasche bei sich.) Er wollte »Fred« genannt werden und teilte uns beim ersten gemeinsamen Essen mit, daß er so gut wie verlobt sei. Seine amerikanische Braut hieß Annie, trug auf dem Foto eine silberne Zahnspange und war vollschlank. Ich entwickelte einen gewissen Ehrgeiz, Fred seinen amerikanischen Traum vergessen zu lassen. Aber er schien mich kaum wahrzunehmen; er saß im übrigen gern mit Cora zusammen, und sie redeten über ihre Kindheit. Ich fühlte mich als fünftes Wagenrad. Friedrich war einige Jahre älter als Cora und nicht viel ernsthafter; in Liebesdingen, so schien mir, hatte Einstein das Pulver nicht erfunden. Sonst wäre ihm aufgefallen, daß ich ihm nicht zufällig in der

Unterwäsche begegnete. Als Friedrich nach drei Wochen wieder abfuhr, hatte ich nur erreicht, daß er meinen Namen behalten hatte. Er hatte mit seinen Eltern vereinbart, daß er im Sommer mit Annie in die Toskana käme, damit wir alle seine zukünftige Frau kennenlernen konnten. Ich begann um meinen Ferienplatz zu zittern. Es waren bekanntlich vier Betten dort, und mit der Zahnklammer war man, ohne mich, schon zu fünft.

Übrigens verlief mein erstes Weihnachten ohne Mutter und Carlo relativ unbeschwert, es gab nur wenig Geschenke, und das Fest wurde unsentimental und nicht sonderlich christlich gefeiert. Zuweilen spielte ich mit Cora und Friedrich bis zum Morgengrauen, und wir lachten herzlich. Beim Kartenspielen hielt ich Mogeln für selbstverständlich, und Cora betrachtete das ebenso. Friedrich wunderte sich, daß er nie gewann. Manchmal hielt er uns physikalische Vorträge von entsetzlicher Langweiligkeit. Wenn er mein Bruder gewesen wäre, hätte ich ihm Professors Sherry-Karaffe über das Gelehrtenhaupt gekippt.

Als es langsam Sommer wurde, machte Coras Mutter einen Einkaufsbummel mit ihren »Töchtern«. Inzwischen wußte ich, daß der Professor zwar gut verdiente, seine Frau aber auch nicht arm war. Sie hatte eine Erbschaft zu erwarten und bekam, seit sie verheiratet war, eine Apanage von ihrem Vater, ihr »Schuh- und Strumpfgeld«. Von diesem Geld bezahlte sie unser aller Kleidung.

»Wir müssen an Italien denken«, sagte sie, und ich schöpfte wieder Hoffnung, daß ich eingeladen war. Cora stellte sich eine rosa-rot-violett-orange Kombination zusammen, die zu ihren roten Haaren und den zu erwartenden Sommersprossen teuflisch aussehen mußte. Ihre Mutter entschied sich für eine raffinierte Mischung aus kühlem Meergrün und Lavendel.

»Maja, du solltest Naturtöne tragen«, riet sie mir. Ich bekam einen sandfarbenen Baumwollpullover, ein kurzes rohweißes Leinenkleid und Shorts in Umbra. »Es fehlt noch etwas in Terrakotta oder Siena«, meinte sie.

»Was ist das für eine Farbe?« fragte ich.

»Warte nur«, sagte Cora, »wenn wir im Sommer in Siena auf dem Campo sitzen und Eis essen, dann wirst du diese Farbe nie mehr vergessen. Es ist ein warmes, rötlich-gelbes Braun. Die Häuser rund um den Campo glühen in diesen Farben so intensiv in der Abendsonne, daß du immer dort sitzen bleiben möchtest...«

Ich erhielt eine dreiviertellange Hose in der Farbe Siena und die sichere Aussicht, sie im Sommer in der Toskana zu tragen.

Kurz vor den großen Ferien erreichte mich zum ersten Mal ein Brief meiner Mutter (mein Vater hatte sich nie gemeldet). Sie schrieb sehr sachlich, es gehe ihr besser, aber sie werde nie mehr nach Hause zurückkommen, da unsere Wohnung mit zu vielen Erinnerungen belastet sei. Man könne es Onkel Paul nicht zumuten, weiterhin die Miete zu bezahlen, wenn dort keiner wohne. In der Kurklinik hätte man ihr angeboten, dort als Schwesternhelferin zu arbeiten und weiter psychotherapeutisch betreut zu werden, und sie habe das probeweise seit sechs Wochen getan. Eine Einzimmerwohnung mit Kochecke stehe bereit. Demnächst werde Onkel Paul erscheinen und die Räumung der alten Wohnung veranlassen. Die Möbel, die sie brauchen konnte, würden ihr zugeschickt, den Rest wollte der Onkel in einem Lager unterbringen. Ich solle meine Sachen an mich nehmen. (Das war nur noch die seladongrüne Schale.) Sie schloß mit den Worten: *Deine Mutter, der du Unglück gebracht hast.*

Kein Wort stand in diesem Brief über meine Zukunft. Der Professor hatte mich zwar in seine Familie aufgenommen, aber in der festen Annahme, daß meine Mutter in drei Monaten wieder funktionstüchtig sei. Ich schämte mich.

Als ich mit diesem Schreiben vor Herrn Schwabs Schreibtisch stand (ich hatte mich entschieden, ihn als ersten zu informieren), sah er freundlich lächelnd von seiner Übersetzung auf: »Bald geht es in die Sommerfrische, nicht wahr«, meinte er, »dann sieht das Leben für dich und deine Intima wieder rosig aus, den ganzen Tag poussieren und Eis essen, nicht wahr.«

Ich legte ihm Mutters Brief auf die lederbezogene Schreibtischplatte. Er gab zu, daß er nicht damit gerechnet hatte, mich als Dauergast zu beherbergen. »Aber es soll uns allen eine Freude sein, wenn hier im Haus ein doppeltes Abitur gefeiert wird«, schloß er liebenswürdig und nahm ein unförmiges Lexikon zur Hand. Ich war in Gnaden entlassen.

Cora umarmte mich. »Ohne dich würde ich verkümmern, es war schrecklich, sozusagen als Einzelkind zu vegetieren, als Friedrich in die USA ging.«

Auch Coras Mutter fand es gut, daß ich noch ein ganzes Jahr im Hause blieb. »Wenn du zu deinem Onkel nach

Bonn gingest, müßtest du die Therapie abbrechen, das wäre schlimm.«

Es wäre gut gewesen, wenn ich meine Therapie noch lange durchgehalten hätte, aber leider kam es anders.

Eines Abends, als Cora und ich uns in Nachthemden die Fotos früherer Toskanaferien ansahen, fragte ich vorsichtig: »Es gibt vier Betten, aber mit deinem Bruder und Annie sind wir sechs – sollen wir beide im Zelt schlafen?«

»Quatsch«, sagte Cora, »wir haben kein Zelt. Das Haus hat drei Ferienwohnungen. Meine Mutter hat schon an Weihnachten hingeschrieben und die kleinere Wohnung für Fred und Annie gemietet.«

»Und ich hatte Angst, ihr würdet ohne mich fahren!«

»Ehrlich?« fragte Cora verwundert. »Warum hast du nicht einfach gefragt?«

Aber gerade das fiel mir schwer. Ein Jahr lang würde noch für mich gesorgt; ich wagte selbst Cora nicht zu fragen, was dann käme.

Sie aber sprach ihrerseits über die Zukunft: »Vielleicht werde ich in Florenz studieren, Malerei oder Architektur. Dafür müßte ich allerdings eine Sprachprüfung machen; ich kann zwar etwas italienisch, aber das reicht nicht. Am besten, ich ziehe gleich nach dem Abi nach Italien und bereite mich intensiv auf die Sprachprüfung vor. Und was hast du vor? Kommst du mit ins Land, wo die Zitronen blühn?«

Obgleich ich mit einem Stipendium rechnen konnte, würde ich nie die Mittel haben, nach Florenz zu ziehen. »Ich werde auch studieren«, sagte ich, »Germanistik und Theaterwissenschaft, und dann werde ich Dramaturgin.«

»Unter diesen Umständen lass' ich die Architektur sau-

sen, werde Bühnenbildnerin, und wir gehen später zusammen an die Schaubühne, abgemacht?«

Ich nickte, obgleich ich genau wußte, wie unrealistisch diese Träume waren.

Anfang Juli war ich wirklich in Italien. Colle di Val d'Elsa war eine kleine Stadt, und von dort ging es in das Dorf Gracciano. Eine Schotterstraße führte zum Ferienhaus.

Das Haus lag auf einem Hügel, auf jeder Seite standen fünf große Eichen. Das Grundstück, auf dem Cora das Fledermausskelett gefunden hatte, war von goldenen Getreidefeldern umgeben. Frühmorgens und abends hörte man Fasanenhennen fast wie Hühner gackern. Im Westen lag ein sanft ansteigendes Kornfeld, am Horizont von Solitärbäumen begrenzt. Der Professor meinte, daß dieser Acker im Licht der untergehenden Sonne wie Gottfried Kellers Abendfeld aussähe.

Vom ersten Augenblick an liebte ich diese Landschaft und ihre Häuser. Unser altes Haus war in traditioneller toskanischer Weise aus verschieden großen Steinbrocken gebaut, die mit Mörtel zu einem hübschen Puzzlemuster zusammengefügt waren. Cora und ich verbrachten die meiste Zeit im Pool. Drei Schwalben spielten über dem Wasser, stießen im Sturzflug bis zur Oberfläche und nahmen ein Schnäbelchen Chlorwasser auf. Sobald es dunkel war, verwandelten sie sich in Fledermäuse.

Das Zimmer, das ich mit Cora bewohnte, wurde tagsüber verdunkelt, damit es kühl blieb. Die Zimmerdecken waren hoch, Eichenbalken bildeten ein Tragwerk, auf das dicke rötliche Backsteine gepackt waren. Lagen wir neben-

einander im Bett, dann konnten wir lange auf das Steinmuster schauen und bei diesem Anblick müde werden.

Nach drei Tagen hatte meine Haut jenen goldenen Bronzeton angenommen, um den mich alle beneideten, während Cora und ihre Mutter die Tüpfelung hinnehmen mußten. Der Professor saß stets im Schatten und las. Die amerikanischen Verlobten waren noch nicht eingetroffen.

Coras Mutter mußte uns ständig im Auto zur Bushaltestelle bringen und sehnte sich nach dem Tag, an dem wir einen eigenen Führerschein hätten. In Siena zeigte mir Cora einige pikante Sehenswürdigkeiten wie das Haupt der Heiligen Katharina in San Domenico, aber die meiste Zeit saßen wir auf der Piazza del Campo und ließen uns ansprechen. Unser Taschengeld reichte nicht, um ein Eis nach dem anderen zu löffeln, denn hier kostete es dreimal mehr als woanders. Aber wir waren zufrieden, auf irgendwelchen Stufen zu lümmeln, die braunen Beine in die Gegend zu strecken und Brötchen mit toskanischem Schinken zu kauen. Wir fütterten Tauben, kamen dabei mit benachbarten jungen Männern ins Gespräch, mit denen wir in drei Sprachen radebrechten, und wurden rasch zu teuren Eisbechern eingeladen. Die Männer waren entweder modische junge Italiener oder Touristen mit sperrigen Rucksäcken, Turnschuhen, schweißigen T-Shirts und abgeschnittenen Jeans.

Coras Sommerferien waren, seit sie allein mit dem Bus nach Siena fahren durfte, immer so verlaufen. Allerdings mußten wir zu einer abgemachten Zeit zurück in Colle di Val d'Elsa sein, denn dort warteten Coras Eltern, um mit uns essen zu gehen.

Schon am Anfang der Ferien, noch vor Fred und Annies Ankunft, lernten wir zwei deutsche Medizinstudenten kennen, die in einem klapprigen VW-Bus nach Sizilien wollten. Ich verliebte mich auf der Stelle in Jonas. Cora wollte ausnahmsweise keinen von beiden. Meine Pläne, in diesem Sommer ihren Bruder zu angeln, waren von einer Sekunde zur anderen vergessen.

Jonas hatte fast schwarze Augen, und ich fand ihn schön und männlich. Er sah mich unverwandt an; er war der erste Mann, der nicht zuerst auf Cornelia flog.

In meinen glücksbringenden, sienafarbenen Korsarenhosen und einem knappen Hemdchen in ockergelb, brauner Haut und goldbraungeflecktem Haar fühlte ich mich aufregend schön; und ein junger Mann sah ausschließlich mir in die Augen – gab es ein größeres Glück? Kaum merkten wir, daß Cora mit dem anderen Studenten, er hieß Karsten, in den zebrastreifigen Dom abwanderte, um die Fremdenführerin zu machen.

Schon zwei Tage später schlief ich mit Jonas im VW-Bus. Er war ohne Begleiter (aber mit selbstgepflückten Blumen) im Ferienhaus erschienen und holte mich zu einer Spazierfahrt ab. Von da an hatte ich nichts anderes mehr im Kopf. Cora sagte: »Dich hat's aber erwischt!«

Enttäuscht fuhr der arme Karsten per Anhalter nach Sizilien, während ich Tag für Tag ein überschwengliches Liebesleben im Kombi genießen konnte. Coras Eltern mischten sich nicht ein.

Als schließlich Fred und Annie Oakley eintrafen, war vor allem Cora maßlos unzufrieden. »Da hat er sich wirklich die letzte Eule ausgesucht, etwas mehr Geschmack

hätte ich ihm zugetraut. Und diese penetrante Mickymaus-Stimme!«

Annie war von uns allen entzückt, fand Europa wundervoll, kicherte blöd und redete in einer gräßlichen Sprache, die wenig mit unserem Schulenglisch zu tun hatte. Gutmütig tat sie alles, um Fred zu gefallen. Ich schwamm gerade in einem solchen Meer von Glück, daß ich mich um Annie und Fred nicht kümmerte. Aber gerade mein Desinteresse und gleichzeitiges bräutliches Aufblühen schien bei Friedrich etwas zum Klingen gebracht zu haben, denn er fuhr häufig seiner Annie über den Mund und lachte viel zu lange über die simpelsten Witze, die mir über die Lippen kamen.

Cora beobachtete die Szene. »Kannst du nicht von Jonas auf Friedrich umschwenken, dann wären wir das blöde Weib los. Es wäre doch praktisch.«

Ich sah sie verständnislos an. Seit wann war Liebe praktisch?

»Vergiß es«, sagte Cora, »mit dir kann man im Moment nicht vernünftig reden.«

Wir saßen auf den grauen Steinstufen, die von außen in die obere Wohnung führten, und lackierten unsere Zehennägel rosa. Coras Mutter setzte sich zu uns. »Und was ist mit den Fingerchen?« sagte sie und hob mißbilligend die schöne Hand ihrer Tochter in die Höhe. »Woher stammen die Trauerränder, wenn ihr doch stündlich ins Wasser springt?«

Auch ich betrachtete verlegen meine Hände. Im Grunde lackierten wir die Zehen, um mit frischem Rosa vom Straßenstaub abzulenken, aber lackierte Fingernägel hielten wir für zu damenhaft. Coras Mutter zeigte uns, wie es die

Französinnen machen: French Manicure, natürlich kurze Nägel, oval gefeilt, mit einem Nagelweißstift von unten betont. Während sie einen meiner Fingernägel zu Demonstrationszwecken feilte, sagte sie beiläufig: »Soll ich dir meine Pille leihen? Ich habe zwei Packungen mitgenommen.«

Ich wurde über und über rot, brachte aber nichts heraus. Cora, einerseits eifersüchtig auf die mütterliche Zuwendung, andererseits in steter Opposition dagegen, zischte ihre Mutter an: »Jonas ist schließlich Mediziner, der kennt sich besser aus als du, nicht wahr, Maja?«

Ich nickte. Jonas paßte auf, wie er versichert hatte, aber er sprach ungern über Sex, er handelte. Ich hätte sicher die Pille »geliehen«, aber Solidarität mit Cora war vorrangig für mich.

Später habe ich darüber nachgedacht, warum ich mich ausgerechnet in Jonas verliebt hatte. Wahrscheinlich hatte ich keine Wahl, wenn es auch anders aussieht. Damals war ich reif wie Fallobst; ich war meine krankmachende Familie losgeworden, ich fühlte mich wohl in meiner selbstgewählten Ersatzfamilie, ich fand mich schön in guten Kleidern und mit der braunen Haut, und ich war glücklich, zum ersten Mal im Leben einen Italienurlaub zu genießen, der für meine Klassenkameradinnen nichts Besonderes mehr war. Die jungen Männer, die an den ersten Tagen neben uns gesessen hatten, waren auf Cora geflogen. Nun kam endlich einer daher und schaute nur mir in die Augen – wahrscheinlich wäre ich auch in Liebe zergangen, wenn es ein viel untauglicheres Objekt als Jonas gewesen wäre.

Was wußte ich von ihm? Er sah gut aus, strahlte genau

wie ich das Ferienglück junger Menschen aus, er war braun-
gebrannt und ließ sich einen wilden Bart stehen. Ich mochte
es, wenn sich unsere warme Haut berührte, auf der man die
Sonne förmlich roch. Jonas war ernsthafter und wortkarger
als ich, er war ein gläubiger Mensch, und ich hütete mich,
ihm von früheren Untaten zu erzählen. Zwar hatte ich an-
gedeutet, daß mein Bruder im vergangenen Jahr durch
einen tragischen Unfall gestorben war, aber Jonas nahm
mich nur mitfühlend in die Arme und putzte mir mit einem
bäuerlich-karierten Taschentuch die Nase, er fragte nicht
nach Einzelheiten.

Er fragte nicht, ich tat es auch nicht. Wir waren so stark
mit unserem körperlichen Wohlgefallen beschäftigt, daß
wir uns gegenseitig bedenkenlos annahmen, alles Gemeinsame als Wunder bestaunten, alles Trennende interessant
und anregend fanden.

Ich habe Jonas erst viel später kennengelernt.

Safrangelb

Neulich rief man von der Agentur an, ob ich mir zutrauen würde, »die große Tour« zu machen, meine Kollegin sei plötzlich erkrankt. Die große Tour dauert doppelt so lang wie meine (nämlich sechs Stunden) und hat Fiesole im Programm, natürlich auch die Uffizien mit ausgiebiger Betrachtung von Botticellis Frühlingsallegorie. Ich merkte mir also, daß diese große Holztafel 1478 gemalt wurde. Links bewacht Merkur, rechts verfolgt Zephyr die Frauen, von oben schießt Amor. Und vor dem Gemälde stand der Auftraggeber Lorenzo Medici und betrachtete die transparent gekleideten Grazien. Cora mag dieses Bild nicht, obwohl sie in manchen Augenblicken der Flora ein wenig ähnlich sieht. Lieblichkeit ist ihr ein Greuel, und sie setzt alles daran, ihre eigene durch Verkleidung zu tarnen.

Ich habe die große Tour jetzt schon ein paarmal durchgestanden. Meine zwanzigköpfige Herde hat die Sehenswürdigkeiten abgehakt und sich dann dem Shopping hingegeben: handgeschöpftes Papier, Stroh- und Korbwaren, Florentiner Spitze und Goldschmuck mit Koralle und Perlen.

Mit Wut sah ich, wie eine Siebzehnjährige von ihren Eltern alles bekam, worauf sie mit dem Finger deutete. Die Alten waren so entzückt über den Gnadenerweis ihres lieben Kindes, mit ihnen nach Italien zu reisen, daß sie die sinnlosesten Souvenirs erstanden und zu Gucci und Fendi gelaufen wären, wenn es die Tochter gewünscht hätte.

Meine erste Reise ins Ausland hatte in Begleitung fremder Eltern stattgefunden. Auch wenn ich Coras Eltern immer wieder loben muß, es waren doch nicht meine eigenen. Vielleicht war das der Grund, daß ich mich damals mit solcher Leidenschaft an Jonas klammerte.

Als die Ferien zu Ende gingen, gab es einen herzzerreißenden Abschied. Annie und Fred fuhren nach Paris, weil die Amerikanerin nicht nach Hause wollte, ohne den Eiffelturm gesehen zu haben. Friedrich hatte seine Begeisterung für die Staaten und Annie mit den Schwitzhänden in dem Maße verloren, wie er mich für attraktiver hielt. Wahrscheinlich schmiedete er bereits damals Pläne, seine Braut durch Flucht abzuschütteln.

Es war die Trennung von Jonas, die ich kaum ertrug. Ich schämte mich kein bißchen, vor der versammelten Familie zu weinen, meinen Liebsten wie ein Klammeraffe zu umfangen und schließlich wie eine indische Witwe kurz vor der Verbrennung willenlos ins Auto der Professorenfamilie zu sinken.

Der Professor hatte meinen leidenschaftlichen Abschied etwas ungeduldig angemahnt: »Fertig, nicht wahr?« Cora und ihre Mutter tauschten einen seltenen Blick des Mitleidens.

Jonas studierte in Freiburg, in zwei Stunden konnte er am Wochenende vor unserer Tür stehen und mich zu einer Liebesfahrt abholen. Dieses Versprechen hielt er ein. Er selbst wohnte in einem katholischen Studentenheim, wo weiblicher Besuch zwar nicht generell verboten, aber ungern gesehen war. Mehrmals fragte ich, warum er sich kein anderes Zimmer suche. Es waren finanzielle Gründe. Jonas bekam

durch klerikale Beziehungen einen beachtlichen Miet-
nachlaß; sein älterer Bruder war in einen Orden eingetre-
ten. Die Eltern, die einen Bauernhof im Schwarzwald
besaßen, hatten alle sieben Kinder streng und fromm
erzogen. So kam es, daß ich Jonas nie besuchte, er aber
jedes Wochenende bei uns zu Gast war. Nur unser Liebesleben fand in seinem Wagen statt (sogar, als es kälter
wurde). Bei unzähligen sonntäglichen Mahlzeiten hielt
Jonas als Parasit mit. Die großzügigen Eltern beobachte-
ten dieses weitere Familienmitglied anfangs mit Interesse,
das jedoch erlahmte. Die Qualität von Jonas lag eher im
freundlichen Zuhören als im amüsanten Geplauder.

Fünf Monate vor dem Abitur hatte ich den schrecklichen Verdacht, schwanger zu sein. Ich sprach zuerst mit
Cora.

Wie immer wußte sie Rat. »Auf keinen Fall mit meinen
Eltern reden, sonst gibt es eine Riesenaufregung«, sagte
sie, »wir holen in der Apotheke einen Schwangerschafts-
test. Sollte er positiv sein, mußt du sofort Jonas anrufen.
Als Mediziner wird er sich ja auskennen.«

Jonas war im zweiten Semester, aber ich vertraute ihm
und seiner tröstlich-warmen Stimme grenzenlos. Der Test
fiel positiv aus, und ich rief an. »Ich bin schwanger«, ver-
kündete ich.

Er schwieg.

Ich versuchte, mir sein Gesicht vorzustellen. Nach längerer Pause sagte ich: »Sicher weißt du Bescheid, wie man
es wegmachen läßt. Soviel ich weiß, muß ich zuerst zu
einer Beratungsstelle.«

Er schwieg weiter, es wurde mir unheimlich. War er

nicht allein? »Maja«, sagte er schließlich kaum hörbar, »so etwas darfst du nie wieder sagen.«

Was sollte das heißen? Wir mußten doch darüber sprechen! Ich wurde nervös. »Dann sag endlich etwas!«

»Ich muß überlegen«, sagte Jonas so langsam, daß man deutlich merkte, wie er Zeit schinden wollte. »Abtreibung ist Mord. Eine Sünde.«

Endlich verstand ich, daß sein tiefer Glaube ein weiteres Problem darstellte. Aber wenn der Glaube angeblich Berge versetzte, konnte er einen dicken Bauch verhindern? Voll Scham und Entsetzen sah ich mich mit einem schreienden Säugling in Coras Zimmer sitzen, ohne Geld, ohne Mann, ohne Beruf, einzig auf die Gnade fremder Eltern angewiesen. Es war noch angegangen, daß Jonas gelegentlich mit bei Tisch saß, aber die ständige Anwesenheit eines Babys war indiskutabel.

»Jonas«, drohte ich, »wenn du gleich von Mord und Sünde sprichst, dann denk mal über deine Rolle in diesem Stück nach...«, ich mußte weinen.

»Unser Pfarrer ist dummerweise noch im Urlaub«, sagte Jonas, »ich kann erst nächste Woche mit ihm sprechen.«

Nun stieg die Wut in mir hoch. Wenn ich jähzornig werde, könnte ich alles niedertrampeln. »Laß den Pfaffen aus dem Spiel«, schrie ich, »ein Gynäkologe ist wichtiger! Aber ich werde allein einen finden!« Ich legte auf.

Cora kam nach diesem Gespräch hereingeschossen, sicher hatte sie mich gehört. Sie sah mein verheultes Gesicht und nahm mich in die Arme. »Wir brauchen diesen Menschen nicht, wir werden auch ohne ihn mit allem fertig. Denk nur an Detlef.«

Ich konnte nicht lachen. Die Kindereien mit Detlef hatten nichts mit einem Kind im Bauch zu tun.

Am nächsten Tag saß ich im Wartezimmer einer Frauenärztin. Cora hielt meine Hand, bis ich aufgerufen wurde. Die Gynäkologin bestätigte meine Schwangerschaft, und ich heulte.

»Sie sind erst achtzehn«, sagte sie mitfühlend und sah mich forschend an.

»Ich will jetzt kein Kind, vielleicht wenn ich dreißig bin...«

Sie verstand das gut. Ich erzählte ihr, daß ich bei den Eltern einer Freundin als Gast aufgenommen sei, die eigene Mutter depressiv, der Vater ein Säufer!

Schließlich erbot sie sich, mir nach Kräften beizustehen, sie vereinbarte einen Termin in einer Pro-Familia-Beratungsstelle und schrieb mir die Adresse einer hessischen Abtreibungsklinik auf. Etwas erleichtert kehrte ich mit Cora nach Hause zurück.

Der VW-Bus stand vor der Tür. Jonas stürzte heraus, umarmte mich und war völlig durcheinander. Noch bevor wir den Flur betraten, rief er laut: »Wir werden heiraten!«

Angeblich soll es einer der Höhepunkte im Frauenleben sein, wenn die Liebeserklärung und der Heiratsantrag gemacht werden. Damals befand ich mich in einer solchen Gefühlsverwirrung, daß ich keine Freude empfinden konnte. Jonas hatte durch seine Unfähigkeit zu schneller Reaktion meinen Zorn hervorgerufen; ich hatte natürlich nicht bedacht, daß er nur drei Jahre älter als ich, aber ebenso

liebeshungrig und unerfahren war. Mit meiner Mitteilung hatte ich ihn verschreckt.

Jonas war ein Mann, der Zeit brauchte. Als ich ihn erst wenige Tage kannte, ging mir seine Art zu essen bereits gegen den Strich. Er konnte eine volle Stunde an einer Scheibe Brot mümmeln, so daß ich ihn in meiner Ungeduld am liebsten gefüttert hätte. Aber war das etwas Schlimmes? Im Gegenteil, das Gründliche und Genaue waren seine Stärke und meine sicher nicht. Auf sein Heiratsangebot reagierte ich nicht, wie Jonas erwartet hatte, mit einer dankbaren Umarmung. Ich war störrisch und sagte kalt: »Ich brauche keine Gefälligkeiten.« Cora verdrückte sich.

Als ich mit Jonas allein war, begann er, sich anzuklagen. Meine Schwangerschaft sei allein seine Schuld. Als Christ werde er alles tun, um die Verantwortung für das werdende Leben zu übernehmen.

»Wie stellst du dir das vor?« fragte ich. »Wir haben beide kein Geld und keinen Beruf.«

»Sobald du das Abitur hast, wird geheiratet. Du kannst mit dem Kind bei meinen Eltern leben, bis ich fertig mit dem Studium bin.«

Ich sah mich im Trachtenkleid Heu machen und Schweinefutter in den Stall schleppen, immer mit einem winselnden Kind auf der Hüfte. »Eher geh' ich nach Amerika«, Flucht vor diesen Aussichten, vielleicht zu Friedrich, war das Ei des Kolumbus.

Aber Jonas sah ein, daß er mich nicht einfach bei seinen Eltern abgeben konnte. Er entwarf das Bild einer kleinen, billigen, aber gemütlichen Wohnung und einem liebenden

Paar, das mit seinem Kind auf bescheidene Weise zufrieden ist. »Eine glückliche kleine Familie«, sagte er.

Bei dem Wort »Familie« vergaß ich meinen Zorn und Trotz. War das nicht die Lösung aller Probleme? Eine neue Familie gründen, die anders war als die ererbte, krankmachende und die fremde, die mir nicht zustand; eine Familie mit einem eigenen Kind, einem Ehemann und einer Wohnung, in der alles mir gehörte, wo ich bestimmen würde, wo die Lampe hing und wann gegessen wurde. Plötzlich schien mir diese eigene Familie ein Paradies zu sein, das ich mir gewünscht hatte, seit mein Vater mich verlassen hatte.

Als Jonas fahren mußte – er hatte am nächsten Tag eine Zwischenprüfung –, war ich gewillt, ein Kind zu kriegen, eine Hausfrau und gute Partnerin zu werden. Cora kam gleich herbei, als sie den Wagen röhrend davonfahren hörte.

»Laß bloß die Finger davon«, warnte sie.

Hätte ich auf sie gehört, wäre mein Leben anders verlaufen. Aber wer hat je in Liebesdingen etwas auf wohlgemeinte Ratschläge gegeben?

Ich ging nicht zu Pro Familia. Ich ließ meinen Therapeuten wissen, daß ich im Moment keine Zeit für die Sitzungen hätte, weil die Vorbereitungen fürs Abitur wichtiger seien. Auch Cora kündigte ihre Gesprächstherapie, der Reiz des Neuen war für sie längst verflogen.

Tatsächlich habe ich in dieser Zeit fleißig gelernt, einige vorzügliche Referate gehalten und damit die Theorie ad absurdum geführt, nach der schwangere Frauen derart mit

ihrem Bauch beschäftigt sind, daß für den Kopf nichts übrigbleibt.

Mein Plan war, die Umwelt erst zu informieren, wenn der Termin eines möglichen Eingriffs überschritten war. Dann würden sie staunen, die eigenen und Coras Eltern, die Lehrer und Mitschüler.

Frau Schwab gehörte nicht zu den Müttern, die morgens Kakao kochen. Wenn Cora und ich, meistens ohne Frühstück, das Haus verließen, lag sie noch mit dem schnarchenden Professor im persischrosa Bett. Aber das hieß nicht, daß sie schlief oder taub war. Im Gegenteil, hellhörig hatte sie durch mehrere Wände hindurch mein morgendliches Würgen erlauscht und messerscharfe Schlüsse gezogen. Wahrscheinlich war sie trotz des Schreckens erleichtert, daß es nicht die eigene Tochter war.

Zuerst hatte sie versucht, Cora auszuhorchen. Aber meine Freundin sagte ihren Eltern nicht so schnell die Wahrheit. Wahrscheinlich fiel ihr die Abnabelung von ihren Erzeugern besonders schwer, weil sie, im Gegensatz zu mir, wenig an ihnen aussetzen konnte.

»Frag sie doch selbst«, sagte Cornelia zu ihrer Mutter, die mir (etwas verlegen) die entscheidende Frage stellte: »Maja, erwartest du ein Kind?«

Wir wurden beide rot. Wie schwer muß es für den Professor und seine Frau gewesen sein, diese Tatsache zu verdauen. Ich war erst achtzehn, sie hatten die Verantwortung für mich übernommen und waren meinen Eltern Rechenschaft schuldig. Natürlich boten sie mir eine schnelle und diskrete Abtreibung an – ja, sie versuchten sie mir aufzudrängen. Bei ihrer eigenen Tochter hätten sie genauso

gehandelt. Aber mein Trotz war groß. Jetzt gerade, ich kämpfe um mein Kind, so dachte ich, und spürte genußvoll die Macht, meine Ersatzeltern mit meinen Problemen zu terrorisieren. Gewiß hatten sie das nicht verdient; ich nahm an den Falschen Rache, strafte sie für die Demütigung, daß sie nicht meine richtigen Eltern waren. Mein eigenes instinktives Aufbegehren gegen das ungewollte Kind hatte ich schnell verdrängt.

Familie Schwab mußte aufgeben; Cora tat es als erste. Sie akzeptierte meine Sturheit. Schließlich, ich war im dritten Monat, schrieb ich meinen Eltern und Onkel Paul und sprach mit meinen Lehrern. Ich brauchte nicht mehr am Sportunterricht teilzunehmen (mußte dafür aber zur kommunalen Schwangerschaftsgymnastik) und wurde von den Mädchen meiner Klasse ständig nach meinem körperlichen Befinden gefragt, von den Jungen etwas befremdet angestarrt. Cora nahm Fahrstunden, ich strickte ein Babyjäckchen in Safrangelb: eine Farbe, die für beide Geschlechter taugte und zu den erwarteten dunklen Augen passen würde.

Jonas hatte inzwischen nachgedacht und mit seinem Beichtvater gesprochen, wenn es auch länger gedauert hatte, als mir begreiflich war. Er hatte das Medizinstudium »vorläufig« aufgegeben und einen Kurzlehrgang bei einer pharmazeutischen Firma begonnen. In einem halben Jahr konnte er schon mit dem Einsatz als Ärztebesucher anfangen. Bereits während der Ausbildung bekam er ein Gehalt, das sich steigern würde. Pharmareferenten wurden gut bezahlt. Wir sollten in der Nähe von Mannheim, eventuell in

einer ländlichen Gemeinde, eine preiswerte kleine Wohnung suchen.

Die Eltern von Jonas hatten sein Geständnis ohne nennenswerte Gemütsbewegung aufgenommen. Bei sieben Kindern, die alle streng und fromm erzogen waren, schien man an gewisse Entgleisungen gewöhnt. Ich wurde zu einem Besuch eingeladen, und auch die Hochzeit sollte dort gefeiert werden. Wo auch sonst?

Jonas fuhr an einem frühlingshaften Samstag mit mir zum elterlichen Hof. Er war viel aufgeregter als ich.

Wenn schon Jonas ein wortkarger Mensch war, so schien der Rest der Familie fast aus Taubstummen zu bestehen. Es gab Kaffee und wunderbaren Streuselkuchen, von dem man mir wortlos immer neue Stücke auf den Teller legte. Ihren Dialekt verstand ich kaum. Sie nahmen mich ohne Begeisterung, aber auch ohne Vorurteile auf. Meine Befürchtungen, die frommen Bauern könnten mich als gefallenes Mädchen einschätzen, waren absurd. Diese Eltern nahmen die Dinge, wie sie nun einmal waren. Die Mutter fragte, ob ich katholisch werden wolle. Ich schüttelte den Kopf.

»Das verstehe ich«, sagte sie, »aber beim Kind muß es sein.«

Ich nickte. Meinetwegen.

Eigentlich konnte ich nichts gegen diese Leute einwenden; sie waren in Ordnung, es gab keine falsche Herzlichkeit und keine Ausfragerei. Aber es war nicht meine Welt. Ein Tischgebet war mir fremd.

Mir fiel eine Mahlzeit zur Weihnachtszeit im Professorenhaus ein. Friedrich aus Amerika war zugegen. Es gab

geschmortes Herz, und beim Auftragen sangen wir vierstimmig: ›Bonjour mon cœur!‹ Damals war mir das Herz aufgegangen, denn solche Scherze hatte es in meiner eigenen Familie nicht gegeben. Ich wollte eine neue gründen, in der es heiter zuging.

Zum Abschied fragte mich die Großmutter, die strikkend am Kaffeetisch saß, welche Farbe ich für die Babysachen wünsche. Sie wolle mit der Arbeit beginnen. »Safrangelb«, verlangte ich, und alle schauten mich an. Aber die werdende Urgroßmutter hielt sich in der Folgezeit strikt an meine Anordnung. Jonas erzählte mir, daß man diese Babyfarbe im Dorf als Neuheit gern übernommen hatte. Um es vorwegzunehmen: als das Kind geboren wurde, hatte es die Neugeborenengelbsucht, und nichts konnte ihm schlechter stehen als die safrangelbe Ausstattung.

Als Cora den Führerschein hatte, fuhren wir zuweilen mit dem Wagen ihrer Mutter in die Schule. Eine nie gekannte Vorsichtigkeit, ja Ängstlichkeit, hatte mich erfaßt, und ich mahnte Cora in einem fort, langsamer zu fahren.

»Du machst mich nervös«, klagte sie, »eine schwangere Elefantin ist schlimmer als die eigene Mutter.«

Cora durfte sich solche Reden herausnehmen, ohne daß mein Jähzorn aufloderte. Tatsächlich verwandelte ich mich allmählich in ein plumpes Tier, das sich nur gemächlich bewegen konnte.

Beim Aussteigen passierte es dann. Cora ließ, von meiner Unruhe angesteckt, den Autoschlüssel fallen, und er verschwand in einem Gully. Der Unterricht begann, und wir standen immer noch ratlos vor dem Abwasserloch.

»Wenn du, aus der Hocke, mit Kraft den Deckel hochziehst«, sagte Cora, »dann hast du mit Sicherheit morgen eine Fehlgeburt.«

Sie sah mich fordernd an. Ich ging auf den Vorschlag nicht ein. Ich spürte das Kind, wie es strampelte und lebte, und ich schwieg. Cora verlor schließlich diese Machtprobe, es war eines der wenigen Male, wo ich nicht tat, was sie verlangte. Nach einigen Minuten gingen wir wortlos in das Schulgebäude und ließen später vom Hausmeister den Kanaldeckel aufstemmen und die Wagenschlüssel angeln.

Das zwiespältige Gefühl aber, einerseits ein neues Leben mit einer neuen Familie herbeizusehnen, andererseits diesen Fremdkörper in mir loswerden zu wollen, verstärkte sich. Wie wichtig wären gerade jetzt psychotherapeutische Gespräche gewesen.

Dazu kamen die ersten Zweifel am fürsorglichen Jonas. Die körperliche Freude, die wir aneinander empfanden, war unser wichtigstes Bindemittel gewesen. Diese Anziehung verlor ein wenig an Kraft. Jonas und ich konnten nicht recht miteinander reden, außer über praktische Dinge wie Wohnung, Möbel und Vornamen. Er lachte wenig, er las wenig, er machte sich nichts aus Musik. Seine Interessen lagen auf naturwissenschaftlichem Gebiet. Aber im Gegensatz zu Coras Bruder, der Physik studierte und trotzdem zu kindlichen Späßen neigte, war Jonas humorlos. Oder lag es an mir, war ich im Umgang mit Cora so darauf eingespielt, herzlich albern zu sein, daß ein ernster Mann wie Jonas davon abgestoßen wurde? Manchmal schob ich alle Ängste auf meinen Zustand. Vor mir lagen das schriftliche Abitur, die mündliche Prüfung, zwei Wochen später die Hochzeit

auf einem fremden Bauernhof und nicht allzu lange darauf die Entbindung. Es schien ein volles Programm zu sein.

Die Mathematik-Klausur, die wir bei der Reifeprüfung schreiben mußten, war der einzig heikle Punkt. Cora hatte ein bewährtes Mogelsystem benutzt. Wir schrieben die Aufgaben ab, ich ging aufs Klo und warf die Bogen, die ich in meinem weiten Umstandskleid mühelos verbergen konnte, in einen bestimmten Papierkorb. Ein Schüler der zwölften Klasse, der Cora verehrte, schmuggelte unsere Aufgaben aus dem Schulgebäude heraus, wo zwei Mathematikstudenten warteten. In einem Café rechneten sie fieberhaft die Ergebnisse aus, die zu einer vereinbarten Zeit wieder im gleichen Papierkorb liegen mußten.

Einer hochschwangeren Schülerin genehmigt der aufsichtsführende Lehrer vermehrte Toilettenbesuche. Mit den fertigen Aufgaben im Bauch erschien ich wieder im Klassenraum, gab ein leichtes Unwohlsein an und bat – vor den Argusaugen des Lehrers – Cornelia um einen Schluck aus ihrer Limonadenflasche. Während sie sich nach ihrem Proviant bückte, ließ ich das für Cora bestimmte Rechenblatt zu Boden gleiten und lenkte dabei durch unheilvolles Stöhnen die Blicke auf meinen trächtigen Leib.

»Ich glaube fast, das war eine Wehe«, sagte ich, und niemand achtete mehr auf Cora. Als es mir »besser« ging, schrieb ich das Studentenwerk ab, und kein Lehrer hätte gewagt, mir genauer auf die Finger zu sehen. Cora und ich lieferten beim Abitur die beste rechnerische Leistung unserer gesamten Schulkarriere ab. Alle anderen Prüfungen bestanden wir auch ohne Fremdarbeiter.

Zur Hochzeit lud ich meinen Vater, meine Mutter und meinen Geldonkel Paul ein. Mutter sagte schriftlich ab, deutete aber an, daß sie Jonas und mich besuchen werde, wenn unser Kind geboren sei. Onkel Paul sagte ebenfalls ab, und zwar nicht direkt aus Unlust, sondern weil er zu diesem Zeitpunkt auf Fotosafari in Afrika sei. Vater hatte sich überhaupt nicht gemeldet, aber bei der Hochzeit war er auf einmal da.

»Leider habe ich keine Geschenke. Ich selbst bin die Überraschung«, sagte er und stand in einem, bereits zu Carlos Beerdigung geliehenen, grünlich schillernden schwarzen Anzug vor uns.

Die Professorenfamilie vertrat meine Seite mit Würde, denn auf Jonas' Konto ging das halbe Dorf und seine sechs Geschwister, zum Teil schon mit eigenen großen Familien. Trauzeugen waren Karsten und Cora.

Meine Schwiegereltern hatten sich viel Mühe gegeben. Es war herrliches Sommerwetter, und wie im Bilderbuch konnten wir alle auf einer großen Wiese unter Apfelbäumen sitzen und feiern. Ein Brueghelsches Hochzeitsmahl wurde aufgetafelt, knuspriger Schweinebraten, frisches Brot und Bier. Vater war schnell angetrunken; nicht weil er wenig vertrug, sondern weil er im ungewohnten Anzug schwitzte und hurtig zu den Bieren einen Schnaps nach dem anderen kippte. Ständig wollte er mit seinem Schwiegersohn reden und ihm ebenfalls Schnäpse eintrichtern. Aber in diesem Punkt war Jonas standhaft, er war von klein auf an ländliche Feste gewöhnt und kannte sich mit allen Formen der Trunksucht aus. Jonas nahm ihm die Schnapsflasche weg. Vater jedoch sorgte für Nach-

schub. Als er nur noch torkelte und lallte, wurde er von Jonas und seinen starken Brüdern in eine Kammer verfrachtet und abgeladen.

Der Professor übernahm die Vaterrolle und hielt eine kleine Rede. Frau Schwab hatte mich so hübsch eingekleidet, wie es unter den Umständen denkbar war. Am meisten rührte mich, daß sie mir einen Besteckkasten mit Familiensilber schenkte. Das Monogramm einer Großmutter M. D. passe nun zu mir, sagte sie, denn ich hieß nicht mehr Maja Westermann, sondern Maja Döring. Cora brachte mir einen schicken Kinderwagen; später hat sie mir erzählt, daß sie ihn vor einem Supermarkt stehen sah und nach Hause schob. Die Geschenke der vielen Gäste waren praktischer Art, zum Teil Bargeld. Auch fünf Bügeleisen, zwei Toaster und mehrere häßliche Vasen waren darunter.

Spät am Abend stellte man fest, daß Vater nicht in seiner Kammer lag. Jung und alt suchte ihn. Schließlich fand man ihn mit einer blutenden Kopfwunde im Keller. Auf der Suche nach Flüssigem war er die Stiege hinuntergestürzt. Er mußte genäht werden.

Übrigens hatte auch der Professor im Laufe der Feier mehr als seinen üblichen Sherry getrunken. Er, der immer sorgend, aber nie vertraulich zu mir gewesen war, legte den Arm um meine Schulter, und gemeinsam promenierten wir durch den dunklen Gemüsegarten. Es war selten, daß er seine friedliebende Gleichgültigkeit aufgab und persönlich wurde.

»Es wird einsam für uns werden; Cornelia in Florenz und du im Schwarzwald, ohne euer Lachen und eure Umtriebe

wird es langweilig.« Was meinte er mit Umtrieben? Aber er fuhr fort: »Ich hoffe, daß du uns oft besuchst.«

Mir kamen Tränen in die Augen. Jetzt wäre der Moment gekommen, ihm für alles zu danken. Aber die Gabe der gefälligen Rede war mir in solchen Momenten nicht gegeben. »Die zwei Jahre bei Ihnen waren die schönsten in meinem Leben«, sagte ich, »diese Menschen auf dem Dorf sind mir fremd.«

»Maja, du bist voller Vorurteile. Hier herrscht weder die heile Welt noch die absolute Kulturlosigkeit. Die Eltern von Jonas können sich, trotz ihrer sieben Kinder, nicht ausstehen, hast du das schon bemerkt? Und hörst du, daß sich die Landwirte nicht über die Maisernte, sondern über Computer unterhalten? Hast du den Salat probiert, den eine Bauersfrau bereitet hat? Diese Frau könnte einem Chefkoch das Wasser reichen, nicht wahr.«

Ich hatte das alles nicht beobachtet. »Und was halten Sie von Jonas?« fragte ich plump, wobei ich wohl ahnte, was er von ihm hielt.

»Ein guter Junge, Maja«, sagte er und führte mich weg, weil in der Ecke des Kohlbeetes zwei Gäste ihr Wasser abschlugen.

Der Abschied von Cora und ihrer Familie war schmerzlich. Sie wollten im Gasthaus übernachten, aber am nächsten Morgen zurückfahren. Ich lag erschöpft mit Jonas im Zimmer seiner jüngsten Schwester, während die Gäste draußen weiterfeierten und immer lauter wurden. Erst als es hell wurde, zogen sie allmählich davon. Die fleißigen Geschwister begannen aufzuräumen.

Beim Frühstück setzten Wehen ein, sechs Wochen zu früh. Es blieb mir erspart, bis zum Umzug auf dem Hof zu wohnen, denn man legte mich im Krankenhaus an einen wehenhemmenden Tropf, bis ich – vierzehn Tage vor der Zeit – meinen quittengelben Sohn gebar.

Grau in grau

Coras Psychologe hatte einmal das Wort »Wohlstandsver-
wahrlosung« gebraucht. Sie hat das längst vergessen, aber
mir spukt es immer noch im Kopf herum. Seit ich selbst ein
Kind habe, lese ich gelegentlich pädagogische und psycho-
logische Zeitungsartikel. Manche Eltern mühen sich ab, informieren sich bei Erziehungsberatern, um alles perfekt zu
machen, und ihre Kinder werden trotzdem neurotische
Musterexemplare. Dann hört man von Eltern, die ihre Kinder schlagen und eigentlich alles falsch machen. Dennoch
kann es passieren, daß diese Kinder stabile und sogar glückliche Menschen werden. Es ist so ähnlich wie mit den Hun-
dertjährigen, die ein Leben lang geraucht, gesoffen und
gefressen haben. Ich denke, es wird meinem Kind nicht
schaden, wenn ich ab und an ein wenig stehle und dabei
etwas zu meiner eigenen Erheiterung unternehme. Natürlich immer unter der Voraussetzung, daß ich nicht erwischt
werde. Ein Kind braucht eine zufriedene Mutter, keine, die
aus Verantwortungslosigkeit im Gefängnis sitzt.

Die Heirat machte aus mir alles andere als eine zufriedene
Ehefrau und Mutter. Jonas und mir fehlte eine entscheidende Gemeinsamkeit: der ähnliche Geschmack. Natürlich dachte ich in der Arroganz meiner achtzehn Jahre, er sei
ein Hinterwäldler und ich müsse ihn umerziehen.

Es begann mit dem bösen Streit um den Namen unseres

Kindes, das wir in den ersten Tagen liebevoll »Kanari« nannten, weil wir uns nicht einigen konnten. Schließlich gingen wir einen Kompromiß ein: Jonas durfte den Namen »Bartholomäus«, kurz »Barthel«, eintragen lassen, denn der erste Sohn des Hoferben muß traditionsgemäß »Barthel Döring« heißen. Zwar hatte Jonas noch einen älteren Bruder, der selbst so hieß, aber als Ordensmann hatte er sich um die Weitergabe des Bartholomäus drücken können. Als Ausgleich für diese Härte durfte ich einen zweiten Namen wählen, der als Rufname gelten sollte. Listigerweise stimmte ich für Béla, nach meinem Lieblingskomponisten, so daß der Junge »Béla Barthel« hieß. Diese Kombination brachte manchen zum Lächeln; Jonas fühlte sich verraten.

Unsere Möbel waren fast alle häßlich. Sie waren von bäuerlichen Dachböden geliehen und hatten den Charme des Ausrangierten. Aber in diesem Punkt konnte es keinen Streit geben, denn wir hatten kaum Geld und mußten damit vorliebnehmen. Es ging um den einzig edlen Gegenstand, die seladongrüne Schale, die ich nach zweijährigem Versteck endlich auf unserem verkratzten Kunststofftisch aufstellen konnte. Jonas fand sie scheußlich und meinte arglos, dies sei das erste Stück, das er beim nächsten Gehalt durch einen skandinavischen Glasteller ersetzen werde.

Wir lebten in einer Zweizimmerwohnung in einem ehemaligen Dorf, das jetzt von pendelnden Arbeitern bewohnt wurde. In ihren frisch gebauten Zweifamilienhäusern vermieteten sie steuersparend die Einliegerwohnung. Die Häuser waren alle ähnlich; sauber, klein mit ordentlichen Vorgärten. Eine Tafel KEHRWOCHE hing alle vierzehn Tage an unserer Wohnungstür.

Jonas arbeitete hart. Erst später verstand ich, daß er für sein Tagewerk länger brauchte als seine Kollegen. Während diese, mit einem Kompliment auf den Lippen und einem Werbegeschenk in der Hand, sich gewitzt die Gunst der Arzthelferinnen sicherten und zwischen zwei angemeldeten Patienten diskret zum Arzt schlüpfen durften, hockte Jonas stundenlang im Wartezimmer, bis er an der Reihe war. Er kam immer spät nach Hause.

In meiner ersten Zeit als Hausfrau und Mutter fühlte ich mich überfordert. Ich war schließlich noch ein Teenager. Wenn Béla Schnupfen hatte, fürchtete ich, er könne mir unter den Händen wegsterben. Zum Glück verlor er in kurzer Zeit seine Gelbfärbung, Augen und Härchen wurden dunkelbraun. Ich war bezaubert, ich fand ihn hinreißend und war in manchen Momenten überglücklich. Aber der Tag bestand aus vielen grauen Stunden, in denen ich einsam war, mißmutig putzte, Babywäsche aufhängte und zwischendurch verzweifelt auf die Uhr schaute, ob Jonas nicht endlich kam.

Wenn er schließlich eintraf, im feinen Anzug mit Schlips und gebügeltem Hemd, denn es wurde erwartet, daß er teure und konservative Sachen trug, dann fiel ich ihm fast weinend um den Hals. Ich wollte getröstet und geherzt werden, wollte lachen und erzählen. Jonas schob mich nach kurzer Umarmung beiseite, zog die guten Kleider aus und hängte sie sorgfältig auf, sah nach seinem schlafenden Barthel und wollte essen. Verständlicherweise war er müde; er hatte den ganzen Tag mit fremden Menschen reden müssen, was ihm von Natur aus widerwärtig war. Zu Hause wollte er Ruhe, Zeitung und ein Bier. Hätten wir die Rollen tau-

schen können, wäre alles einfacher gewesen. Mir war es nie schwer gefallen, mit anderen Leuten Kontakt aufzunehmen, und Jonas wäre glücklich geworden, wenn er in seiner ruhigen, geschickten Art den kleinen Sohn betreut hätte. Wir waren beide unzufrieden und wollten es nicht wahrhaben.

Cora wohnte in Florenz. Sie war eine fleißige Briefschreiberin. Dicke Umschläge mit großbeschriebenen Blättern erhielt ich wöchentlich von ihr, Lichtblicke in der dörflichen Einsamkeit. Ich schrieb auch, aber was sollte ich schon erzählen?

Eines Tages kündigte sich meine Mutter an. Seit dem Tode meines Bruders hatte ich sie nicht mehr gesehen. Ich geriet ziemlich durcheinander. Angst mischte sich in die freudige Erwartung und ließ mich wenig schlafen.

In ihrem soldatenhaften Mantel sah sie so schlecht aus, daß ich sie kaum erkannte. Mit Béla auf dem Arm stand ich ihr gegenüber und brachte kein Wort heraus. Wie mir schien, betrachtete sie ihr Enkelkind mit Wohlgefallen, und ich reichte es ihr. Vielleicht war Béla die einzige Möglichkeit, eine neue Beziehung aufzubauen.

»Ein wunderschöner Junge«, sagte sie, »du mußt dankbar sein, daß es ein Sohn ist. Er sieht aus wie Carlo.«

Mich trafen diese Worte wie ein Blitz, und wahrscheinlich sollten sie mich treffen. Béla sah Carlo nicht im geringsten ähnlich. Die früheren Bosheiten meiner Mutter hatte ich verdrängt. Seit Carlos Tod fühlte ich mich schuldig an ihrem Unglück und ihrer schweren Depression. Aber wie sollte ich andeuten, daß ich unter ihrer totalen Verweigerung auch zu leiden hatte?

Ich zeigte ihr unsere Wohnung, ich erzählte ihr von der Hochzeit (ohne meinen Vater zu erwähnen), von der Entbindung, sogar vom Abitur. Hörte sie mir zu?

Als Jonas kam, war ich unendlich erleichtert. Ich hoffte, daß die Anwesenheit eines Dritten uns helfen würde. Möglich war nur, daß sie ihn als meinen Schwängerer von vornherein ablehnte. Aber so war es nicht, die beiden führten ein annähernd normales Gespräch, während ich das Abendessen vorbereitete und Béla wickelte. Mutter legte sich früh aufs Sofa und wollte schlafen. Sie bekam sedierende Medikamente.

Am nächsten Tag blieb sie mit Béla allein, während ich schnell einkaufen ging. Irgendein Gefühl ließ mich plötzlich nicht vom Bäcker zur Drogerie gehen, sondern nach Hause rennen. Ich traf Mutter mit Kinderwagen und Säugling, Koffer und Mantel an der Ecke unserer Straße. Sie sah wahnsinnig aus.

»Du hast mir Carlo genommen. Dafür kriege ich deinen Sohn.« Als ich mit Gewalt ihre knochigen Hände vom Griff löste, leistete sie keinen Widerstand. Sie folgte mir zurück nach Hause.

»Mutter«, sagte ich, und Schweiß stand mir auf der Stirn, »du bist krank und darfst nicht bei uns bleiben. Ich kann die Verantwortung nicht übernehmen. Bitte fahr sofort zurück.«

Sie schüttelte den Kopf. »Ich gehe nicht zurück, ich kann nicht mehr. Schon lange plane ich meinen Tod.«

»Du wirst doch behandelt«, sagte ich und hielt die ganze Zeit das Baby an mich gepreßt, »man wird dir helfen. Depressionen kann man heilen.«

»Mich kann niemand mehr heilen. Mein Leben hat keinen Sinn, ob ich nun gesund bin oder krank. Der Gedanke an den Tod ist mein einziger Trost.«

Vielleicht war es ein Fehler, daß ich zornig sagte: »Dann bring dich um! Selbstmord ist kein Verbrechen.«

»Sag mir ehrlich, Maja, ob du es richtig findest.«

»Mein Gott, Mutter, bevor du dich an meinem Kind vergreifst, solltest du überlegen, woher dein Haß kommt.«

Sie schwieg und überlegte. Dann sagte sie: »Mein Haß ist so groß, weil meine Liebe enttäuscht wurde. Ich kann dich nur warnen: wer liebt, zieht immer den kürzeren.«

Als Jonas kam, fuhr er sie zur Bahn, denn ich hatte ihm auf der Stelle gesagt, daß wir sie keine Minute mit dem Kind allein lassen konnten.

Drei Tage später bekamen wir die Nachricht, daß sie sich mit einem Pflanzenschutzmittel umgebracht hatte.

In den Wochen danach meinte ich zuweilen, selbst verrückt zu werden. Immer wieder litt ich unter depressiven Schüben, Heulkrämpfen, ja einer beginnenden Magersucht. Ich wußte genau, daß sich alles nachteilig auf die Entwicklung des Kindes auswirken konnte, und dieser Gedanke machte es noch schlimmer. Meinen Vater hatte ich seit der Hochzeit nicht mehr gesehen; von Mutters Tod hatte ich ihn benachrichtigt, aber auch geschrieben, daß sie eine Beerdigung ohne seine Anwesenheit wünschte. Ich verzichtete auf mein Erbe: die scheußlichen Möbel meiner Eltern. Einzig Carlos Schreibtisch ließ ich mir schicken. Aber statt des erwarteten aufschlußreichen Inhaltes fand ich im wesentlichen nur Herrenmagazine, eine Sammlung

nie abgeschickter Briefe an Cora, einige Skizzen meines Vaters und einen Rosenkranz.

Eines Tages betrachtete ich mich im Spiegel: blaß, dünn, mit schlechter Haut und Ringen unter den Augen. Wie anders hatte ich in der Toskana ausgesehen, als sich Jonas in mich verliebte, wie intensiv war unser Liebesleben gewesen! Auch in diesem Punkt war ich unzufrieden und fragte mich, warum ich eigentlich täglich die Pille nahm. In einem solchen Augenblick klingelte unser neues Telefon. Es war Coras Mutter. Sie machte sich, wohl durch ihre Tochter alarmiert, Sorgen um mich. Neulich hätte ihr Mann Jonas getroffen, im feinen Anzug und ohne den wilden Bart, den er in der Toskana angelegt hatte. »Maja, wenn Jonas in unserer Gegend Arztbesuche macht, dann könnte er dich mitnehmen und bei uns absetzen. Paßt der Kinderwagen ins Auto?«

Von da an verbrachte ich einmal in der Woche einen Tag bei Schwabs. Vormittags wanderte ich mit dem Kinderwagen durch die Stadt und ließ Béla von Passanten und Bekannten bewundern, nachmittags saß ich mit Coras Eltern zusammen, und abends holte mich Jonas ab.

Diese Besuche halfen mir; mehr noch half mir allerdings, daß ich wieder zu stehlen anfing. Es begann damit, daß ich in einem Drogeriemarkt Puder und Babyöl kaufte und dabei die teuren Kosmetika sah, die ich früher benutzt hatte. Meine schlechte Haut war sicher eine Folge davon, daß mir nur billige Seife zur Verfügung stand. Es war nicht schwer, mit dem Kinderwagen auf Diebestour zu gehen. Alles verschwand unter Bélas Decke. In unserem Dorf habe ich nie

gestohlen, aber aus der Stadt brachte ich stets einige schöne Andenken mit: Parfum und Strümpfe, Musikkassetten und Kunstbücher, eine Seidenbluse und einen elektrischen Flaschenwärmer.

Gelegentlich begleitete mich Coras Mutter, dann entfiel das Stehlen. Aber in diesen Fällen kaufte sie mir im allgemeinen ein Kleidungsstück nach Wahl, so daß ich Jonas gegenüber sagen konnte, auch meine anderen Mitbringsel seien Geschenke.

Ich stahl vor allem schöne Sachen für mein Kind. Ich konnte es nicht ertragen, wenn Béla häßlich angezogen war. Zwar hatte ich nichts gegen die selbstgestrickten Jäckchen der Urgroßmutter einzuwenden – sie besaßen den Liebreiz bäuerlicher Tradition –, aber die bonbonfarbene Kaufhausware, die mir Jonas' Schwester vererbte, sortierte ich aus. Ich wollte mein Kind in Samt und Spitzen sehen. Jonas fand das absurd.

»Willst du einen Prinzen aus ihm machen?« fragte er spöttisch. Ja, das wollte ich. Schließlich war Béla der Sohn einer Prinzessin. Ich wollte mich dafür entschädigen, daß ich selbst nicht mehr die Infantin von Spanien war.

Erstaunlicherweise hatte der Professor, den seine eigenen Kinder im Säuglingsalter kaum interessiert hatten, einen Narren an meinem Sohn gefressen. Wenn er Zeit hatte, saß er eine volle Stunde am Teetisch und ließ es sich nicht nehmen, das Kind auf dem Schoß zu halten.

»Béla Barthel ist das reine Glück, nicht wahr. Anfangs hielt ich es für eine Katastrophe, daß du mit achtzehn Jahren... Aber wenn ich recht bedenke, dann kommt Béla in drei Jahren in den Kindergarten, und du bist immer noch

blutjung und kannst studieren. Ich kenne inzwischen viele Frauen, die zuerst das Examen machen und eine Stellung annehmen und die schließlich die Karriere nur ungern unterbrechen, um Kinder zu kriegen. Es paßt nie in ihren Terminplan, so wie bei mir mit den Gallensteinen. Ich soll mich irgendwann operieren lassen, aber es paßt mir nie.«

Coras Mutter fragte mich über ihre Tochter aus, denn sie wurde nur selten mit einem Kartengruß bedacht. Sie machte sich Sorgen. Cora hatte mir kürzlich geschrieben, sie habe sich in einen Mann verliebt, der älter als ihr Vater sei. Ich verschwieg dieses Detail.

Als ich eines Abends hörte, daß Jonas heimkam, und erfreut die Tür aufriß, sah ich hinter ihm eine geduckte Gestalt. In zerlumpten Kleidern, wie ein Stadtstreicher, stand Vater vor mir. Er sei »auf der Flucht«. Wovor? Schulden, sagte er, seine Miete und seine Stromrechnung seien nicht bezahlt, in den Geschäften gebe man ihm keinen Kredit mehr.

»Und was ist mit deiner Stelle als Blutbote?« fragte ich.

»Ich habe keinen Führerschein mehr...«

»Aber du wirst doch Arbeitslosengeld beziehen?«

Darum hatte er sich nicht gekümmert. In einem Anflug von alkoholischer Fehleinschätzung hatte er sich als heimatlos betrachtet und war von Lübeck zu uns getrampt.

Ich ließ ihm Badewasser ein und sagte, bevor er sich nicht gewaschen habe, gebe es nichts zu essen. Jonas sagte nichts. Natürlich paßten meinem Vater die schmalen Anzüge von Jonas nicht; also saß er nach dem Baden in einem viel zu knappen Frotteemantel am Tisch und sah noch verkommener aus als bei meinem ersten Besuch in Lübeck.

Ich überlegte ununterbrochen, wie man ihn loswerden könnte. Wir hatten nur das Sofa für Gäste, wir hatten ein Baby und wenig Geld. Die Badewanne war von Vater mit einem schwarzen Rand hinterlassen worden.

Als ich mit Jonas im Bett lag und Vater im Wohnzimmer schnarchte, flüsterte ich: »Du mußt ihn morgen rausschmeißen!«

»Warum ich? Aber abgesehen davon, man kann den armen kranken Mann nicht einfach auf die Straße jagen.«

Ich wurde lauter, weil ich mich aufregte. »Wieso arm, wieso krank? Faul und versoffen ist richtig.«

»Man hat als Christ die Pflicht, seine Eltern zu ehren.«

Nun platzte ich. »Ich kann ihn nicht ertragen!« und ich heulte so laut, daß Béla wach wurde und mit mir weinte.

Vater erschien in der Tür, ohne anzuklopfen. »Ist das Geschrei wegen mir? Morgen bin ich weg.«

Es verging ein Tag nach dem anderen, an dem ich Vater rauswarf und er demütig versprach, am nächsten Tag abzufahren. Die Fahrkarte, die ich ihm gekauft hatte, war verschwunden. Unser Kind hatte er sich kaum angesehen; er verzog das Gesicht, wenn der Kleine weinte, als geschehe es bloß, um ihn in seiner Ruhe zu stören.

Als Vater eines Tages beim Schnapsstehlen erwischt wurde, was er völlig dilettantisch angefangen hatte, geriet auch der milde Jonas in Wut. Mit Interesse beobachtete ich, daß mein Ehemann einen grenzenlosen Abscheu vor Dieben hatte. Vater hatte die Flasche Bier, die ich täglich für Jonas kaufte, schon an den unmöglichsten Stellen aufgespürt. Ich wußte, daß man einen Trinker nicht gegen seinen Willen durch plötzlichen Entzug heilen kann, und brachte

ihm stets einen billigen Rotwein mit. Doch eine Liter-
flasche pro Tag war ihm zu wenig.

Nervös und weinerlich, trotz meiner Jugend, hätte ich
am liebsten selbst zur Flasche gegriffen. An diesem Tag –
Béla und Vater hielten gerade in ekstatischer Faulheit ihren
Mittagsschlaf – rief Cora aus Italien an. »Wir können ruhig
ein bißchen quatschen, ich brauche es nicht zu bezahlen«,
sagte sie. Ich sprudelte über. Cora erzählte, daß ihr neuer
Freund vor einer Woche ein Haus gekauft habe, groß und
schön, und daß sie auch darin wohne. »Vom ersten Stock
aus sieht man grüne Hügel! Ich habe einen guten Tausch
gemacht, mein altes Zimmer war ein Loch, und außerdem
mußte ich eine halbe Stunde mit dem Bus nach Florenz fahren. Jetzt habe ich alles wie zu Hause!«

»Und einen neuen Papa«, sagte ich.

»Das ist ja das Gute! Junge Männer haben weder Geld
noch Häuser, noch Badesalz.«

Ich beneidete Cora. Sie bot mir an, ich könne unverzüglich nach Italien kommen. »Und Béla?«

»Natürlich mit Béla. Du kannst ihn nicht gut bei deinem
Vater lassen, wenn Jonas tagsüber Klinken putzt.«

An diesem Abend hatten wir alle Streit, jeder mit jedem,
dabei schrie das Kind unermüdlich. Ich beschloß, am nächsten Tag wegzufahren.

Als Jonas morgens das Haus verlassen hatte, packte ich
Kinderkram, bereitete mehrere Flaschen mit Babynahrung
vor, brachte die chinesische Schale im Keller in Sicherheit,
schrieb einen lauen Zettel an Jonas und bestellte mir ein
Taxi. Vater schlief bis Mittag wie ein Toter, darauf konnte
ich mich verlassen.

Die Reise mit Säugling, Kinderwagen und zwei Koffern war ohne fremde Hilfe beim Ein-, Aus- und Umsteigen nicht möglich. Ich hatte in der Eile keine Zugverbindung herausgesucht und mußte mich meinem Ziel in mehreren Etappen nähern. Was würde Coras reicher alter Freund sagen, wenn ich wie eine Zigeunerin mit einem Baby auftauchte? Na, Cora würde die Situation schon meistern.

In meinem Abteil saß ein Ballettänzer, der zur Kur wollte und sich für Béla interessierte. Als er auf der Toilette war, stahl ich Geld aus seiner Brieftasche, damit ich notfalls die erste Nacht im Hotel verbringen konnte. Es erwies sich als kluge Voraussicht, denn als ich gegen Mitternacht in Florenz ankam, öffnete mir im besagten Haus keine Menschenseele die Tür.

In einem billigen Hotel lag ich mit Béla Barthel im Doppelbett. Wir waren beide erschöpft von der Reise. Er schlief sofort ein, während ich auf die fremden Geräusche ringsherum lauschte und mir tausend Gedanken durch den Kopf gehen ließ. Jonas würde sich Sorgen machen, er würde mich aber auch als Deserteurin betrachten. Ich hatte ihm seinen Barthel genommen und dafür meinen trunksüchtigen Vater hinterlassen. Zwar hatte ich schriftlich versprochen, bald zurückzukommen, aber Jonas besaß Coras Adresse nicht und konnte sich seinerseits nicht melden.

In dieser Nacht, in der ich mehr weinte als schlief und die Leuchtreklame am gegenüberliegenden Haus auswendig lernte, gab mir einzig der schlummernde Béla Trost. Das Gefühl der Heimatlosigkeit und Fremde wurde durch seine Gegenwart gemildert. Der Professor hatte meinen Sohn spaßeshalber »Friedensfürst« genannt, weil sich Bélas ent-

spannter Schlaf auf den Betrachter beruhigend auswirkte. Immer wieder hatte ich beobachtet, daß Männer und Frauen, die alles andere als Babynarren waren, von meinem Kind magisch angezogen wurden und in einen Glückszustand verfielen. Es gibt Naturfreunde, die beim Beobachten von jungen Katzen, fütternden Amseln und äsenden Rehen ähnliche Gefühle der Zufriedenheit und Entrücktheit empfinden. Ich war glücklich, daß ich dieses ungewollte Kind hatte, wenn es mir auch, oberflächlich betrachtet, meine vagen Zukunftspläne durcheinanderbrachte.

Morgen konnte ich ihn Cora zeigen. Sie hatte Béla nur einmal in gelbem Zustand gesehen. Flucht war zwar das Hauptmotiv für meine Reise, aber natürlich war es mir wichtig, meine Freundin zu sehen.

Coras Freund war zwei Jahre älter als ihr Vater, ich stellte ihn mir als italienische Professorenvariante vor: die wenigen Haare pechschwarz, vielleicht ein Schnauzbart, ein Bäuchlein, klug und gütig, charmant und geistreich. Wenn man derart festgelegte Vorstellungen hat, wird man mit Sicherheit enttäuscht. Coras Freund war kein Italiener, sondern Deutsch-Brasilianer. Seine blonden Haare ließ er auf der einen Seite lang wachsen, um sie kunstvoll über die schüttere Mittelpartie zu legen. Kein Bärtchen, blaue Augen und eine doppelte Portion Vitalität und Dynamik. Aber er war es nicht, der mir am nächsten Tag die Tür öffnete, sondern eine italienische Hausangestellte.

Ich fragte nach Cora, die Frau verschwand, ohne mich einzulassen. Obgleich es fast Mittag war, kam Cora im Nachthemd gesprungen, und wir fielen uns in die Arme.

Zum Glück war ihr Freund nach Ugolino zum Golfspielen gefahren, und wir konnten in Ruhe reden. Die Frau brachte Espresso und wurde freundlicher, als Béla ihr zulachte. Cora hielt ihn auf dem Arm und war so begeistert, wie ich es mir gewünscht hatte.

Bevor der Freund kam, wollte ich Informationen haben. Wir saßen auf der sonnigen Veranda, tranken inzwischen Campari mit Orangensaft und legten die Beine auf den Mühlsteintisch. Eidechsen huschten umher.

Der Freund hieß Henning Kornmeier und war über fünfzig. Als junger Mann war er von seiner Hamburger Firma nach Rio geschickt worden. Nach einigen Jahren hatte er eine eigene Baufirma gegründet. Inzwischen war er reich genug, um nicht mehr arbeiten zu müssen und das Leben zu genießen.

»Ist er verheiratet, hat er Kinder?«

»Er war mit einer Brasilianerin verheiratet, zehn Jahre älter als er. Kinder hatten sie nicht. Sie ist bald nach der Scheidung gestorben.«

»Und dann?«

»Mein Gott, Henning hat bestimmt nichts anbrennen lassen, aber das stört mich nicht. Er wird dir gefallen.«

»Wie habt ihr euch kennengelernt?«

»Du wirst lachen, ich war in Geldnöten.«

»Cora, du kriegst genug von deinen Eltern, du brauchst wirklich nicht auf den Strich zu gehen.«

»Hör mal, ich kriege genug zum Leben, aber für ein Auto reicht es nicht. Meinst du allen Ernstes, ich müßte auf den Strich gehen, nachdem du mir das Klauen beigebracht hast?«

Ich lachte geschmeichelt. »Hast du seine Brieftasche gestohlen?«

»Ob du es glaubst oder nicht, er hat mich dabei erwischt. Weißt du, in Brasilien muß es Taschendiebe geben, gegen die wir Waisenkinder sind. Wir haben ja im Grunde nie am lebenden Objekt geübt...«

Mir gefiel die Geschichte. Ich fand es romantisch, daß man sich beim Stehlen verliebt. Cora war die alte geblieben. Barfuß und im Nachthemd tanzte sie mit Béla auf dem Arm über den Steinboden und sang ›Azzuro‹, dann fütterte sie mein Kind mit einem Mokkalöffel.

»Übrigens, bald wird Henning kommen. Wir biegen die Wahrheit ein bißchen hin und sagen, dein Vater hätte dich und das Kind mit dem Messer bedroht. Henning fühlt sich gern als Retter.«

Ich lag in der Sonne und hatte das gute Gefühl, daß die grauen Tage zunächst vorbei waren.

Goldenes Kalb

Bis jetzt hat Merkur, der Gott der Diebe, stets schützend seine Hand über mich gehalten. Vielleicht hat er, wie Götter in diesem Lande zu tun pflegen, die Gestalt von Cesare angenommen. Mein Busfahrer könnte dem Alter nach zwar nicht mein Vater sein, aber er hat durchaus väterliche Züge. Dem Phantom des Traumvaters, das mich in meiner Kindheit begleitete, kommt er vielleicht eher nahe als mein tatsächlicher Erzeuger. Ich habe mich als Kind für schuldig am Verschwinden meines Vaters gehalten. Ich war nicht lieb, nicht schön genug, um einem König zu gefallen. Es tut mir gut, daß Cesare mich hübsch findet, und ich unterlasse gelegentlich eine kleine Lumperei, um ihn nicht zu erzürnen.

Cora hat auch Probleme mit ihrem Vater, aber ganz andere. Warum wohl hätte sie sich mit Henning eingelassen, wenn nicht aus einem verkappten Ödipuskomplex heraus. Sie hat es nie zugegeben.

Ich erinnere mich genau, wie ich ihren alten Liebhaber kennenlernte. Falls Henning über meinen Überraschungsbesuch ungehalten war, so zeigte er es nicht. Er gab sich liebenswürdig und jungenhaft, und wir suchten gemeinsam ein Zimmer für mich aus. Die Villa war kein Palast, sondern ein bürgerliches Haus aus dem vorigen Jahrhundert. Seine solide Bausubstanz hatte es dem Fachmann angetan; von Cora bekam er den Tip, daß die alten Besitzer kurz nachein-

ander gestorben waren. Einer ihrer vielen italienischen Freunde hatte ihr davon erzählt, und so hörte sie von dieser Okkasion, bevor Makler und Grundstückshaie Witterung aufnahmen. Allerdings gehörte Emilia, die Hausange-stellte, als lebendes Inventar zur Villa, außerdem hatte man seit dem Krieg nicht mehr renoviert.

Henning, der mich sofort duzte, wies mir und Béla ein großes helles Balkonzimmer zu. Der Stuck bröckelte von der Decke, die Fensterläden faulten, der Terrazzo-Boden hatte Löcher – aber mir gefiel dieses Zimmer mit Lichtein-fall von zwei Seiten über die Maßen. Ein Eisenbett, eine Spiegelkommode und ein durchgesessener Lehnstuhl waren das einzige Mobiliar. Emilia brachte mir Kleider-bügel aus Draht und spannte eine Schnur zwischen zwei Eisenhaken.

Abends rief ich Jonas an. Er war mindestens so gesprä-chig wie damals, als ich ihm meine Schwangerschaft mitge-teilt hatte.

»In Deutschland muß man noch heizen, hier haben wir auf der Terrasse Kaffee getrunken. Béla hat stundenlang draußen geschlafen, es wird ihm guttun . . .«

Jonas litt. Er fragte nach der Adresse, er wollte am Wochenende kommen und uns abholen. Coras Eltern wußten nicht, daß sie aus ihrem Zimmer ausgezogen war, er hatte bereits dort angerufen.

Ich rückte nicht mit der Anschrift heraus und versi-cherte, ich werde in ein paar Tagen sowieso zurückkom-men.

»Willst du nicht hören, was dein Vater macht?«

»Doch.«

»Er behauptet, krank zu sein, will aber nicht zum Arzt.«
Erpressung, dachte ich. »Schmeiß Vater raus!«

»Wie stellst du dir das vor? Er liegt mit einer Wärmflasche auf dem Sofa und stöhnt.«

Ich versprach, bald wieder anzurufen, hatte es aber nicht vor. Offensichtlich wollte mir Jonas ein schlechtes Gewissen einreden.

Cora hatte sich schick gemacht. Sie wollte zu einer Ausstellungseröffnung; sie kannte den Künstler persönlich. »Gibst du mir das Auto?« fragte sie. Henning zog die Schlüssel aus der Tasche. Wie ich erfuhr, machte er sich nichts aus solchen Veranstaltungen. »Kommst du wenigstens mit, Maja?«

»Leider nein, Béla...«

»Aber er schläft fest, bis zur nächsten Mahlzeit bist du wieder zurück.«

Henning ermutigte mich, Béla in seiner Obhut zu lassen, auch Emilia würde hören, wenn er schrie. Ich lieh mir einen Fetzen von Cora, und wir stiegen in einen riesigen amerikanischen Kreuzer. »Eigentlich ist es der chromgrüne Cadillac, der mir an Henning gefällt«, sagte Cora schamlos.

»Bist du gar nicht verliebt?«

»Ach Gott, schon. Aber er hat Fehler, wobei ich nicht einmal sein Alter meine. Wenn ich nicht gewesen wäre, hätte er sich eine Komfort-Neubauwohnung gekauft. An unserer Villa gefällt ihm ausgerechnet die solide Bauweise, für Charme und Schönheit alter Häuser hat er keine Antenne. Er liebt Golf und Pferderennen.«

»Und du?«

»Ich bin doch nicht die Queen, Pferde bringen mich zum

Gähnen. Aber das Publikum ist lustig, das wird dir Spaß machen.« Cora chauffierte mit Hingabe und wies unterwegs auf ihre Lieblingskirche Santa Maria Novella. »Hier wird das Auge geschult«, sagte sie, »ich zeige dir demnächst die Fresken von Ghirlandaio.«

Die Ausstellung ihres amerikanischen Freundes war zwar keine Schulung fürs Künstlerauge, aber es machte Freude, Leute zu treffen. Als Bélas Fütterungstermin heranrückte, wurde ich etwas ungeduldig und mahnte zum Aufbruch.

»Ich möchte noch bleiben«, sagte Cora, »Sandra kann dich heimfahren.«

Als ich, leicht verspätet, die rosa Villa betrat, bot sich mir ein familiäres Bild: Henning hielt das Kind auf dem Schoß, Emilia hatte Brei gekocht. Die Fütterung war in vollem Gange. Ich wollte Henning entlasten, aber er war mit Feuereifer bei der Sache. Anscheinend hatte Béla seinen Großvaterinstinkt wachgeschrien.

»Was man im Leben so alles verpaßt hat«, sagte Henning zu Emilia. Er sprach spanisch mit ihr, das er von seinem brasilianischen Portugiesisch ableitete. Sie verstand ihn meistens. Auch ich konnte, dank Herrn Beckers Spanischunterricht, die wichtigsten Gesprächspunkte verfolgen.

Man konnte sich keinen größeren Gegensatz als diese beiden verhinderten Großeltern vorstellen. Emilia war jünger als Henning, war nie verheiratet gewesen und gab sich als Matrone. Schürze, Haare und selbst die Turnschuhe waren schwarz. Der blonde Henning trug dagegen weiße oder zumindest helle Sachen, goldene Kettchen, gefloch-

tene Schuhe und sah viel jünger aus als Emilia. Man hätte die beiden im Lexikon als Prototypen für Nord und Süd abbilden können. Emilias rundes Gesicht hatte einen stolzen Ausdruck; sie fühlte sich nicht unbedingt als Magd, obgleich sie fleißig Wasser über die steinernen Böden goß. Sie wohnte hier, seit sie ein junges Mädchen war, und besaß lebenslängliches Wohnrecht (im Gegensatz zu Cora oder gar mir). Hennings aggressives Gesicht gefiel mir weniger, ein bißchen erinnerte es mich an Klaus Kinsky, aber Cora konnte diesen Vergleich nicht nachvollziehen. In simplen Abenteuerfilmen sind die Bösen in schwarzer, die Guten in weißer Kleidung; im Fall Emilia und Henning schienen mir die Rollen vertauscht zu sein.

Für mich begann eine angenehme Zeit. Wenn Béla frühmorgens Hunger hatte, konnte ich sicher sein, daß Emilia in mein Zimmer schlich und ihn aus dem Kinderwagen nahm. In ihrer großen Küche wurde er gebadet, gefüttert und so lange gehätschelt, bis er erneut einschlief. Ich konnte also spät aufstehen und mit Cora frühstücken. Henning war im allgemeinen schon in aller Frühe auf dem Golfplatz und pflegte im Klub seinen Kaffee zu trinken. Im Laufe des Tages wurde mir mein Sohn abwechselnd von Henning, Emilia und Cora vom Arm gerissen.

Cora und ich fuhren täglich in Hennings Auto einkaufen. Den Wagen voller Pampers, Babygläschen, Weintrauben, Schinken und Käse, Schokolade und Blumensträußen kehrten wir zurück. Emilia kochte immer Minestrone, die auf dem Herd für jedermann zugänglich stand, aber meistens gingen wir abends essen, und Emilia blieb mit Béla

und Minestrone alleine. In einer Woche war ich von der Frühlingssonne braun geworden und verwandelte mich von der überforderten nervösen Mutter in eine fröhliche junge Frau. Meine Lieben daheim hatte ich fast vergessen.

»Würdest du Henning als Playboy bezeichnen?« fragte mich Cora. Ich überlegte nicht lange. »Unbedingt«, war meine Antwort. Sie freute sich und sah aus wie ein Teufelchen.

Ich hatte Jonas kein zweites Mal angerufen und verdrängte mein schlechtes Gewissen.

Eines Morgens meinte sogar Cora: »Du mußt dich wieder melden, sonst läßt Jonas dich am Ende polizeilich suchen, oder er macht meine Eltern hellhörig...«

»Ja, heute abend, jetzt ist er sowieso unterwegs.«

»Übrigens, Maja, du hast mir etwas Schönes eingebrockt!«

»Deine Eltern werden es mit Anstand tragen.«

»Nein, das meine ich nicht. Es geht um Béla. Henning ist vernarrt in ihn. Gestern hatte er die fixe Idee, nicht etwa um meine Hand, sondern um ein Kind anzuhalten.«

Ich war verblüfft. »Wie hast du reagiert?«

»Gelacht. Aber das hat ihn gekränkt. Es war ehrlich gemeint.«

Ich überlegte: Béla war zwar nicht gewollt oder gar geplant, aber trotzdem mein ein und alles. Cora erriet meine Gedanken. »So ein süßes Kind wie deins ist eine Ausnahme. Von einem alten Mann ist ein Monster zu erwarten.«

»Cora, das ist Quatsch. Außerdem kann man bei den Vorsorgeuntersuchungen merken, wenn etwas nicht stimmt.«

Henning kam früher als sonst, extra um Béla Barthel in wachem Zustand zu genießen. Ich wußte genau, daß sich seine Sympathie für mich in Grenzen hielt, nur als Kindesmutter war ich willkommen. Vielleicht suchte er in mir auch eine Verbündete. In den seltenen Fällen, in denen er mit mir allein war, wollte er mich über Coras Vergangenheit und ihre Familie aushorchen. Ich war sehr vorsichtig. Offensichtlich hatte ihm Cora vorgelogen, daß sie mit ihren Eltern zerstritten sei und kein Geld von ihnen bekäme.

»Ich verstehe diesen Vater nicht«, sagte Henning, »er ist zwar Professor, aber so weltfremd darf man auch als Wissenschaftler nicht sein. Ein junges Mädchen allein in Italien ohne einen Pfennig in der Tasche, das kann schnell schiefgehen.« Er fühlte sich als Retter, der Cora vor Diebstahl und Gefängnis, Prostitution und Rauschgift bewahrt hatte.

Mir tat der Professor leid, der seiner Tochter weiterhin ein angemessenes Studiengeld überwies, das sie im Augenblick nicht abhob, sondern anwachsen ließ. Henning war großzügig, es fehlte uns an nichts, auch nicht an Bargeld. Er plante eine größere Renovierung, und Cora lief zu Handwerkern und Architekten, weil sie besorgt war, er könnte die Villa verschandeln.

Als ich Jonas anrief, hörte ich einen tiefen Seufzer der Erleichterung. »Endlich!« Er hatte meinen Vater zur Beobachtung ins Krankenhaus gebracht, die Leberwerte waren besorgniserregend. Wahrscheinlich müßte eine Spiegelung vorgenommen werden. Und er würde dafür sorgen,

sagte Jonas mannhaft, daß Vater vom Krankenhaus nicht wieder zu uns, sondern in ein Heim käme. »Wann kommt ihr endlich zurück?«

Schließlich vereinbarten wir, daß Jonas eine Woche Urlaub nehmen und mich und Béla holen sollte.

Von nun an waren die schönen Tage gezählt. Als Jonas müde von einer langen Nachtfahrt ankam, brachte ich nicht die geziemende Begeisterung auf. Zwar freute ich mich, von meinem Mann in die Arme genommen zu werden, aber die Aussicht auf unsere enge Wohnung und den grauen Alltag machte mich unglücklich.

Diese letzte Woche verbrachten wir also gemeinsam, Jonas schlief mit mir im schmalen Eisenbett, wir fuhren zur Rennbahn, besuchten Henning im Golfklub und bummelten durch Florenz. Jonas verlor ebenso rasch wie ich seine blasse Farbe und wurde hübscher und ein bißchen heiterer. Henning und er konnten nicht viel miteinander anfangen, obgleich Jonas sich interessiert für frühere Abenteuer in Rio zeigte. Ich dagegen konnte die Macho-Geschichten kaum ertragen.

Am letzten Abend, als wir zu viert beim Essen in unserem Stammristorante saßen, sagte Henning, daß er Cora heiraten werde und sich ein Kind wünsche. Jonas konnte das gut verstehen. Die Männer waren sich also einig; wir Frauen sahen uns an und überdachten die Vor- und Nachteile.

Als schließlich alle im Bett lagen, stand ich leise wieder auf und traf, wie erwartet, Cora in der Küche. Auf der Terrasse war es nachts noch zu kalt. Es roch nach Basilikum, das Emilia in Blechdosen auf dem Fensterbrett zog. Wir

rückten an den Kohlenherd, der immer noch Wärme ausströmte, und sprachen unsere Gedanken aus.

»Maja, ich fasse zusammen: Henning will ein Kind, und zwar schnell, was bei seinem Alter einleuchtet. Die Heirat ist für ihn nur ein Mittel zum Zweck. Bei mir ist es umgekehrt: ich will kein Kind, aber die Ehe mit einem reichen Mann ist grundsätzlich kein Fehler.«

»Von Liebe redest du nie, Cora. Stell dir vor, du verliebst dich plötzlich in einen jungen Mann.«

»Kann natürlich passieren. Notfalls lasse ich mich scheiden. In zwanzig Jahren bin ich sicher Witwe, dann kann ich zugreifen.«

»Das ist aber eine lange Zeit! Geht es dir nur um Geld?«

»Wenn ich ehrlich bin – es ist mir wichtig. Sieh mal, als Ehefrau könnte ich diese Villa nach meinem Geschmack herrichten, mir ein Atelier einbauen lassen und nach Lust und Laune malen. Ich würde mich nicht mit der Sprachprüfung und dem Studium quälen, sondern privaten Malunterricht nehmen. In diesem Haus könnte man wunderbar feiern und interessante Leute einladen.«

»Und Henning?«

»Und Jonas?«

Wir sahen ein, daß wir beide nicht gerade ideale Gattinnen waren. »Also nimm ihn, Cora! Und ein Kind würde ich mir auch zulegen, sonst bist du unfair.«

»Mein Gott, ist es von Henning fair, mit einer Neunzehnjährigen eine Familie zu gründen?« Cora fand, sie habe ein Recht darauf, die Pille heimlich weiterzunehmen.

Als wir zu unseren Männern ins Bett huschen wollten, trafen wir Emilia auf der dunklen Diele.

»Manchmal habe ich das Gefühl, daß sie lauscht«, sagte Cora, »aber andererseits spricht sie nur italienisch.«

»Das stimmt zwar, aber sie ist intelligent. Ich habe den Eindruck, sie weiß über uns alle Bescheid.«

Am anderen Tag gab es einen großen Abschied. Béla, der die ganze Zeit in Italien kaum geweint hatte, schrie kräftig und voller Empörung. Henning herzte das Kind, Cora mich, und für Jonas blieb Emilia übrig, der er unter Dankesbezeugungen die Hand schüttelte. Dann fuhren wir los in den grauen Norden und ließen das Paar mit seinen Zukunftsplänen allein.

Auf halber Strecke, als wir beide mindestens zwei Stunden lang kein Wort geredet hatten, sagte ich laut: »Ich muß unbedingt den Führerschein machen.«

»Ja«, sagte Jonas.

Mit dem schlafenden Kind auf dem Arm ging ich die Treppe zu unserer Wohnung hoch, während sich Jonas mühte, Kinderwagen und Koffer aus dem Wagen zu laden. Ich schloß auf und roch es sofort: Vater war nicht weg, beziehungsweise, er war wieder da. Er lag schlafend auf dem Sofa, leere Flaschen neben sich. Das Fenster stand keinen Spalt breit auf, die Luft war zum Schneiden. Ich ging mit Béla wieder hinunter.

»Du kannst uns gleich zum Bahnhof fahren«, fuhr ich Jonas an, »Vater ist oben.«

Jonas ließ vor Schreck eine Milchflasche auf den Boden fallen. »Ich schwöre dir, er sollte erst in einer Woche aus dem Krankenhaus entlassen werden. Ich habe schon alles geregelt, daß er von dort in ein Heim verlegt wird.«

Wahrscheinlich war das Heim eine Trinkerentwöhnungsanstalt, und Vater war angesichts dieser Aussichten entwichen. Jonas nahm mir Béla ab und ging nach oben, um sich die Bescherung selbst anzusehen.

»Als du weg warst, mußte ich ihm einen Hausschlüssel geben«, entschuldigte sich Jonas, »er hätte sonst die Wohnung nicht verlassen können. Aber ich hätte ihm den Schlüssel natürlich wegnehmen müssen, als er ins Krankenhaus kam.«

Wir waren beide müde, und es war spät, also gingen wir ins Bett, nachdem ich Béla gewickelt hatte. Das fängt ja gut an, dachte ich zornig, hier will ich nicht bleiben.

Am nächsten Morgen gab es kein gutes Erwachen. Jonas ging arbeiten, ich mußte mich selbst um Béla kümmern, und auf dem Sofa lag Vater und war nicht zu wecken. Schließlich goß ich ihm kaltes Wasser ins Gesicht. Er sprang auf und war so wütend, daß er mir eine Ohrfeige gab. Das konnte er aber mit mir nicht machen, ich trat ihn gegen das Schienbein, daß er zurück auf das Sofa fiel und ächzte.

»Vater, so kann es nicht weitergehen. Wenn du dich hier breitmachst, gehe ich nach Italien.«

»Geh doch, ohne dich und das plärrende Kind war es viel gemütlicher. Wie komme ich überhaupt zu so einer Xanthippe von Tochter!«

»Vater, willst du allen Ernstes meine Ehe kaputtmachen, willst du, daß ich mich deinetwegen von meinem Mann trenne?«

»Eine gute Ehe hält eine Belastung aus, sonst taugt sie sowieso nichts.«

Ich sprach nicht mehr mit ihm. Am liebsten hätte ich ihn

auf den Müll geworfen. Ich hoffte, im Krankenhaus hätte man eine unheilbare Krankheit entdeckt. Aber Jonas rief in der Klinik an und erfuhr, daß Vater geflohen war, bevor man die erforderliche Diagnostik abgeschlossen hatte. Man war verärgert über sein Benehmen und wollte ihn nicht zurückhaben. Außerdem hatte er die Krankenschwestern mit unsittlichen Anträgen belästigt. Irgendwann platzte auch dem lammfrommen Jonas die Geduld. Er packte Vater am Kragen, schleppte ihn ins Auto und fuhr in das besagte »Heim«, wortlos. Als er zurückkam, war er stolz. »Nun wird alles wieder gut«, sagte er zu mir und glaubte im Ernst, daß wir wieder die »glückliche kleine Familie« sein würden, die wir nie gewesen waren.

Es folgten ein paar ruhige Wochen, in denen ich räumte, kochte und die Treppe putzte. Spaß machte mir das nicht. Ich wollte gern Fahrstunden nehmen, aber Jonas kam immer so spät nach Hause, daß keine Zeit blieb; schließlich sollte er auf Béla aufpassen.

Eines Tages rief Jonas' Mutter an, bei ihrer Wortkargheit eine Sensation. Dem Vater ginge es schlecht. Der Arzt habe gesagt, er solle sich schonen und die schwere Arbeit auf dem Hof an seine Söhne weitergeben. Jonas fühlte sich in die Pflicht genommen, und ich spürte, daß er grübelte.

Nach einer Woche kam das Ergebnis. »Maja, was hältst du von der Idee, daß wir zu meinen Eltern ziehen? Wir hätten zwei Zimmer zur Verfügung und müßten keine Miete zahlen. Für dich ergeben sich viele Vorteile, denn bei uns zu Hause sind immer Frauen, die sich um Barthel kümmern: Mutter, Großmutter, die Schwestern. Du könntest Fahr-

stunden nehmen und vielleicht eine Ausbildung beginnen. Ich möchte endlich meinem Vater helfen, denn glücklich bin ich nicht als Pharma-Referent.«

Das war die längste Rede, die Jonas je gehalten hatte. Ich wollte ihm das klebrige Nudelsieb an den Kopf werfen, aber ich beherrschte mich. Einige Aspekte an diesem Plan waren für uns beide eine bedenkenswerte Alternative. Aber die Vorstellung, auf dem Hof zu leben, ständig mit der ganzen Familie Döring zu essen, das Bad mit anderen zu teilen und schließlich aus Anstand im Stall und auf dem Feld mitanzupacken, ließ mich schaudern. Schließlich stellte ich mir Béla in Lederhosen vor. Ich weinte ein wenig, um Jonas auf feminine Art mein Mißfallen kundzutun. Dann schwiegen wir einige Tage über das Bauernleben.

Coras Eltern riefen mich beunruhigt an. Ihre Tochter habe in ihrer letzten Postkarte etwas von Heiraten geschrieben, ob ich Näheres wisse. Ich besuchte Schwabs und sagte ihnen vorsichtig, Henning sei nicht mehr jung. Sie sahen mich befremdet an. Genau wisse ich sein Alter auch nicht.

»Wenn wir nur die neue Adresse hätten, nicht wahr«, sagte der Professor, »wir würden morgen hinfahren.«

Coras Eltern erwarteten selbstverständlich, daß ich ihnen weiterhalf. Ungern rückte ich Adresse und Telefonnummer heraus. Der Professor schritt sofort zur Tat und rief in Florenz an, zum Glück ohne Erfolg. Emilia pflegte fast nie ans Telefon zu gehen, Cora und Henning waren nicht zu Hause.

Frau Schwab meinte: »In meiner Jugend regten sich die Eltern auf, wenn ein unverheiratetes Paar zusammenlebte;

gegen das Zusammenleben hat man heute nichts, wohl aber gegen eine unüberlegte oder allzu frühe Heirat.«

Da ich auch allzu früh und unüberlegt geheiratet hatte, schwieg ich beschämt.

»Nun ja, wenn so etwas Hübsches wie Béla dabei herauskommt«, sagte der Professor versöhnlich, »dann lass' ich mir alles gefallen.« Er küßte den Kleinen.

Zu Hause rief ich alle zehn Minuten in Florenz an, um Cora noch vor ihren Eltern zu erreichen. Als ich endlich mit ihr sprach, war sie ungehalten. »Das fehlt mir gerade noch, daß die Alten plötzlich vor der Tür stehen!«

»Aber Cora, du hast ihnen doch selbst von der Hochzeit geschrieben; sie haben es nicht verdient, daß du keine Auskunft gibst.«

»Hast ja recht, aber ich weiß sowieso, daß sie motzen werden.« Ich wußte es auch. »Wir wollen in vier Wochen heiraten, natürlich bist du mit Jonas und Béla eingeladen, aber sonst möchte ich eigentlich keine Gäste. Aber wenn meine Eltern den Termin wissen, sind sie nicht zu bremsen.«

Am nächsten Tag ging wieder alles schief. Béla bekam Fieber und verweigerte seine Mahlzeit. Ich plagte mich mit Wadenwickeln ab, und zum ersten Mal kam mir in den Sinn, daß meine Mutter ähnliches bei mir getan hatte. Coras Eltern wußten inzwischen, wie alt der Bräutigam war. Sie waren außer sich. Zu allem Unglück kam Jonas vorzeitig nach Hause und sah ebenfalls aus wie ein alter Mann. Er hatte erfahren, daß sein Vater mit einem Schlaganfall im Krankenhaus lag. Man erwartete, daß er unverzüglich heimkam und half. »Wir müssen packen«, sagte Jonas.

»Béla ist krank, mit einem fiebernden Kind kann man nicht verreisen.«

Er rannte ins Schlafzimmer und nahm seinen heißen Sohn auf den Arm. »Barthelchen, bald wirst du mit jungen Kätzchen spielen, bald darfst du mit der Oma Kuchen bakken und den ganzen Tag gute Luft atmen.«

»Kannst du denn Urlaub nehmen?« fragte ich.

»Wenn man mich rausschmeißt, ist mir das egal, die Familie geht vor«, sagte er.

Meinte Jonas seine Bauernfamilie oder mich und Béla? Er schien immer noch nicht begriffen zu haben, daß mir ein Leben auf dem Lande, und wenn dort noch so gute Luft war, von Grund auf zuwider war. Wovon sollten wir überhaupt leben, wenn er keine bezahlte Stellung hatte und statt dessen im Stall und auf dem Acker schuftete? Der Geruch von Schweinemist, die Küche voller Fliegen, der rauhe Dialekt, die ungeheizten Schlafzimmer und das gemeinsame Essen auf splitternden Holzbänken bereiteten mir körperliches Unbehagen. Sollte Béla dort aufwachsen? Für Jonas mochte seine Heimat ein Paradies sein, für mich war sie die Hölle. Mein Paradies war Florenz, und ich beschloß, mich wieder dorthin zu begeben. Cora hatte recht, einen reichen Mann zu heiraten. Und sein Alter war ein Vorteil, sie würde ihn dreimal überleben.

Grüne Witwe

An Ostern gibt es in Florenz eine Prozession, an der ich nicht teilnehme, und ein Feuerwerk, das ich gern sehe. Beim Grillenfest am Himmelfahrtstag ziehen wir wie alle Florentiner in den Park und picknicken, das heißt, wir kaufen uns an den Ständen Brot und Spanferkel. Viele Kinder tragen kleine Grillenkäfige bei sich; Béla mag das nicht, er will lieber einen Luftballon.

Ich kann mich nicht erinnern, mit meinen Eltern je ein Volksfest besucht zu haben. Als ich schließlich groß genug war, um mit meinem Bruder Carlo hinzugehen, hat er mir die Freuden der Kirmes systematisch vermiest. Er ließ sich mein Geld geben, um uns beiden Eintrittskarten für den Autoscooter zu kaufen, und war damit verschwunden. Eigentlich möchte ich nicht, daß Béla Geschwister bekommt, am Ende müßte er unter ihnen nur leiden. Aber ich bin froh, daß er in Italien aufwächst, es ist nach wie vor das Land meiner Träume.

Als ich nach meinem ersten Aufenthalt in Florenz wieder in Deutschland war, hatte ich keine Lust mehr auf mein kühles Vaterland. Das Kind war krank, Jonas mußte zu seiner Mutter fahren. Wenn es Béla besser ging, wollte er uns abholen. Kaum war er weg, rief ich Cora an. Sie war aufgeregt, ihre Eltern waren im Anmarsch. Ich kündigte ebenfalls mein baldiges Erscheinen an.

»Gott sei Dank«, sagte Cora, »du übst einen positiven Einfluß auf meine Eltern aus. Außerdem fragt Henning dauernd nach Béla; mit dem Kind auf dem Arm wirkt er wie der heilige Joseph und nicht wie ein Playboy.«

Platz gab es genug in diesem großen Haus, auch für Coras Eltern war ein Zimmer da.

»Habt ihr schon mit Renovieren angefangen?«

»Na, was denkst du! Das Bad wird ein Traum, ich habe Jugendstilfliesen aufgetrieben! Außerdem haben wir Möbel gekauft, in deinem Zimmer stehen jetzt Korbsessel, die Kissen haben Rosenmuster – einverstanden?«

Ich freute mich. Hennings Geld wurde gut angelegt.

Der Kinderarzt beruhigte mich, Béla hatte nur eine Erkältung. Das Fieber sank so schnell, wie es gestiegen war. In drei Tagen war aus dem heißen, apathischen Bündel wieder ein hungriger und hübscher kleiner Mensch geworden. Béla begann zu sprechen, was mir niemand glaubte. Er mühte sich, mit seinen sechs Monaten »dada« zu sagen, aber nur ich hatte Ohren dafür.

Jonas klagte am Telefon. Es gab unendlich viel Arbeit. Außer ihm halfen anscheinend nur zwei Schwestern. Der jüngste Bruder war fünfzehn und im Internat, der älteste – jener Bartholomäus, der Ordensmann geworden war – schien es für unzumutbar zu halten, in der Kutte auf einen Traktor zu klettern. Ich behauptete, Béla sei noch zu krank für eine Reise, was Jonas beunruhigte.

Wie beim ersten Mal schrieb ich meinem Ehemann eine Karte und fuhr mit unserem Kind gen Süden. Diesmal wurde ich von Henning abgeholt, Cora war bei ihren Eltern

daheim geblieben. Sie empfingen uns an der Tür, alle freuten sich; Emilia weinte fast, als Béla die Arme nach ihr ausstreckte. Mein Zimmer war liebevoll eingerichtet. Henning hatte tatsächlich ein Kinderbett gekauft, wahrscheinlich meinte er, es demnächst für ein eigenes Baby brauchen zu können.

Sehr schnell fiel mir auf, daß Henning alles tat, um seinen zukünftigen Schwiegereltern zu gefallen, und daß es überhaupt nichts nützte. Allerdings war das Ehepaar Schwab nicht gänzlich unbestechlich: das Haus hatte es ihnen angetan. Coras Mutter machte es Freude, mit ihrer Tochter die neue Farbe der Fensterläden zu besprechen. Sie war für blaugrün, Cora für weiß, ich für oliv. Der Professor, der eigentlich Gartenarbeit nicht liebte, schob Béla von einem schattigen Baum zum anderen und sammelte dabei Lorbeerblätter zum Würzen oder rupfte zähe Unkräuter aus dem trockenen Boden. In Gedanken sah ich ihn seine alten Tage in diesem Garten verbringen. Die Eltern versuchten, Cora unter vier Augen die Heirat auszureden.

Eines Tages saßen wir alle im Garten und tranken Chianti. Henning hielt Béla auf dem Schoß. Plötzlich geschah das Wunder: mein Sohn sagte klar und deutlich »Papa«. Dem alten Playboy kamen die Tränen. Übrigens sprach Béla die nächsten Monate nie mehr ein verständliches Wort.

Emilia versuchte, meinem Sohn Italienisch beizubringen. Sein Name gefiel ihr nicht. Oft nannte sie ihn »Bellino«; wenn die Windeln voll waren »Bel Paese«. Aber ich hörte auch mit Verwunderung, wie sie das komplizierte deutsche »Schätzchen« artikulierte.

Herr und Frau Schwab reisten ab, schließlich war der Professor berufstätig. Cora mußte ihren Eltern versprechen, daß sie sich alles überlegen und erst einmal die Sprachprüfung machen würde.

Kaum waren die Eltern aus dem Haus, als die Hochzeitsvorbereitungen begannen. Henning hatte in diesem Punkt ebensowenig Skrupel wie Cora. Mir war nicht wohl in meiner Haut; trotzdem wollte ich als Trauzeugin fungieren. Ich rief Jonas an und fragte, ob er nicht zur Feier kommen wolle. Er war beleidigt. »Hast du keine anderen Sorgen? Warum meldest du dich nicht öfter? Wenn ich anrufe, nimmt keiner ab. Meinst du nicht, daß ich hören will, wie es Barthel geht?«

Also feierten wir im kleinen Kreis. Ein paar Freunde aus dem Golfklub, ein paar Studienkollegen von Cora, das war's. Aber als wir nach dem festlichen Essen zurück in unsere rosa Villa kamen, lehnte eine lumpige Gestalt am Eisentor. Mein Vater.

»Wer um alles in der Welt ist das?« fragte Henning.

Ich hatte die Hoffnung, er werde meinen Vater nicht einlassen, aber als Cora sagte »Majas Papa«, schüttelte er ihm in euphorischer Stimmung beide Hände.

Ich begrüßte meinen Vater nicht. Anscheinend hatte er einen Instinkt dafür, wo eine Hochzeit gefeiert wurde, wahrscheinlich, weil es bei solchen Gelegenheiten reichlich zu trinken gab. Finster folgte ich Cora, Henning und meinem Vater ins Haus. Emilia brachte mir Béla und erzählte, wie lieb er gewesen sei.

Henning bat Cora, unserem Gast etwas zu essen zu

holen. Wir saßen um einen runden Tisch, und Vater erzählte, daß er seinen Pflegern ein Schnippchen geschlagen habe und ihnen entkommen sei. Er habe den Professor nach Coras Adresse gefragt, angeblich um mir zu schreiben. In zwei Tagen sei er mühelos hergetrampt.

Nach hartnäckigem Befragen berichtete Vater, daß er zuerst unsere Wohnung aufgesucht habe, als er dort niemanden vorfand, den Bauernhof. Alle seien auf dem Feld gewesen, nur die Großmutter nicht. Sie habe ihn mit den Worten »hier ist kein Platz für Schmarotzer« mit dem Besen davongejagt. Ich ahnte, daß die alte Frau auf mich und meine Sippe eine große Wut hatte. Wie gern hätte sie den Urenkel im safrangelben Jäckchen herumgezeigt!

Henning hatte Spaß an meinem Vater, der sofort den Clown spielte, als er merkte, wie gut das ankam. Als Wein und Grappa auf dem Tisch standen, kam es zum unvermeidlichen Besäufnis. Auch Henning langte zu. Cora mußte am Hochzeitsabend ihren betrunkenen Mann mit Hilfe von Emilia ins Bett schaffen, meinen Vater ließen wir auf dem Teppich liegen.

Wieder saßen wir in der Küche. Cora war erstaunlicherweise nicht verärgert, ich kochte. »Jetzt bin ich endlich hier, damit ich meine Ruhe habe, schon setzt er mir nach.«

»Maja, du bist ihm durchaus ähnlich, ihr haut beide ab, wenn euch etwas nicht paßt.«

»Selbst Goethe ist vor Frau von Stein nach Italien geflohen«, sagte ich trotzig. Ich dachte noch an eine andere Parallele: Vater und ich hatten beide einen Menschen auf dem Gewissen.

»Morgen rede ich mit Henning«, sagte Cora, »er ist nicht

so ein Lämmchen wie Jonas, er wird deinen Vater im Hand-
umdrehen nach Deutschland befördern, vielleicht sogar
mit Polizeigewalt.«

Ich zweifelte daran. Mein Vater war eine Klette und
würde mit Zähigkeit diesen Platz an der Sonne beanspru-
chen.

Henning war ein sonderbarer Mensch, im Grunde verstanden wir ihn nicht. Er liebte Karl May und Babys – letz-
tere erst, seit er Béla kannte –, er hatte eine Ehe mit einer
langweiligen Frau hinter sich und wahrscheinlich auch jede
Menge Seitensprünge. Einerseits hatte er einen harten Le-
benskampf geführt und konnte von Ganoven und Erpres-
sern erzählen, andererseits war er rührselig und spielte den
Wohltäter. Schon nach zwei Tagen hatte er einen Narren an
meinem Vater gefressen; er kaufte ihm einen Anzug und
nahm ihn mit in den feinen Golfklub. Coras Ermahnungen
fruchteten nicht. Solange Vater und Henning unterwegs
waren, konnten wir nicht klagen. Kaum waren sie aber zu
Hause, wurde getrunken. Diese Seite Hennings, die im
Baugewerbe nicht ungewöhnlich ist, war uns bisher verborgen geblieben. Cora fluchte. »Wenn ich etwas hasse,
dann besoffene Männer.«

Sie summte vor sich hin. »Kennst du noch das traurige
Hochzeitslied von Béla Bartók, das wir in der Schule gelernt haben?« Ich sang:

»Werd' mich verwandeln,
wohl in ein Rebhuhn,
flieg' dann zu Mutters Haus.
Flieg' in den Garten,

sitz' auf der Lilie,
singe und ruh' mich aus.
Hört mich die Mutter:
›Singt da ein Vöglein,
traurig und wunderbar?
Weg, weg, du Vöglein!
Weg, weg, du Rebhuhn!
Brichst mir die Lilie gar.‹«

Cora improvisierte weiter:

»Mit einem Playboy,
alt und versoffen,
bin ich davongerannt.
Ach, liebe Mutter,
nun muß ich weinen,
ferne vom Heimatland.«

Wir beschlossen, die neue Männerfreundschaft zu untergraben. Es war nicht schwer, ein wenig zu hetzen. »Henning hat gesagt…« begannen wir und machten meinem Vater klar, daß sein Gastgeber ihn nicht ernst nehme. Bei Henning verfuhren wir ähnlich: Vater hielte ihn für einen abgewrackten, geilen Emporkömmling. Es machte uns direkt Spaß, aber leider wirkte es nicht sofort.

Die Sache spitzte sich erst zu, als Henning seiner jungen Frau im Suff klarmachte, daß er in genau neun Monaten einen Sohn erwarte. Cora ekelte sich vor seiner Fahne und kroch zu mir ins Eisenbett. Henning bummerte gegen meine verschlossene Tür und krakeelte. Emilia wurde

schließlich wach, falls sie überhaupt geschlafen hatte, und führte ihren Herren unter begütigenden Worten zurück in sein Bett.

»Ich bin erst wenige Tage verheiratet, und schon mag ich ihn nicht mehr«, sagte Cora weinend.

»Vater muß weg, er ist an allem schuld. Früher hat Henning nur zwei Gläser Wein zum Essen getrunken. Wenn wir Vater los sind, wird alles wieder gut.«

Aber Cora ließ sich nicht trösten und meinte, Vater habe Hennings wahres Wesen ans Licht gebracht, und man müsse ihm dafür dankbar sein.

Unsere neue Taktik wurde, möglichst oft das Haus zu meiden. Wir besuchten mit Béla alle Freundinnen, die Cora in Florenz hatte. Wir saßen in den Boboli-Gärten, wir stöberten in Geschäften rund um die Via dei Calzaiuoli herum, wir starrten stundenlang vom Ponte alle Grazie in den Arno hinunter und gingen tatsächlich in die Uffizien. Aber irgendwann mußten wir nach Hause, und dort war mindestens einer betrunken.

Im allgemeinen wollte Vater nichts vom störenden Enkelkind wissen. Aber es kränkte mich fast noch mehr, wenn er in angetrunkenem Zustand vor dem Kinderbett stand und mit widerlicher Sentimentalität »duzi duzi deidei« sagte. Mein dummer Sohn krähte dann vor Vergnügen.

Im übrigen durfte man Henning nicht unterschätzen. Erstens hatte er vom Professor erfahren, daß Cora durchaus jeden Monat ihr Studiengeld erhielt, zweitens glaubte er nicht, daß mein Vater mich und Béla bedroht hatte, und drittens hatte er entdeckt, daß seine Frau weiterhin die Pille nahm. Damit sie sich nicht herausreden konnte, hatte er

eine Woche lang die tägliche Einnahme anhand der fehlenden Tabletten kontrolliert. Wenn er etwas nicht leiden konnte, dann, daß man ihn für dumm verkaufte. Es gab Krach. Andererseits ging es ihm nicht »auf die Eier«, daß Cora hinter seinem Geld her war und er sie beim Stehlen kennengelernt hatte. In seiner Jugend, behauptete er, habe er auch mit allen Tricks gearbeitet, um reich zu werden.

Wenn Cora vor Henning die Treppe hinaufstieg, pflegte er sie in den Hintern zu kneifen. Cora kniff zurück. Manchmal vertat Henning sich und verwechselte Emilia oder mich mit seiner Frau. Dank meiner schnellen Reaktion geschah es bei mir kein zweites Mal.

An ihrem zwanzigsten Geburtstag versprach Cora, die Pille abzusetzen. Es gab noch andere Mittel, dachte sie. Sie versöhnten sich lautstark im Bett, was in diesem Haus nur Béla verborgen blieb. Am nächsten Tag war Henning sehr aufmerksam, brachte einen Strauß weiße Gartenrosen mit und trank in der folgenden Zeit nur Mineralwasser. Meinen Vater, mich und mein Kind nannte er »die Asylantenfamilie«, wobei mir der Spott nicht gefiel. Ich hatte das ungute Gefühl, daß meine Tage hier gezählt waren.

Cora sagte: »Sein Geld gehört mir und ist also auch dein Geld.«

Auch Vater trank in den folgenden Tagen nicht. Hennings Versuche, ihn zu leichter Arbeit im verwilderten Garten zu motivieren, schlugen allerdings fehl. Vater war zu schlapp. Eines Morgens mußte er im Schockzustand unter Sirenengeheul und Blaulicht ins Krankenhaus gebracht werden. Sein starkes Bluterbrechen war auf eine Erweiterung der Speiseröhrenvenen zurückzuführen, Folge einer

lang bestehenden Leberzirrhose, wie uns der Arzt auf der Intensivstation erklärte. Ich hoffte, mein Vater würde nicht mehr aus der Bewußtlosigkeit erwachen.

Aber als wir ihn nach einigen Tagen auf Hennings Initiative besuchten, sagte Vater: »Unkraut vergeht nicht.« Man wolle ihn mit Laser operieren. Augenzwinkernd bat er Henning, ihm beim nächsten Mal keine Blumen, sondern etwas Trinkbares mitzubringen.

Ohne Vater wurde es wieder gemütlicher. Henning verlangte wie früher nicht mehr als zwei Gläser Wein zum Essen, und wir waren ganz lustig. Manchmal erzählte er von früheren Frauen.

»Ihr erinnert mich an eine meiner ersten Freundinnen. Damals war ich jung und unerfahren, noch nicht reich und unverheiratet. Ich lernte ein Chinesenmädchen kennen, das auch noch nicht lange in Rio lebte. Mary Wang kam aus Shanghai, sprach Pidgin-Englisch und war süß.«

»Und was sollen wir mit ihr gemeinsam haben?« fragte Cora.

»Euren Hang zum Dolcefarniente und eure Geldgier«, sagte Henning uncharmant.

»Ich dachte, Chinesen sind bienenfleißig«, sagte ich gekränkt, denn gerade an diesem Tag hatte ich alle Gartenstühle gestrichen.

»Mary Wang hatte eine Devise, paßt auf: ›Me no savvy...‹«

»Was heißt ›savvy‹?« unterbrach Cora.

»Das kommt aus dem Französischen, von *savoir* gleich wissen. Also, noch mal:

›Me no savvy,
Me no care,
Me go marry
Millionaire.

If he die
Me no cry.
Me go marry
Other guy.‹«

Wir lachten; uns gefiel zwar der Spruch, aber nicht Hennings Gesicht dabei.

Übrigens waren wir nicht so faul, wie Henning dachte. Wenn er morgens auf dem Golfplatz war, frühstückten wir zwar ausgedehnt, aber dann hatten wir durchaus ein Programm. Fast täglich kamen Handwerker, mit denen sich Cora herumschlug. Sie ließ sich ein Atelier bauen. Ich hatte schließlich ein Kind, um das ich mich kümmern mußte. Darüber hinaus hatte ich durch den Umgang mit Emilia Spaß daran gefunden, aus Coras italienischen Lehrbüchern Vokabeln zu lernen. Emilia fragte mich ab, verbesserte mich und fühlte sich als Lehrerin und Kinderfrau wichtig und aufgewertet.

»Was ist aus Mary Wang geworden?« fragte ich Henning beim Abendessen.

»Prostituierte. Keine grüne Witwe wie aus dir.«

Cora ging ungern ans Telefon, sie hatte keine Lust, mit ihren Eltern zu sprechen. Ich mußte sie im allgemeinen verleugnen. »Hat sich meine Tochter Cornelia endlich diese unselige Heirat aus dem Kopf geschlagen?« fragte der Pro-

fessor jedesmal. Zögernd sagte ich, das müsse er sie schon selbst fragen. Frau Schwab erzählte, daß Coras Bruder Examen gemacht und sich von seiner Braut getrennt habe. Er werde nächstens nach Deutschland kommen und sicher auch seine Schwester besuchen.

Nur gelegentlich rief Jonas an, er hielt ein Telefongespräch ins Ausland für einen Luxus, den er sich kaum leisten konnte. Aber da ich keine Lust hatte, mir seine Vorwürfe anzuhören, mußte er selbst die Initiative ergreifen, wenn er von seinem Barthel hören wollte.

Manchmal sprachen Cora und ich über unsere Zukunft. Bei ihr war es eine klare Sache: sobald das Atelier fertig war, wollte sie täglich malen, eventuell auch Privatunterricht nehmen und schließlich berühmt werden. Henning wurde nicht weiter erwähnt.

Bei mir lag der Fall anders. Konnte ich einfach in Florenz bei Cora und Henning bleiben? War ich nicht ebenso ein Parasit wie mein Vater? War es richtig, Jonas so mir nichts, dir nichts abzuhängen? Er hatte mir nie etwas Böses getan. Wenn er in Florenz leben und studieren könnte – das wäre wunderbar gewesen. Mein beruflicher Traum war, hier Italienisch zu studieren und schließlich als Übersetzerin zu arbeiten.

»Weißt du, wer mir manchmal im Wege ist?« fragte Cora. »Du wirst es nicht glauben, aber es ist Emilia. Natürlich ist es praktisch, daß sie putzt und kocht. Andererseits wären ihre beiden Mansardenzimmer ein besseres Atelier geworden als das Nordzimmer im ersten Stock. Aber ich weiß, du liebst sie, weil sie Béla so vorbildlich betreut...«

Ich mochte Emilia nicht nur deswegen, sondern auch weil sie die Spinnen in meinem Zimmer einfing und im Garten wieder aussetzte. Häufig besuchte ich sie in ihrer Wohnung. Sie hatte eine Pinientruhe vom Dachboden geschleppt, den Deckel abgeschraubt und als Bett für Béla umfunktioniert. Inzwischen schlief er häufiger hier oben als in meinem Zimmer. Emilia pflegte sich früh zurückzu- ziehen und auf dem Bette liegend fernzusehen. Béla lag in der Truhe daneben und war zufrieden. Da ich meistens abends mit Cora und Henning essen ging, schaute ich oft spät bei Emilia herein, um mein Kind im Schlaf zu betrach- ten. Manchmal war ich fast eifersüchtig auf die selbst- ernannte Großmutter, die eine vollkommene Symbiose mit Béla eingegangen war. Sie sang für ihn: »Ma come balli bene bella bimba«, und er patschte bei »bella« auf den Tisch.

Es wurde heiß, der toskanische Sommer begann. Henning sprach davon, mit Cora ans Meer zu fahren, ich war wahr- scheinlich nicht eingeplant. Wir kauften einen Plastik- sandkasten und füllten ihn mit Wasser. Béla konnte plan- schen, ich meine Füße kühlen. Coras Eltern kündigten ihren Besuch an; der Bruder wurde aus God's own country zurückerwartet, und man wollte gemeinsam in Colle di Val d'Elsa Urlaub machen – ob wir Lust hätten dabeizusein. Von der Heirat ihrer Tochter ahnten sie nichts. Cora lehnte ab und bat mich, es ihren Eltern schonend beizubringen.

Inzwischen wußten wir, daß Henning ein Quartalsäufer war. Er hatte gestanden, unter gelegentlichen Anfällen von Trunksucht zu leiden; in seiner Jugend geschah das alle drei Monate, jetzt in unregelmäßigen Abständen.

»Weißt du«, sagte sie, »er hat mich hereingelegt. Dafür ist aber schon passiert, was du prophezeit hast.«

»Was meinst du?«

»Na ja, ein junger Mann...«

»Hast du dich verliebt?«

»Das nicht gerade. Nerv mich aber bitte nicht mit Moral! Ich habe Henning betrogen.«

»Mit wem denn? Wir waren doch immer zusammen?«

»Ruggero.«

Ich kannte Ruggero nicht. Sie erklärte mir, daß es der Gehilfe des Glasers sei, siebzehn Jahre und bildschön. Leider seien die Atelierfenster fast fertig.

Es herrschte ein trügerischer Frieden. Cora betrog ihren Mann, ich erwartete meinen Vater als Rekonvaleszenten zurück, vielleicht auch Jonas, der mich und seinen Barthel zurückholen wollte, und Henning tat mitunter so, als wäre Béla sein Sohn. Er ging mit uns in der Abendkühle spazieren, schob dabei die Kinderkarre und wollte Cora und mich an jeder Seite als schmückendes Beiwerk vorzeigen. Wir mußten uns schönmachen. Obgleich er freundlich zu mir war, konnte ich ihn immer weniger leiden. Ich wurde nervös und litt unter der Hitze. Es wurden keine Entscheidungen getroffen, wann man verreisen sollte, ob überhaupt und wer mit wem. Emilia schien in ihrer stickigen Mansarde am wenigsten von der Hitze beeinträchtigt zu sein. Eines Tages sang sie mir auf deutsch vor: ›Die Gedanken sind frei.‹

»Woher kennst du dieses Lied?« fragte ich verwundert; inzwischen konnte ich mich ganz gut auf italienisch unterhalten.

Emilia kramte ein altmodisches Liederbuch heraus und las mir daraus vor. Als sie noch jung war und bereits in diesem Haus arbeitete, hatte ein deutscher Archäologe hier zur Untermiete gewohnt, der ihr, von Heimweh geplagt, traurige Lieder beibrachte. Sie konnte alle Texte aus ihrem Buch. Wahrscheinlich hatte es sich um eine romantische Liebschaft gehandelt, aber ich wagte nicht, intime Fragen zu stellen. Jedenfalls verstand Emilia einige Brocken Deutsch, vielleicht mehr, als wir annahmen.

»Na und?« sagte Cora. »Wir haben nichts vor ihr zu verbergen.«

Seit mir Emilia von ihrem geheimen Liederschatz erzählt hatte, pflegte sie deutsche Zitate einzuflechten. Henning hörte das. »Warum mußt du ihr ausgerechnet so ein antiquiertes Deutsch beibringen?« herrschte er mich an. »Mir war es gerade recht, daß sie kein Wort versteht, wenn wir uns unterhalten. Falls du möchtest, daß Bélas erste Worte deutsch und nicht italienisch sind, dann mußt du dich gefälligst selbst um ihn kümmern.« Ich war beleidigt.

Emilia hatte auch eine besondere Art, Geschenke zu machen. Henning bekam zum Geburtstag eine in die Jahre gekommene schwäbische Kaffeekanne mit der Inschrift: *Wo man Kaffee trinkt, da fühl dich wohl, böse Menschen lieben Alkohol.*

An einem drückenden Augusttag beschlossen Cora und ich, am nächsten Morgen früh aufzustehen und nach Marina di Pisa ans Meer zu fahren. Henning wollte nicht mit, er habe sich zu einer wichtigen Golfpartie verabredet. »In Wahrheit hat er Angst, daß ihm der Meereswind

die Glatze freilegt«, sagte Cora, und wir fuhren mit Béla im Auto los, Henning sollte sich ein Taxi nehmen.

Am Meer war es laut, voll, schmutzig und wunderbar. Wir liehen einen Sonnenschirm und lagerten neben einer Surfschule. Béla, der wie ein Weltmeister in der Gegend herumkrabbelte, war glücklich. Er hatte so viel zu gucken und zu grabschen, daß er mittags auf unserer Matte lag und fest schlief. Cora versuchte sich im Surfen und lernte dabei einige schöne Papagalli kennen, die ihr immer wieder aufs Brett halfen. Aber sie blieb brav bei meinem Kind und paßte auf, als ich mich ins Wasser stürzte. Zwischendurch holten wir uns Pizza auf die Hand. Mineralwasser, Obst und Babynahrung hatten wir mitgebracht. Es war ein herrlicher Tag, ich fühlte mich wieder ganz jung und unbeschwert. »So müßte es immer sein«, sagte ich zu Cora.

»Eine klitzekleine Yacht wäre auch nicht schlecht«, meinte sie.

Das Faulenzen hatte ermüdet, wir fuhren relativ spät heim. Hätten wir gewußt, was uns dort erwartete, wir wären die ganze Nacht am Meer geblieben.

Weiß wie Alabaster

Manchmal sehen die Wolken aus wie Krokodile. Wenn meine Touristen Nackensteife beim Betrachten der Domkuppel bekommen und ich zum hundertsten Mal sage, daß sich der Name »Santa Maria del Fiore« auf die Lilie im Stadtwappen bezieht, dann schaue ich meist nicht auf Brunelleschis Werk, sondern auf das Wolkenspiel. Ich entdecke nicht nur Alligatoren am Himmel, auch zornige Jäger, Engel mit Posaunen, Teufel mit dreizackigen Mistgabeln und andere Gestalten des Jüngsten Gerichts tummeln sich über mir. Zuweilen habe ich Angst. Mein Leben verläuft im Augenblick in sogenannten geordneten Bahnen, wenn man von den kleinen Späßen beim Begaunern und Klauen einmal absieht. Ich verdiene Geld und sehe gut aus, ich habe einen allerliebsten Sohn und gute Freundinnen – aber ich habe kein allzugroßes Vertrauen in die Zukunft. Es gibt Dinge in meinem Leben, die ich noch nicht verarbeitet habe. Dazu gehört jene Nacht, als Cora und ich mit dem schlafenden Kind von unserem Ausflug ans Meer zurück in die rosa Villa kamen.

Es war erstaunlich still im Haus. Ich trug Béla in mein Zimmer, um Emilia nicht zu stören. Cora verschwand im Bad. Gemeinsam betraten wir wenige Minuten später die Küche, um uns noch etwas zum Essen zu organisieren.

Sowohl mein Vater als auch Henning lagen blutend auf

dem Terrazzo-Boden, Schnittwunden im Gesicht, Platzwunden am Kopf, zerschmetterte Flaschen und Glasscherben in allen Ecken. Es roch nach Erbrochenem. Beide waren stockbetrunken, aber auch verletzt. Ihr Schnarchen hörte sich eher wie Röcheln an. Wir blieben angeekelt stehen und sagten kein Wort. Schließlich ging ich an die Spüle und füllte einen Eimer mit Wasser, um ihn über meinem Vater zu entleeren.

»Halt«, sagte Cora, kaum hörbar, »das ist eine Gelegenheit, die nie mehr wiederkommt.«

Ich sah sie aufmerksam an. Cora nahm ein Küchenhandtuch und wickelte es um einen Flaschenhals. Sie packte diese Waffe, trat mit entschlossenem Gesicht auf Henning zu, holte aus und ließ die schwere Flasche wieder sinken. »Ich kann nicht. Immerhin habe ich mit ihm geschlafen.« Mit verzerrtem Ausdruck reichte sie mir die Chiantiflasche.

Ich griff mit beiden Händen zu und schlug sofort auf den Kopf, dreimal mit aller Kraft. Man hörte förmlich, daß etwas kaputtging. Aber auch in meinem Inneren zerbarst ein Damm: die angestaute, unerhörte Wut auf alle Menschen, die es besser hatten als ich, entlud sich befreiend wie ein Gewitter.

Mit äußerster Konzentration sah Cora zu. Wir hörten ein leises »Bravo« und sahen Emilia in der Tür stehen. Cora nahm mir nun die Flasche ab und drehte sich zitternd nach meinem Vater um. »Geht beide raus«, befahl sie auf italienisch.

»Ihr habt wohl den Verstand verloren«, sagte Emilia, »gib mir die Flasche!«

Ich taumelte aus der Küche. Was hatte Cora überhaupt vor? Erst als sie neben mir stand und man aus der Küche seltsame Geräusche hörte, ahnte ich, daß sie meinen Vater totschlagen wollte und Emilia dieses Werk nun wohl fortsetzte.

Emilia kam herein. »Ihr müßt einen Krankenwagen rufen. Ihr behauptet, daß ihr gerade erst heimgekommen seid – was ich bezeugen kann – und die beiden in diesem Zustand vorgefunden habt.«

Cora und ich rauchten. Es war eine der ersten Zigaretten meines Lebens. Cora ging schwankend ans Telefon.

»Seit wann ist Majas Vater hier?« fragte sie Emilia, die das nicht wußte. Sie hatte ferngesehen und sich nicht um den Krach im Erdgeschoß gekümmert. Ich bezweifelte, daß man Vater aus dem Krankenhaus entlassen hatte, wahrscheinlich war er wieder geflohen.

Der Krankenwagen war schnell da. Man hob die beiden Körper auf Tragbahren und verfrachtete sie vorsichtig. Offensichtlich waren sie nicht tot.

Cora, Emilia und ich saßen in der Küche und froren trotz der Hitze. Wir waren die störenden Männer vorerst los, konnten uns aber über diesen Sieg nicht freuen. Die Angst saß uns im Nacken.

»Hennings Gesicht war weiß wie Alabaster«, flüsterte Cora.

Emilia holte sich meinen Sohn, um an seiner Seite Frieden im Bett zu finden, während ich zu Cora ins leere Ehebett schlüpfte.

»Wäre es nicht korrekt«, sagte Cornelia, »wenn ich im Krankenhaus weinend auf Auskunft der Ärzte warte? Wie

sieht das überhaupt aus, daß wir nicht mitgekommen sind? Auf, wir müssen uns wieder anziehen und hinfahren.«

Es fiel mir schwer, mich aus dem heilenden Bett zu begeben. Wir sagten Emilia, daß wir ins Krankenhaus fahren wollten. Sie nickte: »Ihr seid kluge Mädchen.«

Im Krankenhaus wurden wir mit Zuvorkommenheit behandelt und ins Oberarztzimmer geleitet. Die Schwester machte ein Gesicht, als seien alle Patienten tot. Aber so war es nicht. Wir erfuhren, daß Henning einen doppelten Schädelbasisbruch mit Austritt von Hirnsubstanz hatte und sofort operiert werde. Mein Vater sei zwar bewußtlos, aber nicht in Lebensgefahr. Man kannte ihn bereits gut, denn er war erst heute aus genau diesem Krankenhaus entwichen. Auf dem Röntgenbild sehe man keine Knochenverletzungen. Wir könnten im Moment hier nichts ausrichten, sagte der diensttuende Arzt, und sollten heimgehen. Man werde uns telefonisch benachrichtigen, wenn es nötig sei. Erleichtert fuhren wir davon.

Als wir zum zweiten Mal im Bett lagen, sagte Cora hysterisch: »Meinst du, daß dein Vater gesehen hat, was du gemacht hast?«

»Das glaube ich kaum. Alle beide waren völlig weggetreten.«

Unser Schlaf war von kurzer Dauer. Man rief vom Krankenhaus an, daß Henning die Operation nicht überlebt hätte. Als wir erneut in unsere Kleider fuhren, rief auch die Polizei an. Wir sollten nichts am Tatort verändern, sie

seien in Kürze da. »Ich ziehe das Grüne wieder aus«, sagte Cora, »schwarz ist angesagt. Gib mir mal deinen Leinenrock.«

Noch bevor wir mit unserer Trauerkleidung fertig waren, schellte es, und die Polizisten kamen. Emilia öffnete mit dem weinenden Béla auf dem Arm. Cora lauschte angestrengt an der Treppe, während sie sich schwarze Strumpfhosen über die braunen Beine wurstelte. »Hoffentlich macht Emilia keinen Scheiß«, meinte sie und beeilte sich.

Als wir das Wohnzimmer betraten, redete Emilia wie ein Wasserfall. Aber die Polizisten hörten nicht mehr zu, als Cora ihren Auftritt hatte. So jung, so schön, so rein und doch vom Schicksal schon gezeichnet! Die Gesetzeshüter sprangen auf, entschuldigten ihr Hiersein und versuchten, ihr Mitgefühl in Worte zu fassen. Cora sank in einen Sessel und bekam Wasser gereicht. Nach einer Pause sprach Emilia weiter. Sie erzählte von schrecklichen Exzessen der beiden Trinker, vom unendlichen Leid der jungen Damen und dem allgemeinen Aufatmen, als mein Vater im Krankenhaus lag und Henning auf Mineralwasser umstieg.

Nun wurde der Tatort besichtigt. Ein wenig habe sie schon aufgeräumt, sagte Emilia mit unschuldiger Bauernschläue. Die Polizisten sammelten Flaschen und Scherben ein, fotografierten die Blutspuren und zeichneten mit Kreide die mutmaßliche Lage der Verletzten auf den blutigen Boden. Auch wir erzählten von unserem Entsetzen, als wir am Abend vom Strand zurückkamen. Cora hatte sich gefaßt und konnte genau sagen, an welcher Surfschule wir gelagert, welche Pizza wir gegessen und an welcher

Tankstelle wir gehalten hatten. Ich bestätigte immer alles, aber meine Rolle war uninteressant für die Beamten.

Als die Polizei ging, fuhren wir ins Krankenhaus. Meinem Vater gehe es besser, erfuhren wir, aber er sei bis auf weiteres nicht vernehmungsfähig. Man habe alles getan, um Henning zu retten, aber bei der schweren Verletzung sei sein Tod unvermeidbar gewesen. Ob Cora ihn sehen wolle. Sie sagte, daß sie nicht dazu fähig sei. Sie mußte ein Formular unterschreiben und ihre Einwilligung zur Obduktion geben. Endlich fuhren wir nach Hause. »Wir müssen dringend mit Emilia reden«, sagte Cora, »es ist dir hoffentlich klar, daß sie uns erpressen kann. Außerdem habe ich nicht alles gehört, was sie den Polizisten erzählt hat. Im übrigen bin ich jetzt reich; wir können Pläne machen, aber nach außen müssen wir verhalten wirken.«

Emilia erwartete uns, Béla schlief. Sie griff nach Coras Zigaretten, ohne lange zu fragen. Anscheinend hatte sie die Lage begriffen. Aber als sie zu reden begann, konnten wir erleichtert sein. Emilia hatte uns in allem gedeckt und stellte keine Forderungen. »Das Ende vom Schwein ist der Anfang der Wurst«, sagte sie. Wir tranken gemeinsam Espresso und Grappa, rauchten und putzten schließlich die Küche. Als Béla wach wurde und seinen Brei verlangte, kehrte sogar eine gewisse Normalität ein; wir versuchten, unsere zittrige Nervosität und Fahrigkeit vor dem Kind zu verbergen und machten die üblichen kleinen Babyscherze.

In der Mittagshitze legten wir uns alle aufs Bett, aber Cora und ich fanden keinen Schlaf, sondern flüsterten weiter.

»Ich habe das dumme Gefühl, daß wir noch lange nicht über den Berg sind«, sagte Cora, »es ging alles zu glatt. Dein Vater wird wieder herkommen, falls er nicht ins Gefängnis gesteckt wird. Und Emilia traue ich überhaupt nicht, sie ist für ein altes Dienstmädchen viel zu clever. Sie hat von Anfang an eine Menge Deutsch verstanden und es sich nicht anmerken lassen; was sollte sie für einen Grund haben, uns zu helfen, wenn nichts für sie herausspringt?«

»Stimmt. Wir müssen ihr ein Angebot machen. Hast du eine Ahnung, wieviel Geld du erbst?«

»Nein, so plump habe ich mit Henning nicht über sein Vermögen geredet. Aber ich weiß, daß er zumindest Miets-häuser in Rio besitzt. Übrigens wollte sich Emilia einen Hund zulegen, weil sie das bei ihrer früheren Herrschaft nicht durfte. Henning hat es auch nicht erlaubt. Jetzt soll sie einen haben, auch wenn es nur eine noble Geste ist.« Ich sah Béla mit einem Hund herumtollen, was mir allemal lieber war als mit Kühen und Schweinen. Cora fuhr fort: »Aus rei-nem Instinkt habe ich neulich mit Ruggero Schluß gemacht, so daß der Gott sei Dank nicht hier auftauchen wird.«

»Ich dachte, es war so toll mit ihm?«

»Zweimal ja, dann ließ es schon nach. Der arme Junge hat sich in mich verliebt, für pubertäre Romantik habe ich keinen Nerv.«

»Manchmal glaube ich, du warst noch nie verliebt.«

»Kluges Kind. Vielleicht bin ich nicht wie du. Eigentlich finde ich Frauen viel liebenswerter als Männer, andererseits habe ich leider keine lesbische Ader.«

»Aber es gibt wunderbare Männer, denk nur an deinen Vater!«

»Das ist vielleicht der Knackpunkt. So einen wie meinen Daddy kriege ich sowieso nie.«

»Mein Gott, du hast einen Idealvater und bist verkorkst, was soll ich denn sagen bei meinem verlotterten Erzeuger?«

Nun lachten wir und machten uns über unsere lang zurückliegende Psychotherapie lustig. Als wir in der Küche wieder mit Emilia zusammentrafen, fielen wir alle drei über die Eisvorräte in der Kühltruhe her.

Emilia wiegte Béla in ihren Armen. »Morgen früh, so Gott will, wirst du wieder geweckt«, sang sie.

Mir gefielen diese Worte aus ihrem Munde auf einmal nicht mehr. War es richtig, daß ich ihr mein Kind so bedenkenlos anvertraute? Hatte sie begriffen, daß ich Henning erschlagen hatte, oder dachte sie, wir wollten ihm nur einen Denkzettel verpassen? Offensichtlich hatte sie ihrerseits nicht auf meinen Vater eingedroschen, wie ich anfangs geglaubt hatte. Dabei besaß sie mehr Kraft als wir, es wäre kein Problem gewesen.

Cora fuhr mit dem Wagen davon, um sich stilvolle Witwenkleider zu kaufen, und nahm Emilia mit, um sie beim Supermarkt abzusetzen. In den nächsten Tagen wollten wir zu Hause essen. Cora wurde beim Verlassen des Hauses von einem Fotografen erwischt. Am anderen Morgen war ihr Bild groß in der Zeitung: *Brasilianischer Millionär von deutschem Saufbruder erschlagen. Die schöne junge Witwe trägt sein Kind unterm Herzen.* Davon war kein Wort wahr.

Ich war allein mit meinem Kind, als die Klingel läutete. Zuerst erwog ich, nicht zu reagieren, denn polizeiliche Ver-

handlungen waren mir ohne Coras Gegenwart nicht geheuer. Aber ich öffnete doch, man sollte kein schlechtes Gewissen voraussetzen.

Coras Bruder Friedrich stand vor mir.

Lange hatte ich ohne Mann gelebt, stets allein im Bett. In dieser Hinsicht fehlte mir Jonas, schließlich war ich jung und gerade in diesen Tagen besonders anlehnungsbedürftig. Ohne Vorwarnung warf ich mich Friedrich an den Hals.

Coras Eltern hatten ihn als Unterhändler geschickt, denn sie waren in großer Sorge. Einerseits bekamen sie deutlich zu spüren, daß sich ihre Tochter jegliche Einmischung in ihr Liebesleben verbat, andererseits litten sie aus Verantwortungsgefühl unter der Vorstellung, womöglich nicht rechtzeitig eingegriffen zu haben.

Doch davon war im Augenblick nicht die Rede. Friedrich, der sich damals in der Toskana von Annie abgewandt und in mich verliebt hatte, glaubte seinen Augen nicht zu trauen. Erregt wie ich war, dürstete ich nach einem vertrauten männlichen Wesen wie ein Delirant in der Wüste. Wir liebten uns, als hätten wir lange darauf gewartet. Dann erst erzählte ich ihm, was ja irgendwann gesagt werden mußte: Seine Schwester hatte geheiratet und war heute Witwe geworden. Der reiche Mann war von meinem Vater im Suff erschlagen worden. Inzwischen glaubte ich selbst fast an diese Version, schließlich war es nicht das erste Mal, daß Vater so gehandelt hatte.

Es war gut, daß Friedrich nun da war. Er half bei allen Formalitäten, die Cora bevorstanden, er kümmerte sich um rechtliche Angelegenheiten und fuhr mit seiner Schwester

zum Notar und Konsulat. Er verstand es, die Eltern schonend zu benachrichtigen und doch fernzuhalten.

Friedrich und ich holten alles nach, was ich in den letzten Monaten nicht gehabt hatte; an Jonas dachte ich nicht. Ich war bei allem Streß im Trauerhaus glücklich und leicht überdreht, ohne mir Gedanken um die Zukunft zu machen. Cora betrachtete unser Liebesglück ohne Neid, ja mit Wohlwollen; sie habe immer schon gewußt, daß »mal ein Kick passiere«.

Emilia, die schließlich Jonas auch kannte, schloß Friedrich in ihr Herz. Offensichtlich gehörte sie nicht zu den Moralaposteln, denn es konnte ihr nicht entgangen sein, daß Cora mir ihr Ehebett abgetreten hatte. Wir waren jetzt drei junge Leute, ein Kleinkind und eine ältere Frau, die hier wohnten und sich gut vertrugen.

Coras Atelier wurde fertig, und sie fing unverzüglich an zu malen. Ihr Bruder fragte: »Wem willst du diesmal nacheifern? Michelangelo oder Giotto?«

Sie antwortete ganz ernsthaft: »Ich werde eine moderne Artemisia Gentileschi.«

Sowohl Friedrich als auch ich sahen Cora befremdet an: »Wer soll das denn sein?« fragte ich, und ihr Bruder bemerkte: »Gib nicht so an.«

»Ich nehme euch die Bildungslücke nicht übel, weil ihr die Ausstellung nicht gesehen habt. Artemisia wurde vor etwa vierhundert Jahren geboren und malte am liebsten Judith, wie sie dem Holofernes den Kopf abschlägt. Dabei hilft ihr eine Magd, die den Kerl auf sein Lager niederdrückt.«

»So was kenne ich von Guido Reni«, sagte ich gebildet, aber mir war diese Thematik nicht recht.

Doch es kam schlimmer; Cora meinte: »Du mußt mir für die Judith Modell stehen, Maja. Vielleicht ist Emilia dazu bereit, die Magd darzustellen. Friedrich, willst du Holofernes sein?«

»Nein, danke, jetzt spinnst du völlig«, sagte er.

Ich stand Cora Modell, denn es gab kaum etwas, das ich ihr abgeschlagen hätte. Beim Malen erzählte sie mir, daß sie sich stark mit der Gentileschi identifizierte, die im Alter von neunzehn Jahren durch einen Vergewaltigungsprozeß bekannt wurde. »Sie hat durch die Kunst ihre Neurosen überwunden«, meinte Cora, »und das gelingt mir vielleicht auch. Neurose ist übrigens das falsche Wort, ich meine Trauma.«

»Und wie soll ich meins loswerden?« fragte ich. Cora stand im schwarzen Trauerbikini in ihrem lichtdurchfluteten Atelier, während ich eine dicke blaue Gardine um mich drapieren mußte.

»Schwatz nicht so viel, du mußt heroisch aussehen«, befahl Cora, »aber auch nicht wie im Theater. Sei ganz Elefantin!«

Emilia machte ihre Sache besser als ich, aber sie brauchte auch keinen Säbel zu schwingen. Sie fühlte sich geschmeichelt, auf einem Gemälde verewigt zu werden, das sie ›Il trionfo‹ nannte.

Friedrich hatte ihr geholfen, auf dem Markt einen jungen Hund zu kaufen, der dauernd irgendwohin pinkelte. Wir mußten ständig aufpassen, daß Béla nicht durch die Pfützen robbte.

Es war nicht zu ignorieren, daß Emilia ihre Pflichten weniger ernst nahm. Meistens vergnügte sie sich mit ihrem Hund Pippo und Béla im Garten. Da Cora und ich auf keinen Fall ihren Unmut erregen wollten, begannen wir selbst zu kochen.

Als Friedrich mich fragte, ob ich Lust auf einen sommerlichen Musikabend im Palazzo Pitti hätte, fühlte sie sich ebenfalls eingeladen. Sie hatte ohne Probleme unser Gespräch verstanden und das auch nicht verheimlicht. Cora, die sich in der Öffentlichkeit noch nicht bei Vergnügungen zeigen wollte, blieb als Babysitter zurück. Emilia genoß die Musik.

Die Obduktion hatte erwartungsgemäß ergeben, daß Henning an den Folgen einer schweren Schädelverletzung gestorben war, aber auch, daß er eine unglaubliche Menge Alkohol konsumiert hatte. Mein Vater war inzwischen mittels Dolmetscher im Krankenhausbett verhört worden; er gab zu, daß er im Suff zugeschlagen habe. An Details konnte er sich nicht erinnern. Da er haft- und transportunfähig war, blieb er vorerst in der Klinik. Die Rechnung hatte Henning regelmäßig bezahlt, nun tat es Cora.

Hennings Beerdigung fand unter Ausschluß der Öffentlichkeit statt, es gelang uns, den Termin geheimzuhalten. Cora wollte nicht schon wieder als schwangere Witwe in der Zeitung erscheinen. Auf dem Friedhof zeigte uns Emilia das Grab ihres deutschen Archäologen, der sie anscheinend durch Tod und nicht aus Treulosigkeit verlassen hatte. DR. ALBERT SCHNEIDER lasen wir.

Komplizierter erwiesen sich die Erbschaftsformalitäten.

Zwar durfte Cora ziemlich rasch über das Bankguthaben verfügen, aber das reichte bei unserem Lebensstil nur für ein paar Monate. Die Handwerkerrechnungen für das Atelier waren saftig. Henning besaß hier ein paar Aktien, dort ein paar Häuser, war beteiligt an einem Transportunternehmen und hatte immer noch sein Baugeschäft; alles war jedoch verstreut und unübersichtlich angelegt. Es war gut, daß Friedrich sein Examen in den USA hinter sich, aber noch keine Anstellung in Deutschland gefunden hatte. Er erwog, zuvor seine Doktorarbeit zu schreiben. Jedenfalls hatte er Zeit und Lust, sich um Coras Vermögen zu kümmern. Ein Testament lag nicht vor, und Erbberechtigte hatten sich nicht gemeldet. Im Grunde war Cora durchaus in der Lage, ihre Angelegenheiten selbst zu erledigen, sie sprach zudem besser Italienisch als ihr Bruder. Aber sie malte im Augenblick wie eine Besessene, und es war ihr recht, wenn ihr Friedrich Unangenehmes abnahm. Sie erkannte wohl, daß er eigentlich nur meinetwegen blieb, aber zur eigenen Entlastung das Alibi des Helfers vorschützte. Im übrigen gefielen mir Coras Bilder immer weniger, aber über ästhetische Gesichtspunkte konnte man nicht mit ihr reden; sie hatte einen morbiden und ich einen hochempfindlichen Geschmack.

Jonas rief einmal an. Er war mitten in den Erntearbeiten, hatte Sehnsucht nach Béla Barthel und mir und bat mich zurückzukommen. Ich konnte ihm glaubhaft darstellen, daß Cora mich dringender brauche – man bedenke, ihr Mann war von meinem Vater erschlagen worden! Jonas war entsetzt. Ob er kommen solle, fragte er. Ich lehnte edelmütig ab, die Erntearbeiten seien wichtiger.

Lange dachte ich darüber nach, ob nicht auch Jonas froh war, mich los zu sein. War die Ernte wirklich so wichtig? War es nicht egoistisch von Jonas' Mutter, ihren Sohn so stark zu verpflichten, daß er sein eigenes Familienleben aufgeben mußte? Aber wahrscheinlich war es für diese Frau eine Selbstverständlichkeit, daß ich mich nach Jonas' Wohnsitz zu richten hatte und nicht umgekehrt.

Wir regelten unseren Tagesablauf neu. Vormittags nahm ich Fahrstunden und besuchte einen Italienischkurs an der Universität. Cora nahm Malunterricht bei einer Privatlehrerin, die ins Haus kam. Sie malte so leidenschaftlich, daß ihr durch die Druckstelle des Pinsels eine stattliche Warze am rechten Mittelfinger wuchs. Friedrich kümmerte sich ums »Vermögen«, wie er sagte, tat auch zuweilen praktische Arbeiten im Garten und installierte mehrere Ventilatoren. Emilia hütete Béla und Pippo. Nachmittags war ich für den Kleinen da, wobei mir Friedrich nicht von der Seite wich. Cora kochte, und Emilia machte je nach Laune Hausarbeit oder faulenzte. Es war ein angenehmes Leben, und wir begannen nach vier Wochen, den Vorfall in der Küche zu verdrängen.

Manchmal kam es mir allerdings vor, als ob mein ganzes Leben eine einzige Verdrängung war. Ich besuchte meinen Vater nie allein im Krankenhaus, mir fehlte die Kraft, ihm ohne Begleitung gegenüberzutreten. Cora und Friedrich begleiteten mich einmal in der Woche, aber diese Besuche waren für alle peinlich, auch für Vater selbst.

Als ich meine Führerscheinprüfung bestanden hatte, feierten wir ein kleines Fest. Es gab noch mehr Erfolge, über

die wir uns freuen konnten: Pippo schien fast stubenrein zu sein, Béla tat die ersten Schritte, Friedrich hatte ein Mietshaus in Rio anscheinend günstig verkauft, und Cora hatte ein männliches Modell für den Holofernes gefunden: einen Taxifahrer, der sich für diese Aufgabe geradezu begeisterte. Und Emilia hatte hervorragend gekocht: Kaninchen in Zitronenthymian, Tomaten und Zwiebeln. Dazu tranken wir toskanischen Weißwein.

Früher hatte Emilia in der Küche gegessen, aber es war inzwischen selbstverständlich, daß sie mit uns zusammensaß. Beim Essen nahm sie keine Rücksicht mehr, sondern Kaninchenlende. »Ich will auch den Führerschein machen!« sagte sie.

Wir schwiegen verblüfft. Dem Alter nach konnte sie gut und gern unsere Mutter sein, war es überhaupt möglich, daß man dann noch Fahrstunden nahm? Cora sagte freundlich: »Warum nicht? Aber andererseits fahren wir dich doch überall hin, wo du hinmöchtest.«

Emilia bestätigte das, meinte aber, für sie sei es angenehmer, niemanden bitten zu müssen.

»Stimmt«, sagte Friedrich, »dann kannst du früh zum Supermarkt fahren, wenn wir noch im Bett liegen.«

»Es geht nicht bloß ums Einkaufen«, sagte Emilia, »ich habe Lust, meine Kusine in Falciano zu besuchen.«

Wir schluckten, denn das bedeutete, daß wir wahrscheinlich einige Tage auf das Auto verzichten mußten. Cora sagte schließlich: »Ich habe neulich schon überlegt, ob wir nicht zwei Autos brauchen. Geld ist ja da.«

Also meldete sich Emilia bei einer Fahrschule an, und ich übte mit ihr Theorie. Sie war dankbar für die Förderung

und erzählte mir gelegentlich mehr über ihre Vergangenheit. Fünf Jahre hatte sie mit dem Archäologen ein Verhältnis, bis er starb. Es waren glückliche Jahre, denn zum ersten Mal versuchte jemand, sie als Persönlichkeit ernst zu nehmen. Sie gingen zusammen ins Konzert und ins Museum, sie lernte von ihm Deutsch und ein bißchen Französisch, er erzählte von dem Buch, das er schrieb, und war dankbar für ihre Freundlichkeit. Seitdem hatte Emilia mit der Kirche gebrochen und ein Faible für alles Deutsche, aber auch Sehnsucht nach einer Wiederholung dieser Idylle. Sie habe sich immer eine Familie gewünscht, sagte sie, aber es habe nie geklappt. Mit uns sei sie jetzt glücklich.

Coras Eltern hatten im September in Colle di Val d'Elsa Urlaub gemacht und kamen uneingeladen auf dem Rückweg vorbei. Offensichtlich wollten sie mit eigenen Augen sehen, was Friedrich ihnen mitgeteilt hatte: Ihre kleine Tochter war über Nacht eine reiche Witwe geworden.

Cora mußte es sich gefallen lassen, daß nun ihr Vater Einblick in die Finanzen verlangte, daß ihre Mutter Emilia wegen verdreckter Fenster ansprach und daß man ständig mahnte, das Geld nicht gleich zum Fenster hinauszuwerfen. Cora wurde zornig. »Genau das ist der Grund, warum ich euch nicht bei mir haben will! Ich weiß schließlich selbst, was ich zu tun habe. Was habe ich mir denn von dem großen Geld bisher gegönnt? Ein Trauerkleid, einen Kranz fürs Grab! Noch nicht einmal ein zweites Auto! Im Gegenteil, mit Henning sind wir täglich essen gegangen, seit Wochen koche ich höchstpersönlich!«

Sie hatte recht. Es war nicht ihr Plan, das Geld für unver-

nünftigen Luxus auszugeben. Cora wollte nur tun, was ihr Spaß machte: malen, ein schönes Haus in einer schönen Stadt besitzen, ihre Freunde um sich haben. Sie dachte nicht an echten Schmuck, an weite Reisen, an Modellkleider, und auch das Zweitauto hielt sie erst für erforderlich, wenn Emilia wirklich fahren konnte.

Auch Emilia war nicht unbescheiden oder gar unverschämt. Schweigend putzte sie die Fenster, schrubbte den Küchenboden und bezog die Betten, damit Frau Schwab nichts mehr zu meckern hatte. Aber sie aß mit bei Tisch, ein Professor konnte ihr dieses Recht nicht mehr nehmen.

Mein inniges Verhältnis zu Friedrich wollte ich zwar vor seinen Eltern nicht herauskehren – ich schämte mich ein wenig –, aber sie hatten die Sachlage erkannt. Es gefiel ihnen nicht, daß ich Jonas betrog. Friedrich war ein Herz und eine Seele mit mir, wir lachten und alberten wie Kindsköpfe, aber er erwähnte Jonas nie. Ich erwog, mich scheiden zu lassen. Aber wir waren kirchlich getraut, und für Jonas galt die Ehe als heilig und unauflösbar.

Als Coras Eltern nach vier Tagen zurück nach Deutschland fuhren, waren wir erleichtert, obgleich wir sie gern hatten. »Alles Bingo«, sagte Cora.

Und Schwabs, die eine deprimierte und trostbedürftige Tochter erwartet hatten, konnten die heitere Atmosphäre mit einem turtelnden Liebespaar, einem krähenden Kleinkind, das ständig von einem Welpen angeknabbert wurde, einer selbstbewußten Magd und einer rauschhaft malenden Witwe weder gutheißen noch verstehen.

Rosa Wolke

Es gibt Beschäftigungen, die dem Menschen individuelles Glück bereiten. Emilia liebt es, Teig mit den Händen zu kneten, nie käme ihr eine Küchenmaschine ins Haus. Noch lieber schneidet sie Fleisch. Sie behauptet, eine frische Lammkeule mit einem scharfen langen Messer in Gulaschstücke zu zerlegen, sei ein einzigartiges Gefühl der Wollust.

Ich kann sie darin nicht verstehen; sie wiederum schüttelt den Kopf, wenn ich hingegeben aus meinem Fenster in den verwilderten Nachbargarten schaue. Ich habe eine Schwäche für braunes Gras; hüfthohe vertrocknete Stengel, verdorrte Stauden, verstepptter Rasen oder welkes Rohr sind für mich der Inbegriff aller Schönheit, besonders wenn spätes Licht oder Morgensonne darauf fällt. Sollte eine Katze in dieser Wildnis nach Mäusen jagen, ist mein Glück vollkommen. Ich könnte verharren und die Welt vergessen.

Cora hat andere Marotten. Wie viele Menschen, die gern im Süden Urlaub machen, sieht sie gern alte Dächer mit Römerziegeln, und diese Liebe teile ich. Schwalben segeln in blauer Luft, es duftet nach Pinien, die Grillen zirpen – das ist einer der Gründe, warum wir hier leben wollen. Aber Cora sammelt nicht nur Eindrücke, sondern auch Gegenstände: bunte Federn, Kaleidoskope und Parfum lasse ich mir ja gefallen, aber ihren Hang zu toten Tieren teile ich nicht. Sie wünscht sich Galileos Finger, den wir eingeweckt in einem Museum betrachten konnten; aber da spiele ich nicht mit.

Es gab eine Zeit, da habe ich bedingungslos gehorcht, wenn Cora etwas von mir wollte. Nicht nur in Geldangelegenheiten, auch in Gefühlsdingen war ich in hohem Maße von ihr abhängig. Damals hätte ich wahrscheinlich Galileos Finger ohne mit der Wimper zu zucken in ein Butterbrotpapier gewickelt. Seit ich selbst Geld verdiene, überlege ich sehr bewußt, ob ich mich ihr zuliebe in Gefahr begebe.

Bereits nach Hennings Tod begann ich unauffällig, etwas Nützliches zu tun. Ich gab einem jungen albanischen Flüchtling Unterricht. Wir hatten ihn beim Einkaufen auf dem Markt kennengelernt, wo er seinem Onkel beim Gemüseabwiegen half. Zweimal in der Woche saßen wir zusammen im Garten, und ich fragte ihn aus einem altmodischen Lehrbuch ›Deutsch für Kellner‹ kleine Sätze ab. »Winschen Sie gefillte Teigtasch mit Gemies?« fragte er, und ich erklärte, daß heute jeder Tourist wüßte, was Ravioli sind. »Mechten Sie Rechnung?« war seine letzte Frage, wenn er zufrieden aufhörte. Ich verdiente zwar kein Geld mit dieser Tätigkeit, aber mein Schüler brachte stets einen Korb voll Obst mit. Ich freute mich darüber, als wenn ich die Früchte eigenhändig gestohlen hätte.

Bei unserem letzten Besuch im Krankenhaus hatte uns der behandelnde Arzt sprechen wollen. Ich wußte sowieso, daß es schlecht um meinen Vater bestellt war. Er magerte ab und litt unter vermehrter Infektanfälligkeit. Der Arzt meinte, es sei wieder zu einer Blutung aus der Speiseröhre gekommen. Man werde Vater erlauben, gelegentlich ein paar Stunden bei uns zu verbringen, wenn wir ihn mit dem Wagen holen und zurückfahren würden. Der Arzt deutete

an, daß er mit der Staatsanwaltschaft gesprochen habe und man dort wisse, daß der Patient den Prozeßbeginn mit großer Wahrscheinlichkeit nicht erlebe. Die Kopfverletzung sei unwesentlich. Vater starb an den Folgen jahrzehntelangen Alkoholmißbrauchs.

Ich hatte nicht vor, Vater abzuholen. Er tat mir zwar leid, aber andererseits hatte er nie einen Finger für mich krumm gemacht, und ich sah nicht ein, daß ich mehr für ihn tun sollte, als ihn gelegentlich kurz zu besuchen. Friedrich gab mir in diesem Punkt nicht recht, Cora hielt sich raus. Emilia wurde nicht gefragt.

Als es Herbst wurde und wir wieder gern in der Sonne saßen, stand eines Tages Jonas vor der Tür. Béla erkannte seinen Vater nicht und streckte die Arme weinend nach Emilia aus. Jonas war verlegen. Die Ernte sei zwar noch im Gange, aber fast fertig. Er habe es nicht mehr ausgehalten. Nun sei er da, um uns zu holen – aber diese Worte kamen unsicher. Ich sagte erst einmal nichts, hielt Béla auf dem Schoß, lächelte Jonas an und hoffte, Friedrich und Cora würden inzwischen schnell und diskret meine Sachen aus dem Eheschlafzimmer entfernen. Aber Cora war schlauer: »Jonas, du kannst heute mit Maja in meinem Zimmer schlafen, ich habe schon alles hinübergetragen.«

Friedrich beeilte sich, das Zimmer zu verlassen; ich hoffte, daß er seinerseits aufräumte. Im übrigen ließ er sich an diesem Abend nicht mehr blicken.

Während ich Jonas gegenübersaß und er mir von seinen Eltern erzählte, fiel mir auf, daß außer ihm bereits mein Vater, Friedrich und auch ich unangemeldet hier vor dieser

Tür gestanden hatten; eigentliche Asylanten waren aber nur Vater und ich gewesen, die beiden anderen konnten als Gäste gelten.

»Mein Vater ist jetzt ein reiner Pflegefall«, sagte Jonas. »Mutter muß ihn anziehen und füttern, aber sie kann ihn natürlich nicht hochheben, das muß ich machen.«

Ich hatte noch die Worte des Professors im Ohr, daß sich dieses Ehepaar trotz der vielen Kinder nicht ausstehen konnte. »Wäre es nicht besser, dein Vater käme in ein Pflegeheim?« fragte ich.

Jonas war entsetzt. Er hatte es eilig, nach dem Abendessen ins Bett zu gehen. Im Gegensatz zu mir war er ausgehungert nach Liebe. Ich wäre lieber nach guter Gewohnheit mit Friedrich schlafen gegangen, aber mir fiel kein plausibler Grund ein, meinem Ehemann dieses Recht zu verweigern.

Jonas war voller Zärtlichkeit, und ich schämte mich. Aber als er damit anfing, daß wir doch zusammengehörten und er Béla und mich heimholen wollte, da gab es Krach. »Genausogut könnte ich verlangen, daß du hier bei mir bleibst«, argumentierte ich.

»Das darf wohl nicht dein Ernst sein«, sagte Jonas, »meinst du, ich kann ein Leben als Schmarotzer ertragen? Von Coras Geld leben und dafür hin und wieder einen kleinen Botengang übernehmen oder die Lorbeerhecke schneiden?«

»Also hältst du mich für eine Schmarotzerin?«

»Ich urteile nicht über dich. Aber ich kann dir aus Erfahrung versichern, daß man sich nach körperlicher Arbeit ganz gut fühlt und jedenfalls zufriedener ist, als wenn man nur in der Sonne liegt.«

»Es gibt auch andere Arbeit als körperliche«, und ich erzählte ihm von meiner Tätigkeit als Deutschlehrerin und dem Studium der italienischen Sprache. Jonas fand das nichts Ganzes und nichts Halbes. Schließlich schlug ich vor, daß wir uns scheiden lassen sollten. Natürlich kamen nun die katholischen Argumente, gegen die ich machtlos war.

Am nächsten Morgen wachte ich spät auf. Jonas lag nicht mehr neben mir. Ich putzte mir die Zähne und lief im Nachthemd die Treppe hinunter. Cora schlief anscheinend noch, Friedrich war nicht zu sehen. Aber Emilia lief mir händeringend entgegen. Eben sei Jonas mit Béla im Auto davongefahren! Sekundenlang dachte ich an Entführung. Emilia schien den gleichen Gedanken zu haben: »Bevor er unser Kind mit nach Deutschland nimmt, werde ich ihn erschlagen!« Sie sah bei diesen Worten so wild aus, daß ich fast Angst vor ihr bekam.

In diesem Augenblick fuhr Jonas bereits wieder vor und stieg mit Béla und einem großen Weißbrot aus. »Ich wollte Frühstück für euch Langschläfer machen«, sagte er freundlich, »aber es war kein Krümel mehr im Hause.«

Später hatte Jonas einen weiteren Entschluß gefaßt. »Komm, Maja«, sagte er, »wir besuchen deinen Vater.«

»Ich war erst vor einer Woche dort«, sagte ich.

Schließlich fuhr er ohne mich. Eine Stunde später war er wieder da und führte Vater in den Garten. Das hatte mir gerade noch gefehlt. Weder Jonas noch Vater verstanden Italienisch, aber es gab eine Krankenschwester, die Deutsch sprach und sich für diesen Besuch eingesetzt hatte. Vater war sehr schwach und konnte kaum ein paar Schritte gehen.

Er sagte auch nicht viel, schaute in die Bäume und den Himmel und seufzte. Er aß und trank nichts.

Jonas hatte sich inzwischen mit seinem Barthel angefreundet und versuchte, ihm das Wort »Papa« zu entlokken. Mein Kind sagte eigensinnig: »Mila, Mala, Béla, Cola.« Die beiden saßen im hinteren Garten und ließen mich mit meinem Vater allein. Schließlich kam Cora, sah meine Hilflosigkeit und überredete Vater, ihr Atelier zu besichtigen. Es dauerte lange, bis er die Treppe geschafft hatte.

Als Vater das halbfertige Gemälde sah, schüttelte er den Kopf. ›Giuditta decapita Oloferne‹, hatte Cora in gotischen Lettern unter das Bild geschrieben.

»So sieht der Holofernes nicht aus«, sagte Vater. Wir gaben zu, daß er recht hatte. Der Taxifahrer war zwar ein begeistertes Modell gewesen, aber er überzeugte nicht als leidender Bösewicht. »Ich wäre viel besser«, schlug Vater vor und streckte sich auf die Liege. »Nimm den Säbel, Infantin!« befahl er. Zögernd nahm ich die Waffe. Was hatte er zuletzt gesagt? Cora beobachtete uns aufmerksam. »Na, schlag schon zu«, sagte er, »dann bist du mich endlich los.«

Ich ließ den Säbel sinken und sah ihn an. »Es lohnt sich nicht mehr«, sagte ich und verließ das Atelier.

Cora machte viele Skizzen von Vater. Wie ein Sterbender sah er freilich aus, aber sonst hatte er nichts von meiner Vorstellung des Holofernes, vor allem keinen wilden Bart.

Jonas brachte Vater nach drei Stunden ins Krankenhaus zurück. Emilia kochte, Cora und ich saßen im Garten und rauchten. Pippo nagte an Friedrichs liegengebliebenem Schuh. Ich war so mißmutig, daß ich nichts dagegen unter-

nahm. Cora nahm meinen Sohn auf den Arm. »Bella, bella, bella Marie, häng dich auf, ich häng dich ab morgen früh«, sang sie.

»Wie kannst du dem Kind so einen Mist vorsingen«, fuhr ich sie an.

»Mein Gott, du bist aber heute empfindlich, er versteht doch nur ›bella‹«, sagte sie.

»Da soll man lustig bleiben, Vater will von mir erstochen werden, Friedrich ist seit gestern verschwunden – wahrscheinlich will er mein Familienglück nicht stören –, und Jonas setzt alles daran, mich und Béla heim in sein Reich zu holen. Dabei kann ich seinen Standpunkt sogar verstehen. Wenn es umgekehrt wäre und Béla von Oma und Uroma im Schwarzwald aufgezogen würde, dann hätte ich auch nur den einen Gedanken, ihn zu entführen.«

Cora überlegte. »Das regelt sich alles von allein. Dein Vater macht es nicht mehr lange. Jonas ist zu Entführungen nicht fähig, er ist zu lieb und zu langweilig. In drei Tagen wird er wieder deutsche Erde pflügen, und spätestens dann kommt Friedrich zurück.«

Ich ließ mich beruhigen und nahm Pippo den angebissenen Schuh weg. Als Jonas kam, gab es Essen. Emilia lauschte angestrengt der deutschen Unterhaltung. Das Telefon klingelte, und sie lief ausnahmsweise hin. »Maja«, rief sie, »Papa tot!« Eine Stunde nach seinem Besuch war mein Vater an einer erneuten Blutung gestorben.

Kurze Zeit darauf rief Friedrich an. Cora sprach mit ihm. Er wolle uns nur beruhigen, er habe in einem Hotel übernachtet.

»Wir haben nicht angenommen, daß du dich unter einen

Zug geworfen hast«, sagte Cora kühl, »Majas Vater ist gerade gestorben.«

Friedrich war bestürzt. Eigentlich hatte er nur herauskriegen wollen, wie lange Jonas in Florenz blieb; nun versprach er, am nächsten Morgen zu kommen und mir beizustehen.

»Weißt du was«, sagte Cora zu mir, »Friedrichs Anruf bringt mich auf eine Idee. Nach dieser Aufregung hast du ein bißchen Ruhe und Vergnügen verdient und nicht schon wieder Streß mit zwei Männern. Morgen fahren wir in aller Frühe ans Meer, du und ich, Béla und Emilia. Die beiden Kerls sollen sich um die Beerdigung kümmern. Wir fliehen.«

Wir sagten kein Wort von unserem Plan zu Jonas, weihten aber Emilia ein. Sie packte und schien sich über die Maßen auf diesen Ausflug zu freuen. Am anderen Morgen schickten wir Jonas frisches Brot holen und luden in aller Eile den Wagen voll.

»Ich muß ein anderes Auto kaufen«, sagte Cora, »als Familienkutsche ist der Cadillac nicht geeignet.« Cora hatte Jonas und Friedrich einen Zettel hinterlassen: *Maja ist völlig am Ende und braucht ein paar Tage Erholung. Kümmert euch um die Beerdigung.*

Als wir atemlos und laut lachend losfuhren, sahen wir in der Ferne Jonas nahen. Wir wählten eine Seitengasse und konnten ihm ungesehen entkommen.

Diese kleine Reise, die schließlich zwei Wochen lang dauerte, entschädigte mich großzügig für allen Ärger. Wir nahmen zwei Zimmer in einem kleinen Hotel direkt am Meer

und verbrachten die Tage so fröhlich und unbeschwert, als wären wir sechzehn. Es war noch sonnig und warm, man konnte sogar baden, aber der Touristenschwarm war abgezogen, und der Strand gehörte uns. Emilia war selig. Barfuß lief sie mit Béla und Pippo durch den Sand und suchte Muscheln.

»Das haben wir verdient«, fand Cora, »man muß auch mal etwas von seinem mühselig erworbenen Vermögen haben.« Es war klar, daß ich durch meine tatkräftige Hilfe ebenfalls ein Anrecht darauf hatte.

Hin und wieder meldete sich mein Gewissen im Traum. Eigentlich müßte ich meinen Vater »zur letzten Ruhe betten«. Aber was hätte er davon? Friedrich nahm solche Pflichten gewissenhaft wahr, sollte er doch diese Aufgabe übernehmen! Ob sie uns suchen würden? Ich nahm an, daß Jonas umgehend nach Hause fuhr, wahrscheinlich ziemlich verbittert. Ich konnte nicht ahnen, daß alles noch schlimmer war.

Eines Nachmittags packten wir am Strand langsam unsere sieben Sachen, weil es kühl wurde. Emilia sagte, während sie Kekse an Béla und Pippo verteilte: »Du, Cora, bist Witwe. Maja hat gerade ihren Vater verloren. Aber ihr denkt nicht daran, schwarze Sachen anzuziehen. Ich trage Trauer, seit Alberto tot ist, findet ihr das richtig?«

Wir sagten einstimmig »nein« und bissen weiter in unsere Sandwiches.

Emilia betrachtete unsere weißen Jeans und die bunt gestreiften Baumwollpullis mit Neid. »So etwas könnte ich wahrscheinlich nicht tragen, ich habe zu viel Bauch, aber ein Sommerkleid ...«

Cora lachte. »Emilia, du wirst ja ganz mutig!«

Wir zogen gemeinsam in eine Boutique, wo es die Reste des Sommers zu herabgesetzten Preisen zu kaufen gab. Übermütig ließen wir Emilia alles anprobieren, was in ihrer Größe vorrätig war. Sie war nicht eigentlich dick, aber etwas stämmig und kurzbeinig, Hosen standen ihr nicht. Schließlich steckte sie in einem rosa Jungmädchenkleid und sah entzückend aus. Ihr tiefbrauner Teint, der schwarze Zopf und die dunklen dichten Brauen sahen zu dem rosa Traum altmodisch und romantisch aus. »Du erinnerst mich an die Malerin Frida Kahlo«, fand Cora, und Emilia war geschmeichelt, ohne zu wissen, mit wem sie verglichen wurde.

Wir versuchten, Emilia zum Frisör zu schleppen und ihr den Zopf abschneiden zu lassen, aber da hatten wir kein Glück. Sie hatte sowieso Bedenken. »In Florenz kann ich mit diesem Kleid nicht über die Straße gehen, aber hier kennt mich ja keiner.«

Wir kauften ihr weiße Schuhe, die sie auch in Florenz zum Einkaufen anziehen konnte. Cora und ich hatten viel über unsere rosa Wolke zu lachen, aber Emilia war nicht beleidigt. Sie fand es lustig, nun auch zu den jungen Mädchen zu gehören.

Nur einmal bekamen Emilia und ich Streit mit Cora, weil sie einen angeschwemmten Schweinskopf ins Auto packen wollte. »*Nature morte* soll man wörtlich nehmen«, behauptete sie. Aber angesichts des Gestankes gab sie nach.

Unser Einfluß auf Emilia hatte sich rein optisch niedergeschlagen: rauchend lag sie im rosa Kleid und mit nackten Beinen am Strand. Umgekehrt gab es aber auch eine Strö-

mung: Emilia versuchte, uns zu erziehen. Wenn wir lässig sagten: »Gib mir mal die Zeitung«, reagierte sie so lange nicht, bis sie das erforderliche »bitte« vernahm. Was das Betrügen, Ehebrechen und Erschlagen anbelangte, hatte sie keine Vorurteile, aber wehe, wenn Cora »Scheiße« sagte.

Ein paar Tage später fing es an zu regnen. Wir saßen im Hotelzimmer herum und beschlossen, nach Hause zu fahren. Der Wetterbericht verhieß für die nächsten Tage nichts Gutes. Zuerst saß Cora am Steuer, damit wir zügig vorankamen, ich neben ihr, Emilia hinten bei Béla und Pippo. Schließlich wurde es Emilia übel, weil Cora einen rasanten Fahrstil bevorzugte. Wir tauschten: ich fuhr, Emilia durfte auf den Beifahrerplatz, und Cora versuchte, im Kindernest zu schlafen. Aber plötzlich hörte ich sie sagen: »Halt an!«

Im Regen tauchte eine Gestalt mit Rucksack und abgeschnittenen Jeans auf. Ein nasser junger Mann stieg erfreut hinten ein. Ich hatte ihn nicht genau angesehen, aber beim flüchtigen Taxieren hatte mich irgend etwas an Jonas erinnert. Nicht jener Jonas, der als Pharmareferent im Anzug aufgetreten war, und auch nicht der hart arbeitende Bauer, sondern der verwilderte Jonas aus dem Wohnwagen, mit Bart und stinkigen Turnschuhen, in den ich mich verliebt hatte.

Hinten sprachen sie englisch oder jedenfalls etwas in dieser Richtung. Ich spitzte die Ohren. Der junge Mann hieß Don und stammte aus Neuseeland. Er war schon lange auf Reisen und hatte Asien bereits abgegrast.

Emilia schüttelte den Kopf und schimpfte leise auf italienisch; ich hoffte, Don verstehe es nicht. Nach einer Stunde

angestrengten Fahrens im heftiger werdenden Regen sah ich im Rückspiegel, daß Cora entspannt an Dons Brust lehnte und schlief. Pippo lag auf ihrem Schoß, Béla war schon längst durch das eintönige Fahrgeräusch und den tickenden Scheibenwischer eingelullt worden. Don strich Cora zärtlich übers rote Haar. Vielleicht war es diese kleine Geste, die in mir zum ersten Mal ein neues und zugleich uraltes Gefühl erweckte: Eifersucht.

Emilia witterte dank ihrer Lebenserfahrung sofort, daß dieser fremde Mann im warmen Auto, naß und schmutzig, Unfrieden garantierte. Cora bot sich nicht mehr an, mit mir den Platz zu tauschen, obwohl sie sonst nur ungern das Steuer aus den Händen gab und kein großes Vertrauen in meine Fahrkünste setzte. Dabei fuhr ich besser als sie, ruhiger und ohne den Wahn, jeden anderen Wagen überholen zu müssen.

Als wir spät am Tag ankamen, war ich erschöpft, Emilia grantig und der Rest der Gesellschaft ausgeglichen und heiter. Emilia machte sich gleich daran, den Herd anzuheizen, Wasser aufzusetzen, auszupacken, dem Kind und Pippo Essen zu bereiten; dabei murmelte sie unentwegt Flüche und Verwünschungen. Cora zeigte Don das Haus. Ich fand einen Brief von Friedrich. Weder Jonas noch er war anwesend, was ich eigentlich auch nicht erwartet hatte.

Friedrich schrieb an Cora und mich gemeinsam. Der Ton war vorwurfsvoll. Er sei nach Deutschland gefahren, weil er Antwort auf verschiedene Bewerbungsschreiben erhalten habe und sich persönlich vorstellen müsse. Gut, das mußte ja irgendwann kommen. Nun wurde es heikler:

am ersten Abend, nachdem wir abgehauen waren, hatte er mit Jonas eine Aussprache gehabt, die anscheinend in einem Besäufnis endete.

Jedenfalls hatte Friedrich seinem Mitzecher reinen Wein eingeschenkt und ihn über seine Beziehung zu mir aufge-klärt. Jonas war noch in der Nacht, betrunken wie er war, zurückgefahren. Ich war entsetzt; auf diese Weise hatte Jonas das nicht erfahren sollen, ich war ihm Ehrlichkeit schuldig.

Zum Schluß schrieb Friedrich, daß mein Vater noch nicht beerdigt sei. Erstens sei das meine Sache, zweitens habe er weder eine Vollmacht noch Geld und genauere An-gaben erhalten, wo und auf welche Weise Vater begraben werden sollte. Der Verstorbene sei tiefgekühlt zwischenge-lagert, wofür aber Miete zu zahlen sei. Außerdem war eine gesalzene Krankenhausrechnung gekommen. Mir blieb nichts erspart. Unter der Post lagen weitere Briefe, die Arbeit machten – Erbschaftsregelungen, Formulare und dergleichen. Ich stöhnte laut.

Emilia hatte wenig Mitleid mit mir, sondern forderte mich auf, den Hund in den Garten zu lassen und meinem Sohn das Feuerzeug aus dem Mund zu klauben. Schließlich kam Cora vergnügt und ohne Don zurück in die Küche. Sie habe ihn in die Badewanne geschickt. »Soll er etwa zum Essen bleiben?« fragte Emilia zornig.

»Mein Gott«, sagte Cora leicht arrogant, »bei diesem Wetter würden wir selbst unsere rosa Wolke nicht auf die Straße schicken.«

Emilia war beleidigt.

»Lies mal diesen Brief«, bat ich Cora.

»Später. Ich habe jetzt Hunger, und dann will ich malen. Ich habe unerhörte Lust, diesen Don zu skizzieren.«

Als die Pasta fertig war, erschien auch der blitzblanke Don. Aus seinem Rucksack holte er indisches Handicraft und breitete seine Schätze vor uns aus. Er schenkte Cora einen Silberring mit Mondstein, mir einen falschen Rubin; ob wir Freundinnen hätten, die gern so etwas Schönes kaufen wollten, fragte er unschuldig. In der Sommersaison hatte er in Griechenland als Schwarzarbeiter etwas Geld verdient, aber es ging zur Neige. Ich verstand ihn schlecht, auch Cora hatte Mühe.

»Könnt ihr Australier nicht anständig englisch sprechen?« fragte ich gereizt. Nun war er gekränkt, er sei kein Aussie. Dabei sah er mich so bitter an, daß ich meinen verletzten Jonas vor mir sah.

»Er ist Kiwi«, belehrte mich Cora.

Aus irgendeinem Impuls heraus umarmte ich Don. »Danke für den schönen Ring«, sagte ich.

Cora warf mir einen warnenden Blick zu: Hände weg von Don! Emilia registrierte alles und häufte uns die Teller voll. Sie verstand kein Englisch und wollte uns durch gutes warmes Essen in einen friedlichen Zustand versetzen. Während Cora weiter mit Don plauderte, der dabei in unanständiger Eile aß, begann Emilia eine längere Debatte mit mir, ob es nicht Zeit sei, daß Béla seine ersten festen Schuhe bekäme. Nun hörte ich, daß Dons Eltern eine Apfelplantage besaßen, die er einmal übernehmen sollte. Schon wieder ein Bauer!

Was war eigentlich mit mir los? Gefiel mir dieser Kerl wirklich? Don hatte mit seinen Eltern vereinbart, daß er

nächstes Jahr treu und brav als Farmer arbeiten würde, aber bis dahin die Welt bereisen wollte. Wenn er knapp bei Kasse war, überwies man ihm eine kleine Summe. Nach dem Essen zeigte er uns chinesisches Schattenboxen, was vor allem Béla zum Lachen brachte. Don hatte viel gegessen, aber Emilia gönnte es ihm nicht. Sie zog sich früh in die Mansarde zum Fernsehen zurück, gegen sonstige Gewohnheit nahm sie Béla nicht mit.

Cora sagte auf deutsch: »Ich habe viele neue Bildideen. Mein Thema wird variiert. Du bleibst natürlich immer die Judith, aber als Abwechslung zu deinem Vater und dem Taxifahrer könnte Don den Holofernes machen...«

Als ich Béla nach oben brachte, sah ich, daß meine Sachen aus Coras Zimmer entfernt waren. Alles lag auf dem rosengemusterten Korbsessel. Also hatte sie vor, ihr Doppelbett mit Don zu teilen. Das ging reichlich schnell, fand ich, ob er von diesem Plan wußte? Ich legte meinen Sohn in sein Bettchen und beschloß, nicht mehr nach unten zu gehen. Ich war stinksauer.

Don sah Jonas nur auf den ersten Blick ähnlich: braune Haare und dunkle Augen mit jenem traurig-treuherzigen Teddybärblick, der es mir nun einmal angetan hatte. Wahrscheinlich weckte er mütterliche Gefühle. Ob es Cora ähnlich ging? Bei Jonas hatte sie kein Feuer gefangen. Don war magerer als Jonas, hatte ein fliehendes Kinn, das der Bart nicht ganz verbergen konnte, die braunen Haare lockten sich. Man hatte Lust, in diesem Gestrüpp zu kraulen und dabei auf kleine Hörnchen zu stoßen. Ja, das war's: etwas Faunisches, das Jonas abging.

Auch über Cora dachte ich nach, was ich selten tat. Sie

war für mich eine Selbstverständlichkeit und lebensnotwendig, aber sie war auch der beunruhigendste Mensch, den ich kannte. War sie egoistisch? Nun, ich war es auch. Ich liebte ihren Mut, ihre Frechheit, ihre gute Laune, ihren Witz und ihre Großzügigkeit. Sie war mir in allen Dingen überlegen. Sollte ich ihr diesen Don nicht von Herzen gönnen? Ich war gerade meinem lästig gewordenen Mann entronnen und hatte mich mit Friedrich eingelassen, der nun allerdings erst einmal fort war. Warum begehrte ich diesen fremden Kerl, den ich kaum verstand, der wahrscheinlich keine große Leuchte war, der ein Bauer wie sein Vater wurde und der sowieso bald wieder abzog? Warum konnte ich nicht mit ansehen, daß Cora ihn für sich beanspruchte? Ich wußte es nicht.

Spät in der Nacht wurde ich wach und war durstig. Auf dem Weg zur Küche kam ich am Atelier vorbei. Die Tür stand weit auf, Don schlief auf dem Sofa, seine Kleider lagen verstreut am Boden. Hatten sie nun oder hatten sie nicht?

Beim Frühstück sagte Cora, besonders fröhlich, wie mir schien: »Don braucht neue Schuhe. Wer kommt mit?«

Emilia folgte meinem Blick auf Dons zerschlissene Sandalen, die viel zu leicht für die Jahreszeit waren. »Ich komme mit«, sagte ich sofort, »Béla braucht auch Schuhe.«

Emilia schaute böse. »Ich komme nicht mit«, sagte sie, »und an eurer Stelle würde ich diesem hergelaufenen Lumpen keine Schuhe kaufen.«

»Was für niedliche weiße Schuhe unsere rosa Wolke an ihren hübschen Füßchen hat«, sagte Cora. »Hat sie eigentlich diese Schuhe dringend gebraucht?«

Emilia räumte schnaubend die Teller ab. Rein zufällig fiel

das Milchkännchen direkt vor Cora um und ergoß sich auf ihren neuen Wollrock. Sie zog ihn gelassen aus und saß im schwarzen Slip auf der Küchenbank. Emilia mußte diese Schamlosigkeit in Gegenwart eines fremden Mannes ertragen und den Rock mit feuchten Küchentüchern säubern. Ich fand, Cora ging ein bißchen zu weit. Auch Don schien das zu empfinden. Er sah mich mit einem komplizenhaften Lächeln an, das ich nicht ganz zu deuten wußte. Aber ich lächelte zurück.

Im Schuhgeschäft in der Via Tornabuoni kaufte sich Cora eine Handtasche aus koreanischer Aalhaut, während ich mich abmühte, Béla die ersten festen Schühchen anzuziehen. Wie ein Affenkind krallte er seine Zehen zusammen.

»Was für Schuhe möchtest du, Don?« fragte Cora.

Es war ihm egal. Sie suchte schwarze Herrenschuhe aus, elegant und teuer, die überhaupt nicht zu ihm paßten. Don zog sie an, nickte und warf seine Latschen in den Papierkorb.

»Vielleicht sollten wir Emilia etwas mitbringen«, schlug ich vor, »wenn ein Gast im Haus ist, hat sie mehr zu tun.«

»Das hast du bei anderen Gästen nicht gesagt«, bemerkte Cora, hatte aber nichts dagegen, daß ich einen Strauß Astern und weiße Schokoladentrüffel kaufte.

Auf der Heimfahrt durfte Don den Cadillac fahren. Sicher war er nur die endlosen Weiten seiner Heimat und keinen italienischen Verkehr gewöhnt, denn schlechter konnte es auch Emilia nach ihren ersten fünfzig Fahrstunden nicht machen. Ein bißchen ungeduldig mahnte Cora, es sei Zeit heimzukommen, sie müsse endlich mit der Arbeit

beginnen. Don war darauf vorbereitet, daß er den Holofernes abgeben mußte. Auch auf mich wartete mein
albanischer Schüler, und meine eigenen Studien sollten
fortgesetzt werden.

»Bevor du weiter an deinem Schinken malst«, sagte ich,
»könntest du die Güte haben, den Brief deines Bruders zu
lesen. Vielleicht ist dir aufgefallen, daß weder Friedrich
noch Jonas zugegen ist.«

»Kann mir denken, daß Friedrich sauer ist.«

»Ob sauer oder nicht, sie haben meinen Vater nicht begraben!«

»Und wo ist er jetzt?«

»In irgendeinem Tiefkühlfach.«

Cora lachte. »Dann hat es ja keine Eile, laß ihn ruhig noch
ein paar Tage drin.«

»Hat er sich je um mich gekümmert? Hätte er mir ein
Begräbnis spendiert?«

»Ich erinnere mich, daß er am Sarg deines Bruders auftauchte.«

Wir vermieden es im allgemeinen, Carlo zu erwähnen.
Ich sagte zornig: »Um was zu saufen zu kriegen, hätte er
sicherlich auch an meiner Grube gestanden.«

Ich mußte weinen. Von Cora hatte ich gelernt, kühl und
schnoddrig über die Toten zu reden, aber es war eine Atti-
tüde, die ihr gefallen sollte und mir weh tat.

Cora las den Brief. »Das war vorauszusehen«, meinte
sie, »vorläufig bist du sie beide los. Im übrigen bin ich
jetzt dran!«

Das war eine Warnung. »Ich weiß gar nicht, was du
willst...« sagte ich.

Aus dem Atelier hörte man es dauernd lachen. Ich war zu stolz, um hinzugehen. Emilia schüttelte mißbilligend den Kopf. Wir bekamen eine neue Heizung, Handwerker machten Dreck, und Emilia stritt sich mit ihnen herum.

Wo sollte mein Vater begraben werden? Ich wußte es auch nicht. Jedenfalls wollte ich nicht, daß Cora viel Geld dafür ausgab. Beim Mittagessen sprach ich dieses Thema wieder an.

»Okay«, sagte Cora, »nobel von dir, daß du mein Geld sparen willst. Ich sehe auch keinen Sinn in teuren Gräbern. Bei Henning mußte es sein, die Öffentlichkeit hat sich dafür interessiert. Ich schlage vor, daß wir die Urne deines Vaters einfach in Hennings Grand Lit beisetzen, ganz anonym. Mörder und Opfer im Doppelbett.«

Sie hatte deutsch gesprochen, aber Emilia hatte bei dem Wort »Mörder« anzüglich gelacht, seltsamerweise auch Don. Ich fand Coras Idee ausgezeichnet und beschloß, mich in den nächsten Tagen darum zu kümmern.

Cora waren die Farben ausgegangen, sie fuhr unverzüglich in die Stadt. Ich war mit Don allein.

Inkarnat

Diesem verdammten Don ist es immerhin zu verdanken, daß ich heute Königin in meinem Bus bin (die Prinzessin ist erwachsen geworden) und zwanzig Untertanen beherrsche. Nach den Unstimmigkeiten mit Cora, die erstmals durch Dons doppeltes Spiel auftraten, faßte ich den Entschluß, wenigstens von meiner materiellen Abhängigkeit loszukommen.

Solche Typen wie Don sitzen selten im Bus, weil sie organisierten Tourismus verabscheuen und lieber mit ihren Flaschen, Gitarren und Säcken vor irgendeinem Brunnen auf dem Pflaster herumliegen. Verirrt sich aber doch einer in meinen klimatisierten Bus, dann brauche ich ihn gar nicht erst anzulächeln. Mein properes Kostüm versperrt mir den Zugang; es soll meiner üblichen Kundschaft gefallen, und das klappt ja auch. Es wäre kein Problem, einen deutschen Beamten im gehobenen Dienst an Land zu ziehen, aber das ist wiederum nicht meine Kragenweite. An solchen Herren interessiert mich höchstens die Brieftasche.

Einmal bin ich mit so einem feinen Pinkel ausgegangen. Er wollte in einem »typischen« Lokal einen Espresso trinken. Ich lotste ihn in eine Bar. Wie auf Pferden saßen wir auf unglaublich häßlichen Barhockern aus Plastik und Chrom und hakten wie unsere Nachbarn die Absätze in das schirmständerartige Gestell. Neben uns spielte man auf Billardtischen eine Art Boccia; im Nachbarzimmer befand sich ein

Spielsalon, wo es noch lauter zuging. VIETATO AI MINORI DI 18 ANNI schien viele Jugendliche anzulocken, die an der Wand in Nischen aus billigem Furnier lehnten und tranken. Ungeniert warf man Abfälle auf den Boden aus Marmorimitation. Hin und wieder kam ein Mädchen herein und kaufte Eis. Der Wirt, klein, fett und von verschmitzter Freundlichkeit, zeigte uns in seiner Zeitung ›Sportsman‹ die deutschen Fußballergebnisse.

Hier fühle ich mich wohl, meinem Begleiter verging dagegen der Appetit auf mich und seinen Kaffee. Die Touristen haben eben einen anderen Geschmack als ich. Im Baptisterium begeistert mich der Fußboden, den sie meistens nicht beachten. Und in den herrlichen Juninächten sitzen sie und saufen Chianti, während sich, unbemerkt von den Banausen, in feuchten Gärten – auch in unserem – der heiterste Sommernachtstraum abspielt. Tausende von Glühwürmchen tanzen ein lautloses feenhaftes Feuerwerk, und wer es erlebt hat, macht die Erfahrung, daß die schönsten Dinge gratis zu haben sind.

Manchmal, wenn ich im abendlichen Garten von Fledermäusen umfegt werde und die Bäume einen süchtig machenden Duft ausströmen, wenn »ein sanfter Wind vom blauen Himmel weht«, dann packt mich die Sehnsucht nach Liebe. Und erstaunlicherweise fällt mir Don ein, dieser hergelaufene Lump.

Als Cora uns damals verließ, um Farbe zu kaufen, hatten wir in der Küche am wärmenden Herd gesessen. Emilia spülte, Béla schlug mit dem Schneebesen auf eine Blechschüssel. Pippo lag neben ihm und zerrupfte eine Zeitung.

»Komm, wir trinken einen Grappa«, sagte ich zu Don, und wir gingen ins Wohnzimmer. Hier war es ziemlich kalt; die Handwerker hatten den Boiler ausgewechselt und die Heizung abgeschaltet. In der Küche wurde mit Holz und Kohle geheizt, aber ich mochte nicht in der Familienidylle bleiben.

Don fröstelte. »Oben in meinem Zimmer ist es warm«, sagte er und meinte Coras Atelier, wo ein elektrisches Öfchen stand.

»Wo ist sie hingefahren?« fragte er.

»Farben kaufen, sie braucht Rot und Weiß, um Inkarnat zu mischen.«

»Was ist das?«

»Die Farbe für Haut, für Fleisch«, sagte ich, weil mir nicht einfiel, wie Teint auf englisch hieß.

»Du hast ein wunderschönes Inkarnat«, sagte er und griff nach meiner Hand.

Ich entzog sie ihm etwas zu lahm. Don sagte: »Sie hat die Kohle, nicht wahr? Das Haus und alles gehört doch ihr? Was mußt du dafür tun, daß du hier lebst?«

»Ich bin nur zu Besuch hier, wir sind alte Freundinnen.« Was ging ihn das überhaupt an? Ich ärgerte mich. Aber er wurde frecher.

»Was müßte ich wohl tun, damit ich bei euch bleiben kann?«

»Ich denke, du willst Europa kennenlernen...«

»Natürlich, aber für Florenz sollte man sich Zeit lassen, stimmt's?«

Cora kam herein, sah uns mit Mißfallen nebeneinander auf dem Sofa sitzen und kommandierte scharf: »An die

Arbeit!« Don mußte liegen und seinen Kopf einem imaginären Schwert darbieten. Ich ging in die Küche zurück.

Emilia sah mein unfrohes Gesicht und sagte: »Schmeißt ihn raus!« Wiederholt murmelte sie: »Diavolo« und schlug ein Kreuz, obgleich sie nie in die Kirche ging.

Um sie aufzumuntern, sang ich ihr deutsche Lieder vor. Béla schlug dazu die Trommel.

»Alberto«, sagte Emilia und ließ eine Träne ins Spülwasser tropfen.

»Na komm«, sagte ich, »wir gehen mit den Kleinen noch ein bißchen an die Luft.«

Emilia zog rasch das rosa Kleid aus und ein schwarzes an, dann machten wir uns auf die mühselige Kind-Hunde-Tour.

Als wir heimkamen, sollte ich Coras Skizzen für ein Ölbild begutachten. Dons Kopf lag, gut getroffen, in einem Korb, der einer Hausfrau am Arm hing, als wäre sie eben vom Markt gekommen. Don deutete an, daß er erwartet hätte, nicht bloß als Haupt, sondern als Aktmodell zu dienen.

»Na?« fragte Cora.

»Deine Bilder haben einen entscheidenden Fehler«, sagte ich, »du wirst sie kaum ausstellen können.«

Sie fand, daß es einem Künstler nicht auf materiellen Erfolg ankommen dürfe. »Die Bilder, auf denen man deinen Vater oder Henning erkennen kann, werde ich bestimmt geheimhalten. Aber wer kennt schon Don?«

»Ich finde es ebenso unangebracht, wenn man mich als Judith oder Salome identifiziert.«

Das Abendessen verlief ganz gemütlich, Emilia verzog

sich mit Béla und Pippo; wir tranken Bier, und Don erzählte von Nepal. Ich ging relativ früh zu Bett.

Eine Berührung weckte mich aus tiefem Schlaf. Don lag neben mir im Bett. Mir fehlten die englischen Schimpfwörter. »Hau ab, Drecksack«, oder so ähnlich sagte ich. Er küßte mich auf meinen ausgetrockneten Mund, und ich wurde richtig wach. »Verpiß dich, hab' ich gesagt, geh zu Cora und laß mich in Ruhe«, fauchte ich.

»Sie mag mich nicht, sie hat mich weggeschickt«, behauptete er. Es ist mir peinlich, aber mein Widerstand war nicht überzeugend, und schließlich blieb er.

Als ich am nächsten Morgen die Augen öffnete, stand Cora vor meinem Lager und betrachtete uns mit unheilverkündender Miene. »Und so etwas füttert man durch«, sagte sie. Auch Don wurde wach und floh nackt aus dem Bett ins Bad.

»Er hat gesagt, du willst ihn nicht.« Es klang kläglich.

»Der Saftsack lügt«, sagte Cora, »wieso glaubst du ihm?«

»Ich habe ihn nicht eingeladen, er hat mich mitten in der Nacht überrumpelt. Am besten, wir schmeißen ihn sofort raus.«

»Das geht nicht mehr, ich brauche ihn als Modell.«

Am nächsten Tag lag er bei Cora im Bett. Ich weiß es genau, denn auch ich habe mir dieses Stilleben am anderen Morgen angesehen.

Warum haben wir uns ausgerechnet in eine miese kleine Ratte verguckt! Don hat uns mit Genuß gegeneinander ausgespielt. Von da an war nur Streit im Haus, wir warfen uns gegenseitig schlimme Dinge vor. Die ganze Sache mit Carlo wurde ausgepackt. Hätte Cora ihn nicht hemmungslos

provoziert, sagte ich, wäre es zu keinem Vergewaltigungs-
versuch gekommen, und mein Bruder lebte noch. Sie behauptete, durch meine bloße Gegenwart hätte ich diesen
Versuch verhindern können, sie hätte mich nie zur Tötung
aufgefordert.

Und wie war das bei Henning? Da hatte sie sich ebensowenig die Hände schmutzig gemacht, sondern mir die
Drecksarbeit überlassen. – Ich hätte ja auch den Haupt-
nutzen daraus, schrie sie, ich säße hier wie die Made im
Speck.

»Immer schiebst du mir die Schuld in die Schuhe! Ich
werde gehen, das ist es wohl, was du wirklich willst. Don
ist dir mehr wert als unsere jahrelange Freundschaft.«

»Nein.«

Bei unseren Auseinandersetzungen war Don meistens
zugegen, aalte sich träge auf Coras Liege, döste oder
rauchte einen Joint. Wir waren der Meinung, daß er kein
Wort verstand.

Eigentlich hätten wir aus »dem Fall Emilia« eine Lehre
ziehen sollen. Bei Don verhielt es sich ähnlich. Er hatte
hessische Großeltern, mit denen seine Mutter stets
deutsch sprach. Don konnte zwar wirklich nur »Aufwie-
dersehn« sagen, aber er verstand mehr als genug.

Davon erfuhr ich erst, als er sich in erpresserischer Absicht an mich heranmachte und andeutete, daß er einiges
wisse, was ihm ebenso wie mir das Recht gebe, zeitlebens
bei uns zu schmarotzen. Ich nahm ihn nicht ernst, aber
Emilia hatte wie immer die Ohren gespitzt, Dons Reaktion beobachtet und zwei und zwei zusammengezählt.

Ich habe nur einmal mit Don geschlafen und mußte das

büßen. Cora tat es von da an täglich. Allerdings sollte sie nicht allzulange in diesen Genuß kommen, denn nach wenigen Tagen wurde ihr Liebhaber krank. Wahrscheinlich hatte er sich eine Infektion zugezogen, mutmaßte sie, und wollte einen Arzt zuziehen. Don erlaubte es aber nicht; in Indien sei er häufig von Durchfällen geplagt gewesen und immer ohne ärztliche Hilfe gesund geworden. Einen Tag lang müsse er fasten und am nächsten von Sprite und Crackern leben, dann sei die Sache im Griff. Nach seinem Fastentag kochte ihm Emilia Kamillentee und gab ihm altbackenes Weißbrot, außerdem verbrannte sie Kaffeebohnen auf der Herdplatte und bereitete daraus eine Art Kohletabletten, die er dankbar annahm. Für Naturprodukte war er zu haben.

Trotzdem ging es ihm schlecht, die Therapie schlug nicht an, er war apathisch und weder als Liebhaber noch als Modell zu gebrauchen. Cora und ich vertrugen uns besser. Wir mußten ohne Don essen und schlafen; er lag auf dem Atelier-Sofa oder hing in der Küche am warmen Herd herum und schien jegliches Interesse an seiner Umwelt verloren zu haben. »Wenn es morgen nicht besser ist, muß ich einen Arzt holen«, sagte Cora, »wer weiß, ob nicht eine Tropenkrankheit dahintersteckt, wer soll sich da auskennen.«

Dazu kam es nicht mehr. Das frisch gemischte Inkarnat vertrocknete.

Cora wollte mit mir in die Galleria Palatina fahren, um mir ein Bild der Gentileschi zu zeigen. »Weißt du, ich habe dieses Bild bereits gesehen, aber ich kann mich nicht mehr an Details erinnern. Es heißt ›Giuditta e la fantesca‹.«

»Wahrscheinlich findest du mich wieder ungebildet, aber ich weiß nicht, was eine Fantesca ist.«

»Emilia ist eine. Wenn du meine Fantesca wärest – meine Magd also –, würde ich dich Elefantesca nennen.«

Das Gemälde beeindruckte uns tief. Judith hielt das Schwert lässig wie einen Wanderstab auf der Schulter, ihre Fantesca stemmte den Korb mit dem abgeschlagenen Kopf wie einen Waschkorb mit nasser Wäsche auf die Hüfte. Beide drehten sich nach rechts und sahen etwas, das dem Betrachter entging. Sie trugen prächtige Kleider, die Fantesca hatte sich allerdings das Kopftuch ziemlich unordentlich umgeschlungen. Judiths kunstvolle Frisur war mit einer Goldbrosche festgesteckt. Das Licht lag auf ihrem schönen Profil, das einen leicht irren und wild entschlossenen Ausdruck zeigte. Mich störte die vergrößerte Schilddrüse.

»So müßte man malen können«, sagte Cora und atmete tief ein, »sieh doch Judiths Haut, ein solches Incarnato werde ich niemals hinkriegen.«

Ich verrenkte meinen Kopf, um mir den Holofernes im Korb genau ansehen zu können. Er sah tatsächlich dem kränklichen Don mit seiner fast grünlichen Gesichtsfarbe ähnlich.

»Was machst du, wenn Don gesund ist und du ihn von allen Seiten porträtiert hast?«

»Dann hat er ausgedient«, sagte Cora fröhlich und legte den Arm um mich.

Wir sahen uns noch andere Bilder an, verstanden uns so gut wie in alten Zeiten, gingen Eis essen und kamen reichlich spät nach Hause.

»Béla muß essen«, sagte Emilia vorwurfsvoll, obgleich sie das bisher oft ohne mich besorgt hatte. Wir traten in die Küche. Béla weinte, der Hund heulte. In einer Ecke lehnte Don an der Wand. »Was hat er?« fragte Cora entsetzt, denn er sah aus wie eine Leiche.

»Tot«, sagte Emilia. Ein seltsam bitterer Geruch lag in der Luft.

»Um Gottes willen, warum hast du keinen Arzt gerufen?«

Emilia sah auf einmal der Giuditta ähnlich. »Non voglio nessun dottore«, sang sie schrill.

Cora schüttelte Emilia an den Schultern. »Was ist passiert?«

Emilia weinte. »Es mußte sein«, schluchzte sie, »so konnte es nicht weitergehen. Er hatte uns alle in der Hand.«

»Was mußte sein?«

»Ich habe ihm Gift ...«

Wir sahen uns ratlos an. »Sie ist verrückt geworden«, sagte Cora.

»Wir müssen die Polizei und einen Arzt rufen«, sagte ich zu Emilia, »wir können dir nicht helfen.«

»Ein Arzt kann ihm auch nicht helfen«, bemerkte sie.

»Er muß den Totenschein ausstellen, begreifst du? Don kann nicht in der Küche sitzen bleiben!« Schützend nahm ich meinen Sohn auf den Schoß.

Emilia wischte sich die Tränen ab und sagte: »Ihr kapiert überhaupt nichts. Dieser Kerl wollte euch erpressen! Im übrigen könnte ich das auch, wenn ihr mal euer Gedächtnis anstrengt! Ich kann der Polizei eine hübsche kleine Geschichte erzählen.«

Ich erstarrte, aber Cora sagte kühl: »Man würde dir kein Wort glauben. Aber laß hören, was du für Pläne mit dieser Leiche hast...«

Nun wurde Emilia munterer. »Ich habe mir schon alles genau überlegt, es ist gar kein Problem.«

»Schieß los«, sagte Cora.

»Nein«, sagte ich, »das will ich gar nicht wissen. Wenn Emilia unsere Gäste umbringt, dann soll sie gefälligst dafür geradestehen.«

»Ich dachte, du bist meine Freundin«, sagte Emilia, »aber du bist eine Schlange. Ich habe genau gesehen, wie du Henning auf Befehl erschlagen hast! Ich habe euch alles verziehen, weil ich euch liebe, weil ich glücklich bei euch bin und es auch bleiben will. Aus Treue zu euch habe ich diesen Kerl beseitigt. Und was ist der Dank?« Emilia rang die Hände über dem Parmesankäse und bot ein Bild des Jammers. Dann fuhr sie fort: »Wie schön war es am Meer! So habe ich mir meinen Lebensabend gewünscht: zwei liebe Töchter, ein Enkelkind, ein Hündchen. Fast wurde ich wieder jung. Und dann kommt so ein Teufel daher und macht alles kaputt. Meine Kinder vertragen sich nicht mehr, es gibt Geschrei und Gezänk.«

»Wir sind nicht deine Kinder«, sagte Cora, »spar dir deine dramatischen Auftritte für den Staatsanwalt!«

»Na gut«, sagte Emilia, »ihr werdet euch wundern! Glaubt ihr, es findet sich jemand, der euch von früh bis spät bedient, der putzt, kocht, wäscht, das Kind versorgt und dauernd eure Blusen bügelt? Nicht einmal eine Mutter würde das tun, ihr undankbaren Egoistinnen! Und bedenkt bitte, wenn dieser Kerl erst einmal hier in der Gegend be-

kannt geworden wäre, dann könnte man ihn nicht mehr so einfach zum Schweigen bringen. Jetzt wird er von niemandem vermißt.«

Wir schwiegen betreten. Sie hatte zwar recht, aber andererseits kam sie bei unserer ungerechten Wohngemeinschaft durchaus auf ihre Kosten.

»... und außerdem hat er Pippo getreten und auf mein Margeritenbäumchen gepinkelt«, sagte sie, rot vor Zorn.

Cora lenkte ein. »Da tun sich ja Abgründe auf! Willst du uns freundlicherweise verraten, was du mit der Leiche zu tun gedachtest?«

»Wenn ich meine Kusine besuche«, begann Emilia erfreut, »dann helfe ich beim Schweineschlachten. Ich würde den Kerl zerlegen, sagen wir mal in zwölf Stücke, sie einfrieren und nach und nach wegschaffen.«

Mir blieb die Spucke weg. »In meinem Haus werden keine Leichen zerlegt«, brüllte Cora, »man kann die winzigsten Blutspuren noch Jahre später feststellen. Überhaupt, so eine Sauerei werde ich niemals erlauben. Du bist wohl pervers?«

»Und du?« fragte Emilia. »Ständig malst du erstochene Männer und abgeschlagene Köpfe, wie nennst du denn das?«

Ich fragte vorsichtig: »Wie würdest du die zwölf Stücke wegschaffen?«

»Das ist leicht. Ich gehe mit Béla spazieren und lege ein Päckchen in die Kinderkarre. Wenn ein Kindchen darauf sitzt, wird niemand etwas ahnen...«

Nun schrie ich: »Mein Béla wird auf keinen Leichen sitzen!«

Aber Cora zeigte jetzt Interesse: »Rein theoretisch, wohin würdest du die Päckchen tragen?«

»Ich könnte sie im Park in die Abfallkörbe werfen.«

Cora schüttelte den Kopf. »Beim ersten Mal kann es klappen, vielleicht sogar zweimal; aber dann liegen sie garantiert auf der Lauer, und jeder Papierkorb in ganz Florenz wird von einem Polizisten bewacht.«

Emilia hatte noch weitere Vorschläge. »Ich könnte Alberto besuchen und die Päckchen in ein offenes Grab werfen.«

»Schon besser«, sagte Cora, »aber es fällt auf, wenn ein unbekannter Gegenstand in der Grube liegt. Ganz abgesehen davon habe ich das Zerstückeln verboten.«

Emilia sagte unbeirrt: »Dann könntest du in aller Ruhe den abgeschnittenen Kopf malen... Aber ich habe noch einen Vorschlag: Wenn Majas Papa verbrannt wird, begeben wir drei uns zum Abschiednehmen ins Krematorium. Jede von uns trägt vier Päckchen, in jeder Hand zwei. Wenn wir mit dem toten Papa allein sind, legen wir die Päckchen unter ihn. Don und Papa werden gemeinsam in den Ofen geschoben...«

»Emilia hat viel Phantasie«, sagte ich bewundernd.

Aber Cora war mit diesem genialen Plan wieder nicht zufrieden. »Wie sieht das denn aus, wenn jede von uns vier schwere Pakete trägt! Das kann man mit Blumensträußen nicht tarnen. Ich schätze, jede müßte vierzig Pfund schleppen. Und ich bleibe im übrigen dabei, es wird nicht zerlegt! Ganz abgesehen davon, daß mir die Gefriertruhe ein für allemal verekelt wäre.«

Ich hatte inzwischen Béla gefüttert und brachte ihn ins

Bett. Als ich wieder in die Küche trat, packten sie den stillen Don vom Kopf und von den Füßen her in zwei Plastiksäcke, weil einer nicht ausreichte. Also hatte sich Cora entschieden, keine Polizei zu rufen. »Man müßte ein Folienschweißgerät haben«, sagte sie. Wie stets wußte sich Emilia geschickt zu helfen. Mit dem Bügeleisen schweißte sie zwei Säcke in Höhe von Dons Brustkorb aneinander. Zwischendurch strich sie immer wieder Luft aus dem Paket, als wollte sie einen großen Braten einfrieren.

»Und nun?« fragte ich.

Emilia sagte: »So kann nichts auslaufen. Jetzt gehen wir erst einmal ins Bett, morgen sehen wir weiter.« Sie klappte alle Fensterläden zu. »Wahrscheinlich kommen morgen die Handwerker«, bemerkte sie.

Cora schüttelte den Kopf. »So wird das nichts, Emilia. Entweder du läßt dir noch heute etwas einfallen, oder ich rufe die Polizei.«

»Ich habe schon noch eine Idee«, sagte Emilia, »aber das geht erst morgen. Außerdem ist es nicht billig, ihr müßtet einen Jeep kaufen. Cora wollte sowieso einen zweiten Wagen...«

Das war mir nicht recht. Ich mochte keine Jeeps. »Wenn man unbedingt einen braucht, dann klaue ich euch einen«, schlug ich vor, »für einen Tag muß man nicht extra einen kaufen. Wie soll das denn gehen mit dem Jeep?«

Emilia fühlte sich gern als Mittelpunkt und verstand es, ihre Pläne mitreißend darzustellen. »In den Bergen, wo meine Kusine wohnt, gibt es eine Menge verlassene Häuser. Ich kenne eins, in dem Heu gelagert wird. Wir fahren Don mit dem Jeep dorthin – mit einem anderen Wagen kommt

man nämlich die steilen Wege nicht hoch – und legen ihn ins Heu, als hätte er dort übernachtet. Seinen Rucksack geben wir ihm mit. Dann stellen wir eine brennende Kerze an sein Bett und verduften...«

»Was hast du überhaupt für ein Gift verwendet, und woher hast du es?« fragte ich.

»Von Alberto ist noch ein ganzer Kasten mit Medikamenten da, ich habe Don am Anfang nur Abführmittel gegeben.«

»Davon ist er schwerlich gestorben!«

»Ich habe euch doch erzählt, daß Alberto Archäologe war, wenn ihr überhaupt wißt, was das ist. Von seinen Expeditionen hatte er auch Zyankalikapseln mitgebracht, vielleicht für Wölfe, ich weiß nicht genau wofür...«

»Und die soll der Donkosake freiwillig genommen haben«, Cora wurde hellhörig, »er hat doch die klassische Medizin abgelehnt und sich der Naturheilkunde anvertraut!«

»Ich habe die Kapsel in Ruß gewälzt, gegen Kohle hatte er nichts.«

Ich holte mir Coras Mantel. »Ich gehe jetzt einen Jeep klauen«, sagte ich aufgeregt.

»Kannst du das überhaupt? Nimmst du einen Draht, oder was hast du vor?« fragte Cora.

Leider war ich technisch ziemlich unbegabt. Ich konnte noch nicht einmal einen Reifen wechseln und hatte Angst, ein fremdes Auto auch nur zu fahren. »Ich gehe in unsere Disko«, sagte ich unsicher, »dort steht immer ein Jeep vor der Tür. Ich muß irgendwie rauskriegen, wem er gehört, und die Schlüssel klauen.«

Cora wurde wieder ganz die alte, die sich nicht ungern auf Abenteuer einläßt. »Laß mal«, sagte sie, »ich weiß etwas Besseres. Ich kenne einen Typ aus der Uni, der einen Jeep besitzt, jedenfalls so etwas Ähnliches. Dieses reiche Muttersöhnchen fährt außer dem Jeep einen Sportwagen. Er fühlt sich als Bildhauer und braucht den Jeep gelegentlich für Marmorblöcke. Ich schaue mal eben vorbei und stehle ihm die Schlüssel.«

Emilia und ich waren begeistert. »Komm mit«, sagte Cora, »fahr du und warte unten auf der Straße. Wenn der Kerl nicht zu Hause ist, komme ich nicht rein. Dann müssen wir gemeinsam in die Disko.«

Wir brachen auf, es war nicht weit. Notfalls konnte Cora nach Hause laufen. Emilia blieb mit Plastikpaket und schlafendem Béla zurück. »Wenn ich nicht wiederkomme, kannst du zur Tankstelle fahren und beide Reservekanister voll machen«, befahl Cora. Ich wartete fünf Minuten, sah oben im besagten Appartement das Flurlicht aufleuchten und fuhr den Cadillac zur Essostation.

Als ich heimkam, hatte Emilia das Paket schon dicht an die Haustür gezerrt. »Zum Glück ist er wirklich nicht schwer«, sagte sie, »wir hätten das mit den zwölf Päckchen gut hingekriegt.«

»Wenn es heute mit dem Jeep klappen sollte«, fragte ich, »wie weit müssen wir dann fahren? Und was soll ich mit Béla machen?«

Emilia wand sich ein wenig. »Fünf Stunden vielleicht«, sagte sie.

»Dann müssen wir Béla mitnehmen«, entschied ich, und

es war mir überhaupt nicht recht. Konnte ich nicht einfach hierbleiben? Emilia mußte den Weg zeigen, eine von uns mußte fahren – aber waren wir alle drei bei diesem Unternehmen unabkömmlich?

Cora trat ein und schwenkte zwei Schlüssel. »Es war fast zu leicht«, sagte sie, »der Typ holte Wein, ich griff in seine Manteltasche, ein Kuß, ein Schluck – das war's schon. Zum Glück stand der Wagen in der Tiefgarage, er konnte ihn nicht losfahren hören.«

»Aber wenn er heute noch seinen Jeep braucht?« fragte ich.

»Bestimmt nicht, abends nimmt er das andere Auto. Außerdem wollte er überhaupt nicht mehr aus dem Haus. Morgen früh steht sein Jeep wieder im Stall, und er wundert sich ein bißchen, daß der Schlüssel steckt.«

»Cora, kann ich nicht hierbleiben – oder du? Ich möchte nicht, daß Béla mitkommen muß.«

»Entweder alle oder keiner«, sagte Cora.

Emilia spähte aus dem Fenster. Es war erst elf, aber schlechtes Wetter und ziemlich ruhig draußen. »Los«, sagte sie, »jetzt müssen wir anpacken. Stellt den Jeep rückwärts an die Haustür.«

Cora rangierte den Wagen, ich zog Béla etwas Warmes an, Emilia sperrte den winselnden Hund ins Bad. Dann wuchteten wir unser Paket bis vor den Wagen und warteten, bis die Straße weit und breit verlassen wirkte. Cora öffnete die Wagentür. Wir mußten noch einmal schwer heben und die Leiche auf den rückwärtigen Boden schieben.

»Kinder, ihr müßt euch etwas anderes anziehen«, befahl Emilia, »Turnschuhe und dunkle Sachen.«

Pippo heulte wie ein junger Wolf im Bad. »Das geht nicht«, sagte ich, »die Nachbarn hören es und merken sofort, daß keiner im Haus ist.« Also wurde Pippo wieder befreit, wenn auch Cora schimpfte, denn jetzt schrie Béla.

Endlich fuhren wir mit Kind, Hund, warmen Decken und Leiche los, Dons Rucksack lag vorn zu Füßen der Beifahrerin. Ich saß zuerst am Steuer, denn Cora wollte die schwierige Bergstrecke übernehmen. »Was hast du deinem Bildhauer erzählt, als du ihn so kurz und plötzlich besucht hast?« fragte ich.

»Früher war ich oft mit ihm zusammen, noch bevor ich Henning kennengelernt habe. Er war monatelang hinter mir her. Für meinen Geschmack kokst er zuviel. Das letztemal habe ich ihn auf der Gentileschi-Ausstellung gesehen. Also habe ich ihn vorhin gefragt, ob er den Katalog besitzt, aber der Geizhals hat ihn nicht gekauft. Aber er war so begeistert, mich wiederzusehen, daß er den Katalog auftreiben will und ihn mir in den nächsten Tagen bringen wird.«

»Madonna!« stöhnte Emilia. »Nicht schon wieder ein junger Mann im Haus!«

»Hör mal«, fuhr ich sie an, »es wird nicht der letzte junge Mann in Coras Haus sein, du kannst sie also nicht alle umbringen. Und nun sag uns mal die Wahrheit, was du eigentlich gegen Don gehabt hast, schließlich hat er dir nichts getan.«

Auch Cora sagte: »Die Version, daß er Streit ins Haus gebracht hat, leuchtet mir auch nicht ein. Er wäre wieder weitergezogen, und das Problem hätte sich von allein gelöst.«

Emilia sagte: »Ihr seid blöder, als ich dachte. Don konnte besser Deutsch als ich, er hat Friedrichs Brief gelesen und

gelacht. Er hat verstanden, was ihr über eure blutige Vergangenheit gefaselt habt. Genau wußte ich übrigens nicht, ob das Zyankali überhaupt noch wirkt.«

In der Ferne sah ich plötzlich blaues Licht. Alle Wagen vor mir bremsten, auch hinter mir bildete sich rasch eine Schlange. »Polizei! Scheiße! Entschuldige Emilia«, sagte ich, »was machen wir jetzt?«

Cora spuckte den Kaugummi auf Dons Rucksack. »Steig aus, laß mich ans Steuer und stell dich doof.« Wir tauschten rasch. Wagen für Wagen wurde kontrolliert. Ein Wendemanöver war auf der engen Straße mit Gegenverkehr nicht möglich. Wir saßen in der Falle.

Schließlich mußte Cora das Fenster aufdrehen; zwei junge Polizisten verlangten die Papiere. Der eine leuchtete mit der Taschenlampe auf den Rücksitz. Cora sprach auf einmal sehr gebrochen Italienisch. Sie reichte ihren Führerschein heraus. Die Polizisten forderten die Wagenpapiere. Cora verstand erst gar nichts, dann brach sie in nervöses Lachen aus: die Papiere lägen bei ihrem Freund auf dem Nachttisch, nein so etwas! Bevor die Polizisten weitere Fragen stellten, steckte Emilia den Kopf aus dem Fenster und bat die Herren, nicht so laut zu sprechen, da sonst das Baby wach werde. Ich drehte den Kopf herum und sah mit Grausen, daß Béla auf der Leiche lag. Emilia hatte ihn umgepackt. Pippo fing an zu bellen. »Um Gottes willen, gleich weint das Schätzchen, wie können Sie nur so grausam sein!« sagte Emilia streng, und die Polizisten winkten uns, weiterzufahren. Wir hörten sie noch sagen, schließlich würden sie nicht drei Frauen, sondern zwei Ausbrecher suchen.

Kaum löste sich der Stau auf, fingen wir an zu rauchen.

Als wir uns etwas beruhigt hatten, fragte Emilia: »Wie alt seid ihr eigentlich?«

»Zwanzig.«

»Ich bin fast fünfundfünfzig«, sagte sie, »in eurem Alter hatte ich noch keinen Freund. Aber ich weiß nicht, ob ich euch beneiden soll.«

»Lieber nicht, wir haben es viel schwerer als du. So etwas, was wir heute machen, ist dir in deiner Jugend erspart geblieben, du Glückspilz.« Emilia nickte und sammelte Hundehaare von ihrem Rock.

»Sollen wir ihn eigentlich mit Benzin übergießen?« fragte ich.

»Nein«, sagte Cora, »man soll denken, daß er bei brennender Kerze eingeschlafen ist.«

»Dann müßte ich ihm seine Ausweispapiere wieder in den Rucksack stecken«, überlegte ich, »denn ich habe sie vorsorglich herausgenommen.«

Cora fragte: »Hatte er noch etwas Besonderes bei seinen Sachen?«

»Nichts, was auf seine neuseeländische Herkunft schließen läßt, aber merkwürdigerweise eine Hotelbibel. Kein einziger Brief von zu Hause, nicht einmal von seiner Mama. Aber du wirst dich wundern: er war verheiratet.«

Cora sagte: »Ah ja? Wir doch auch.«

Emilia fühlte sich durch diese Aussage in ihrer Abneigung bestätigt. »Ich habe euch ja gleich gesagt, daß er ein Teufel ist. Treibt sich in der Welt herum und läßt seine arme Frau im Stich.«

Ich tat beleidigt. »Sei nicht so altmodisch, Emilia, da ist heutzutage wirklich nichts mehr dabei.«

Eine Weile fuhren wir schweigend durch die dunkle, einsame Landschaft. Emilia hatte Béla längst wieder von seiner toten Unterlage genommen; Pippo schlief inzwischen auf Don. Cora fuhr langsamer als gewöhnlich, um nicht aufzufallen. Emilia paßte auf, wenn die Straße sich verzweigte und wir abbiegen mußten.

Plötzlich sagte Cora: »Ich habe Hunger!« Auch mir fiel auf, daß wir außer einem Eis seit vielen Stunden nichts gegessen hatten.

»Erst die Arbeit, dann's Vergnügen«, sagte Emilia, »ich habe schöne Sandwiches eingepackt, aber die gibt es erst, wenn wir ihn losgeworden sind.«

»Du denkst auch an alles«, sagte ich nicht ohne Bewunderung.

Emilia strahlte. »Ich habe auch heißen Tee«, sagte sie bescheiden, »in einer Stunde sind wir dort, dann haben wir ein Päuschen verdient.«

Cora hielt an. »Nun gib schon dein Picknick her. Ich habe jetzt Hunger, in einer Stunde ist er mir wahrscheinlich vergangen.«

Mit köchinnenhafter Empfindlichkeit rückte Emilia die Thermoskanne mit Tee und die Brote heraus. Wir aßen heißhungrig.

Emilia massierte sich die Krampfadern. »Was war dieser Don eigentlich für ein Mensch?« fragte sie in aller Unschuld.

»Wie das Wetter heute«, sagte ich, »mild und windig, aber kein Teufel.«

Emilia lachte und verteilte Salami. Pippo sprang ihr auf den Schoß, um auch ein Stück zu ergattern, und Emilia

verschüttete heißen Tee auf unser Paket. Sie fluchte, auch Pippo war jetzt ein Teufel. Zum Glück war Bélas Schlaf durch nichts zu erschüttern.

Schließlich ging es wieder weiter. Nach einer halben Stunde kamen wir in das Dorf, wo Emilias Kusine wohnte. Wir mußten in einen schmalen Bergweg einbiegen, und das Fahren wurde zur Qual. Der Weg glich immer mehr einem vertrockneten Bachbett, dicke Felsbrocken lagen uns im Weg, und rechts ging es steil bergab. Anfangs manövrierte Cora sehr konzentriert und vorsichtig, aber nach einiger Zeit verlor sie die Lust. »Das ist ein Elefantenpfad«, sagte sie, »fahr du, ich mag nicht mehr.«

Wir tauschten die Plätze, und ich mußte mit dem ungewohnten Jeep bei abgeblendetem Licht weiterpflügen. »Wenn uns nun etwas entgegenkommt?« fragte ich.

»Mitten in der Nacht ist das so gut wie ausgeschlossen«, sagte Emilia, »selbst am hellichten Tag fährt hier nur alle Jubeljahre ein Fahrzeug, um Heu zu holen.«

Auf einmal blieb der Jeep stehen, mein Herz übrigens auch. Cora wußte sofort Bescheid. Das Benzin war aufgebraucht, aber wir hatten ja zwei Kanister mitgenommen. Cora hielt mir beim Umfüllen die Taschenlampe. »Du machst das gut«, lobte sie mich, »irgendwann wirst du eine brauchbare Chauffeuse.«

Als wir endlich das Ziel erreichten, gab es neben dem verfallenen Haus sogar eine Wendemöglichkeit. Die Fenster waren eingeschlagen, das Dach noch zum Teil erhalten. Wir stiegen aus, reckten uns ein wenig und betraten mit unseren Taschenlampen bewaffnet das Haus. Ich schrie auf, eine

Maus war mir direkt auf die Hand gesprungen. Das Heu war in großen Ballen gestapelt, wir hatten zu dritt schnell einen kleinen Lagerplatz für Don geräumt. »Jetzt also in die Hände gespuckt«, sagte Cora. Hastig zerrten wir das Paket aus dem Jeep. Béla fing an zu weinen.

»Was stinkt denn so bestialisch«, schimpfte Cora, »ich dachte, eine anständige Leiche tut das erst nach ein paar Tagen.«

»Das ist nicht Don«, sagte Emilia, »das ist unser Bel Paese.«

»Warum hast du mir dann Salami angeboten?«

»Ich meine keinen Käse, unser Schätzchen stinkt so. Béla hat die Windeln voll.«

»Dann sieh zu, daß du ihm frische Pampers anziehst.«

Emilia war es peinlich, aber für diesen Fall war sie nicht gerüstet.

Cora fand, wir sollten uns beeilen, denn in ein paar Stunden wurde es hell. Wir schleiften also das große Bündel über den felsigen Boden und zerfetzten dabei die Plastikfolie. Aber da man sie sowieso entfernen mußte, nahmen wir keine Rücksicht. Mein Sohn schrie weiter, hatte Angst im Dunkeln und wollte aussteigen, aber ich hatte ihm nur Socken angezogen. Wir sperrten ihn im Auto ein. Zu allem Unglück fing es an zu regnen. Als wir den Toten im Haus hatten, legten wir ihn ins Heu. Ich lief zum Auto, um Béla zu befreien. Pippo schnüffelte nach Ratten.

»Jetzt wird die Totenkerze angezündet«, befahl Cora. Wir sahen uns an. Ich hatte keine Kerze dabei.

»Emilia, die Kerze!« forderte ich.

Sie schüttelte den Kopf.

Cora wurde böse. »Weißt du, Maja, wofür man eigentlich eine Fantesca hat? Anscheinend bloß dafür, daß sie unseren Lover umbringt!«

»Wie nennst du mich?« Emilia war gekränkt.

»Also doch Benzin«, meinte Cora.

Ich schüttete den Inhalt von Dons Rucksack auf den staubigen Boden. »Schade um die schönen Ringe«, sagte Cora.

Ich stocherte in Dons Habseligkeiten herum. »Sieh mal, Räucherstäbchen«, sagte ich erfreut, »damit könnten wir doch auch Erfolg haben.«

»Kaum«, sagte Cora.

Ich wühlte weiter. Der indische Lendenschurz wurde zur Windel, mein Suchen belohnt. Ich fand tatsächlich einen Kerzenstummel. »Na, Gott sei Dank«, seufzte ich, »der gute Junge hat an alles gedacht.«

Emilia windelte das Kind, ich zog die Plastiksäcke ab. Wir hatten vergessen, Dons Augen zu schließen. Das war nicht perfekt – er sollte sozusagen schlafend verschieden sein.

Cora zündete die Kerze und eine Zigarette an. »Kommt, raucht auch eine, die Kippen werfen wir ins Heu. Doppelt hält besser, falls die Kerze ausgeht.«

Selbst Emilia rauchte, Béla schlief in ihren Armen ein. Als wir schließlich die gebrauchte Windel in die Plastikfolie eingeschlagen hatten und aufbrechen wollten, fehlte der Hund. Wir pfiffen, Emilia brüllte: »Piiii-pooo«, aber er kam nicht.

»Das ist die größte Scheiße, entschuldige Emilia«, sagte

Cora, »wir müssen weg. Wenn er nicht mit will, muß er hierbleiben.«

Emilia flehte: »Bitte Cora, dann muß ich auch hierbleiben. Was soll aus einem kleinen Hündchen werden, hier in der Wildnis!«

»Ja, du hast ganz recht, bald gibt es ein großes Feuer, und dann müssen wir diesen verdammten Schotterweg hinter uns haben.« Wir stiegen ein, Emilia brüllte weiter »Pippo!« Als Cora den Motor anließ, erschien der Hund mit Dons Schuh im Maul und wurde zum erstenmal in seinem jungen Leben von seiner Herrin verdroschen.

Der Weg talabwärts war noch gefährlicher als bergan. Durch den einsetzenden Regen wurde es glitschig. Cora fuhr ruhig und vernünftig wie selten. Emilia saß neben ihr, ich lag hinten bei meinem Sohn und schloß die Augen. Wie gut es war, zwei verläßliche Freundinnen zu haben.

Als es hell wurde, hatten wir den steinigen Pfad und ein gutes Stück Landstraße hinter uns. Der Rest der Strecke machte keine Probleme mehr, wir wurden nicht angehalten, und der Jeep fiel nicht auseinander. Als wir endlich in Florenz waren, mußte noch der Leihwagen zurückgefahren werden. Wir drückten Emilia Kind, Hund und Decken in den Arm, ich sprang in den Cadillac und sauste hinter Cora zu jener Tiefgarage, wo sie am Abend zuvor den Jeep geholt hatte. Sie stellte ihn mit großer Erleichterung an seinen Platz.

»Cora, wir hätten den Wagen waschen müssen!«

»Quatsch, erstens war er schon verdreckt, und zweitens ist das Muttersöhnchen so blöd, daß es ihm nicht auffällt.«

Blaues Wunder

Wenn man immer wieder die gleiche Strecke mit dem Bus zurücklegt, entdeckt man Dinge, die dem Neuling nicht auffallen. Ich sehe, daß der rosa Phlox über Nacht aufgeblüht ist, ich sehe, wie ein alter Mann mit einer Sense die Spinnwebe vom weißgekalkten Haus kratzt, ich sehe, daß meine französische Kollegin heute ein reines Damenkränzchen zum ›David‹ von Michelangelo getrieben hat. Das Trinkgeld wird sie nicht glücklich machen.

Unbemerkt vom Touristenpack warten Cesare und ich täglich darauf, daß es dem fremden Mädchen besser geht. Seit Wochen sitzt dieses kranke Kind am Fenster und schaut mit traurigen Augen auf die Straße. Wir lächeln oder winken jedesmal, Cesare schneidet sogar komische Gesichter. Die Kleine reagiert nicht sonderlich, scheint aber trotzdem auf den Bus zu lauern. Als wir sie eines Tages probeweise ignorierten, drehte ich mich aus der Ferne schnell um und sah, daß sie weinte.

Ich habe als kleines Mädchen fast nie geweint, weil das Unglück permanent und allgegenwärtig war. Irgendwo bin ich immer noch dieses arme Kind, aber inzwischen weiß ich mir zu helfen. Übrigens hielt Cesare am nächsten Tag trotz Halteverbot und Proteste der übrigen Verkehrsteilnehmer den Bus an und legte ein Päckchen für die Kleine aufs Fensterbrett; wir hatten vom Spendengeld ein paar Spielsachen gekauft, und Cora hatte eines ihrer Kaleidoskope gestiftet.

Cornelia ist ein großzügiger Mensch, das muß ich ausdrücklich betonen, aber gelegentlich betont sie ihre Generosität auch selbst, und das macht leider den Effekt zunichte.

Immer wieder setzt sie mich in Erstaunen. Als wir Don endlich losgeworden waren und ausgiebig geschlafen hatten, sagte sie in ihrer kühlen Art: »Man macht doch immer einen Fehler.«

Ich erschrak. »Das wäre?«

»Das war doch eine einmalige Chance, einen Toten zu porträtieren, in der ganzen Aufregung habe ich es glatt vergessen. Am liebsten würde ich noch einmal hinfahren und es nachholen.«

Ich hörte sie mit Entsetzen so reden.

»Einen Haufen Asche kannst du auch aus Emilias Herd kratzen und ein schwarzes Bild davon malen.«

»Es muß nicht zwangsläufig gebrannt haben; es war windig. Kerzen und Kippen können verlöschen . . .«

»Na, dann geh, hol dir den Jeep und fahr los, aber ohne mich! Wenn du ein Totenmodell brauchst, dann hol es dir aus der Anatomie, wie das deine prominenten Kollegen schon immer getan haben.«

»Dabei fällt mir ein, daß dein Vater noch zur Verfügung steht, er muß jetzt bald mal eingeäschert werden.«

»Laß meinen Vater aus dem Spiel.«

Als wir es endlich geschafft hatten, daß Vater unter der Erde lag (wie abgemacht, in Hennings großem Grab), fiel mir ein Stein vom Herzen.

Wir saßen nach der Beerdigung, die ohne Pfarrer, Grab-

stein, Reden, Blumen und so weiter schnell über die Bühne gegangen war, gemütlich in der Küche, tranken Tee und aßen Emilias köstlichen Panettone.

»Wärst du eigentlich gern verheiratet?« fragte ich Emilia.

Sie zögerte. »In meiner Jugend war es mein größter Wunsch, aber ich war wählerisch; zwei jungen Burschen habe ich einen Korb gegeben. Später liebte ich Alberto. Nach seinem Tod war ich viel zu traurig, um auf solche Gedanken zu kommen. Dann war ich irgendwann zu alt.«

»Aber wenn jetzt einer käme?«

»Erstens kommt keiner, zweitens will ich nicht mehr. Für Kinder ist es zu spät. Ich müßte den Mann bedienen und mich nach ihm richten.«

»Seh' ich ein«, sagte Cora, »hast völlig recht, Emilia.«

Aber sie war nicht fertig mit diesem Thema. »Wenn ich ehrlich sein soll – bei euch geht das ja –, einen Ehemann brauche ich nicht, aber ich hätte gern einen Freund.« Sie errötete. Wir lachten.

»Bravo, Emilia«, sagte ich, »wenn du endlich den Führerschein hast, dann bretterst du durch Florenz und machst die Rentner an.«

»Unsinn«, sagte sie, »es ist reine Theorie; ich kann mich nicht gut auf die Straße stellen. Aber es wäre hübsch, wenn ich mit einem Freund spazieren, ins Café oder ins Konzert gehen könnte. Versteht ihr das nicht?«

»Wir werden dir helfen«, sagte Cora, »paß auf, ich verschaff' dir einen.«

»Dein Geschmack ist nicht meiner«, sagte Emilia mit Würde, »so ein schmales Handtuch wie Don oder so ein Playboy wie Signor Henning – das wäre nichts für mich.«

»Du sollst selbst wählen. Ich setze eine Anzeige in die Zeitung: *Rüstiger Rentner für gelegentliche Gartenarbeiten gesucht,* du siehst dir die Jungs an, und wir nehmen den, der dir gefällt.«

Emilia lachte herzlich. »Mir gefällt vielleicht keiner!«

»Dann nehmen wir eben keinen.« Cora geriet in Feuereifer und rief auf der Stelle die Zeitung an, um eine Anzeige aufzugeben. In den nächsten Tagen meldeten sich telefonisch drei Männer, ein vierter ließ einen Vertrauensmann anrufen. Wir bestellten sie im Stundenrhythmus an einem Sonntag in unsere rosa Villa.

Cora hatte den Plan, vorläufig keinem der Kandidaten zu- oder abzusagen. Sie sollten fotografiert und beobachtet werden, und hinterher wollten wir ausgiebig das Pro und Kontra besprechen.

»Man kann einen Gärtner doch nicht grundlos fotografieren«, sagte Emilia.

»Ich behaupte, für diesen Job müsse man tier- und kinderlieb sein«, schlug ich vor, »und setze dem Bewerber probeweise Béla und Pippo auf den Schoß. Cora ruft dann begeistert: ›Nein, was für ein hübsches Motiv!‹ und greift nach dem zufällig bereitliegenden Fotoapparat.«

»Ich werde sterben vor Lachen«, sagte Cora, »aber abgemacht.«

Der erste, der kam, zog sofort eine Tafel aus der Tasche. »Ich bin sprachbehindert, kann Sie aber verstehen«, lasen wir. Abgesehen von diesem Manko war er ein netter, älterer Mann, kräftig und freundlich. Schwarze Büschel wuchsen aus seinen Ohren. Er sah ein wenig wie ein betagter Oster-

hase aus. Wir lachten natürlich nicht beim Fotografieren, denn er hätte es auf seine Behinderung bezogen. Kaum war er weg, fragten wir: »Willst du einen Freund, bei dem du unentwegt quasseln kannst, er dagegen lächelt und schweigt?«

Emilia wiegte den Kopf hin und her. »Es hat auch positive Seiten, wenn ein Mann nicht widersprechen kann. Andererseits müßten alle Vorschläge von mir kommen, da wird es nichts mit dem Umworbenwerden.«

»Na, warten wir die anderen ab. Der nächste Opa muß gleich kommen.«

Der nächste war so unsympathisch, daß man ihn gar nicht zu fotografieren brauchte. Schmutzig, ungepflegt, mit verrotteten Zähnen und sehr großspurig. Ich mochte ihm Béla nicht auf den Schoß setzen. Auch Emilia gab ein Zeichen, daß diesem Subjekt sofort abgesagt werden konnte. Cora machte das recht geschickt.

»Na, Gott sei Dank, daß er weg ist«, sagte Emilia, »dem würde ich noch nicht mal meinen Hund anvertrauen.«

Nun erschien ein ehemaliger Matrose mit wiegendem Gang. Er gab zu, nicht viel von der Gärtnerei zu verstehen, aber guten Willens zu sein; ohne Umschweife kam er auf einige haarsträubende Abenteuer zu sprechen und zwinkerte Emilia zu. Obgleich er unterhaltsam war, kam er damit nicht bei ihr an.

Der letzte dagegen war ein passionierter Gärtner. Er prüfte die Bäume und erklärte, daß man den Apfelbaum dringend beschneiden und den morschen Kirschbaum fällen müsse. Er hatte keine Zweifel, daß er sofort anfangen könne.

Als wir allein waren, sagte Emilia: »Ich will den Stummen.«

»Warum?«

»Er ist der einzige, in den ich mich vielleicht verlieben könnte. Nummer zwei scheidet aus, die beiden anderen interessieren mich nicht.«

»Okay«, sagte ich, »morgen wird er engagiert. Wir drücken dir die Daumen.«

Ich hatte eine Fremdenführerin kennengelernt, die heiraten und ihren Job aufgeben wollte. Falls ich Interesse hätte, könnte ich mich einarbeiten. Es ging darum, mit einem Bus deutsche Gruppen vom Hotel abzuholen und ihnen bei einer dreistündigen Rundfahrt mit mehreren Foto-Stops einen kurzen Überblick über florentinische Geschichte und Kunst zu geben. Man müsse einiges auswendig lernen, auf immer wiederkehrende Fragen gewappnet sein und gelegentlich eine blumige oder pikante Anekdote einflechten. Ich fing sofort an, mir den Kunstführer einzuverleiben. Meine Lehrerin gab mir Tips: »Fast immer ist ein Klugscheißer dabei, der selbst bei einem Klohäuschen nach dem Baujahr fragt. Da hilft nur, mit überlegener Arroganz zu schwafeln ›das dürfte im November 1935 gewesen sein, als man sämtliche sanitären Einrichtungen renoviert beziehungsweise neu angelegt hat‹, auch wenn es totaler Quatsch ist. Die Selbstdarsteller sind still, wenn man überzeugend und streng ist. Aber es gibt noch die Gebildeten, die viel mehr wissen als wir. Da muß man mit einem Augenaufschlag flöten: ›Die Datierung ist umstritten. Wozu würden Sie als Insider tendieren?‹«

Mir gefiel die Vorstellung, sowohl Angeber als auch Kunstfreaks aufs Glatteis zu führen, und ich witterte einen idealen Beruf, der mir Zeit für andere Dinge ließ. Später habe ich in der Touristensaison nicht schlecht verdient.

Wir waren beschäftigt und zufrieden. Cora malte, ich lernte, Emilia verliebte sich.

Der stumme Gärtner, so stellte sich heraus, war nicht eigentlich stumm. Er stotterte, und zwar besonders in ungewohnten Situationen und bei fremden Menschen, so daß er zum Selbstschutz lieber das Täfelchen zückte. Wurde er heimisch in einer fremden Umgebung und faßte Vertrauen zu neuen Bekanntschaften, dann begann er vorsichtig zu stammeln. Emilia hatte schnell erkannt, daß sie behutsam und nicht fordernd vorzugehen hatte.

Sie erzählte ihm von sich und nahm gestotterte Reaktionen ohne Ungeduld und Verwunderung hin. Mit Rührung konnten wir beobachten, daß die beiden oft zusammensaßen, über Béla und Pippo lachten und sich auf eine leise Art näherkamen.

»Das wird gut«, sagte Cora, »aber so schnell, wie wir das täten, gehen sie sicher nicht miteinander ins Bett, falls überhaupt.«

Manchmal versuchte ich, Emilia auszuhorchen. »Stottert Mario immer?« fragte ich.

»Nein, nur wenn er redet«, antwortete sie.

Ein paar Wochen vor Weihnachten riefen Coras Eltern an. Sie könnten doch damit rechnen, daß wir demnächst kämen, um deutsche Weihnachten mit Gänsebraten und

Tannenbaum zu feiern. Natürlich sei auch Friedrich zu Hause. »Nein«, sagte Cora.

Auch Jonas meldete sich zögernd mit einem ähnlichen Anliegen zum Fest der Liebe. Wir bekamen am Telefon sofort Streit. Er verzeihe mir den Ehebruch, sagte Jonas. Seine Sanftmut brachte mich in Harnisch. »Mein Gott, mach nicht so einen Wind, das kann jedem mal passieren, dir auch!«

»Mir nicht«, sagte Jonas.

Cora, der ich das erzählte, meinte: »Fast hätte ich Lust, die ganze Familie einzuladen – Vater, Mutter, Fred, Jonas – und dann deinen treuen Jonas vor aller Augen zu verführen. Wetten, daß ich das hinkriege?«

»Da brauchen wir nicht groß zu wetten, das bezweifelt niemand. Aber lohnt sich der Aufwand?«

»Ich weiß nicht«, sagte Cora, »wahrscheinlich ist es besser, wir haben unsere Ruhe und feiern florentinische Weihnachten auf unsere Art. Verführungs-Spielchen sollten wir für den Moment Emilia überlassen.«

Dreimal in der Woche kreuzte der Gärtner auf, obgleich jetzt im Winter außer dem Beschneiden der Bäume und dem Umgraben der Beete nichts zu tun war. Er saß auf seine unaufdringliche Art in einer Küchenecke (genau dort, wo Don gesessen hatte), lächelte freundlich, schnitt Zwiebeln, schälte Tomaten und hackte Kräuter, rauchte gelegentlich eine Zigarre und legte dann und wann eine rissige braune Hand auf Emilias drallen Unterarm. Sie sahen dann aus wie ein personifizierter Hochzeitskuchen.

Emilia hatte mit ihrer Kusine telefoniert, die sie ebenfalls für die Feiertage einlud. Emilia fragte penetrant, ob im

Dorfe nichts passiert sei, zum Beispiel eine Feuersbrunst. Erst am Ende des Gesprächs erinnerte sich die Kusine, daß es tatsächlich irgendwo gebrannt hatte. »Sind Menschen zu Schaden gekommen?« fragte Emilia.

»Sicher nicht, niemand wohnte dort. Zum Löschen war es zu spät, es brannte wie Zunder.«

Das sei typisch, sagte Emilia zu uns, eine solche Schlamperei, daß man Don noch gar nicht gefunden hatte, sei nur im Dorf ihrer Kusine möglich. Uns konnte es recht sein.

Der stumme Mario stammte vom Lande. Zwar war Emilia nicht so blöde, ihm von Dons verkohlter Existenz in einem Bergdorf zu berichten, aber sie erzählte gelegentlich von ihrer Kusine und vom Landleben, was sich unser Gärtner gern anhörte. Inzwischen hatte er, wenn auch mühselig, über sein bisheriges Leben Auskunft gegeben. Als Sohn einer großen Bauernfamilie hatte er schon als Junge die Heimat verlassen – wohl auch, weil er wegen seines Stotterns verspottet wurde – und in einer Fabrik als Lagerarbeiter Geld verdient. Später arbeitete er bei der Stadtverwaltung, fuhr den Wasserwagen, um die kommunalen Grünanlagen zu gießen, leerte Abfallkörbe in den Parks und versah ähnliche Dienste mit Umsicht und Sorgfalt. Seit einigen Monaten bekam er eine kleine Rente. In jungen Jahren hatte er sich mehrfach fürs Heiraten interessiert, aber vergeblich.

Emilia hatte inzwischen unzählige Fahrstunden absolviert und ein wenig den Glauben an ihre Fähigkeiten verloren. Mario übte mit ihr an jedem Wochenende, vor allem das entsetzliche Rückwärtseinparken, auf verlassenen Betriebsparkplätzen. Da er keine Kritik vorbringen konnte, sondern nur lächelte oder warnend den Kopf schüttelte, er-

reichte er mehr als der Fahrlehrer. Emilia meldete sich zur Prüfung an und bestand. Wahrscheinlich war dieser Tag ein Höhepunkt ihres Lebens.

Emilias Erfolg sollte gefeiert werden. Aber genau an diesem Tag, an dem ich eigentlich mit Cora einkaufen und kochen wollte, verfiel ich in eine schwere Depression.

Nachts hatte ich schlecht geträumt. Genau wußte ich nicht mehr, wie es geschehen war, aber man hatte in diesem Traum Béla ermordet. Ich wachte schweißgebadet auf, torkelte die Treppe zu Emilia hoch und nahm meinen schlafenden Sohn aus seiner Pinientruhe. Emilia schalt mich. Mit Béla in den Armen versuchte ich weiterzuschlafen. In der Dunkelheit standen mein Bruder, meine Mutter und mein Vater, Henning und Don vor mir und streckten die Arme nach meinem Kind aus.

Wie gesagt, ich war am nächsten Tag nicht zu gebrauchen. Emilias Festessen wurde verschoben, sie ging statt dessen mit Mario ins Kino.

Ich lag im Bett, unfähig etwas zu tun. Cora erschien mit Béla an der Hand. »Wenn du Fieber hast, sollte man einen Arzt holen«, schlug sie vor. Diese Worte erinnerten mich an den kranken Don, und ich heulte los.

»Meine Eltern haben beschlossen, Weihnachten hier bei mir zu feiern. Mein Vater hat gesagt, wenn der Prophet nicht zum Berg kommt und so weiter«, sagte Cora, »aber ich möchte meine Familie nicht bei mir haben. Man will uns erziehen, uns auf die Finger klopfen und gute Menschen aus uns machen. Vor allem soll ich eine elitäre Ausbildung absolvieren wie zum Beispiel mein Bruder. Architektur fand noch so eben Gnade in ihren Augen.«

»Kommst du nicht auf die Idee, daß sie dich lieben und deswegen mit dir zusammen sein möchten?«

»Sicher, ich liebe sie ja auch. Aber was hältst du davon, wenn wir Weihnachten einfach abhauen und die Eltern hier alleine feiern lassen?«

»Wohin sollen wir?«

»Ins Warme. Florenz ist mir manchmal zu laut, zu drekkig, zu voll, keine Parkplätze, alles so teuer...«

»Meinst du, woanders ist es besser?«

»Wir fahren ans Meer, nach Malta oder Nordafrika oder Sizilien, dann wirst du wieder lustig!«

»Ach Cora, meinst du, Verreisen ist ein Allheilmittel? Aber Emilia wird sich freuen.«

»Emilia bleibt hier; und Mario soll auch im Haus wohnen, um ihr bei der Arbeit mit drei Weihnachtsgästen zu helfen. Bin ich nicht eine gute Kupplerin?«

Beim Gedanken an Mario als Butler und Emilia, die ihre Chancen wahrnehmen würde, wurde ich zusehends munterer. Aber der Plan, Coras geschenkebringende Eltern in ein leeres Haus zu locken, schien mir gemein.

»Sag deinen Eltern ab«, riet ich, »erzähl ihnen, daß wir wegfahren. Mario kann trotzdem bei Emilia wohnen, damit er die Einbrecher verjagt oder so.«

Emilia kam spät vom Kino zurück. Leicht verlegen gestand sie, Mario habe ihr seine kleine Wohnung gezeigt. »Sieh mal, Cora«, sagte sie und wickelte einen schweren Pflasterstein aus einer Zeitung, »was hältst du davon?«

Cora sagte sofort: »Woher hast du den, hast du noch mehr davon? Das ist ein ganz altes Stück!«

Emilia tat geheimnisvoll. Mario hätte noch mehr davon. Wenn Cora Interesse hätte, könnte er die ganze Terrasse damit auslegen.

»Und wie teuer?« fragte Cora.

Ganz billig, meinte Emilia, schließlich sei Mario diesem Hause in ehrerbietiger Freundschaft verbunden.

Als Emilia und Béla im Bett lagen, sagte Cora: »Hast du kapiert, was das für ein Steinchen ist?«

»Ein edles!«

»Es ist ein Pflasterstein von der Piazza della Signoria, nach dem Campo in Siena der schönste Platz der Welt.«

»Wieso besitzt dann ein armer Teufel wie Mario solche Steine?«

Cora berichtete, daß man das Pflaster von der Piazza entfernt hatte, weil man an dieser Stelle Ausgrabungen vornahm. Zwei Jahre später wollte man das alte Pflaster wieder ordentlich verlegen, aber die Originalsteine waren verschwunden. Ein Skandal! Anscheinend hatte Mario, der bei der Stadt angestellt war, mit seinem Wasserauto eine Fuhre mitgenommen, vielleicht in der naiven Absicht, auf dem Bauernhof seines Bruders den Stall damit auszulegen. Aber er konnte nur einen kleinen Teil vom ganzen Kuchen besitzen, wenn es gerade für unsere Terrasse reichte.

»Na, ist das nicht ein Glückstag?« fragte Cora. »Ein Pflaster, das im achtzehnten Jahrhundert Großherzöge anlegen ließen, ist demnächst auf meiner Terrasse!«

Cora steckte mich an mit ihrer Freude. Außerdem gab es jetzt einen perfekten Grund, Mario an Weihnachten hier einzuquartieren: er sollte uns die Pflastersteine, sorgfältig in ihrem schönen Muster aneinandergepaßt, verlegen.

»Cora, die Sache hat aber einen Haken. Du hast bei einem einzigen Stein bereits erkannt, woher er ist. Meinst du nicht, daß künftige Besucher unsere Terrasse sofort als kleine Piazza della Signoria identifizieren?«

»Ach was, das ist ein altes Haus, da gibt es logischerweise auch alte Steine. So schlau wie ich sind unsere Besucher nicht.«

»Da sei mal nicht so sicher, dein Freund mit dem Jeep zum Beispiel, der Bildhauer, der versteht sicher etwas von Kunstgeschichte.«

»Den lass' ich nur in die Küche.« Cora blieb verstockt und unvorsichtig, aber ich muß zu ihrer Ehrenrettung sagen, daß alle unsere Gäste tatsächlich der Meinung waren, der edle Terrassenboden hätte schon immer so ausgesehen.

Auch Coras Bruder Friedrich rief an. Er gab nicht zu, daß sein beleidigter Ton der eigenen Kränkung entsprang, sondern berief sich auf die armen Eltern, die nicht verstanden, womit sie die ablehnende Haltung ihrer Tochter verdienten.

Ich sagte zu Cora: »Ehrlich, ich habe mir immer deine Eltern gewünscht. Du hast dieses unverschämte Glück und stößt es mit Füßen.«

»Du idealisierst meine Eltern, Maja. Als Kind hätte ich gern eine Mutter gehabt, die mit einer weißen Schürze in der Küche steht und Kuchen bäckt, nicht eine, die in schicken Kostümen Vernissagen besucht.«

»Emilia steht gerade in der Küche und macht Ravioli-Teig.«

Cora achtete nicht auf meine Bemerkung. »Und ich

hätte einen Vater gebraucht, der mir mein Fahrrad repariert oder mit mir einen Hamsterkäfig bastelt, was hatte ich schon von seinen eloquenten Reden!«

»Mario ist stumm und zimmert gerade für Pippo eine Hundehütte.«

Nun lachte Cora. »Du hast recht, wir haben uns neue Eltern zugelegt.«

Emilia bat darum, noch vor Weihnachten für ein paar Tage das Auto zu bekommen. Sie wollte mit Mario und Pippo ihre Kusine besuchen.

»Wenn der Stumme weitgehend das Fahren übernimmt, habe ich nichts dagegen«, sagte Cora, »aber macht mir keine Dummheiten!« Sie drohte Emilia mit dem Zeigefinger.

Bepackt mit selbstgebackenem Kuchen, großstädtischem Weihnachtskitsch und praktischen Gaben machten sich die beiden auf die Fahrt. Wir winkten ihnen nach.

Schon nach einer Stunde fiel uns auf, was wir an Emilia hatten. Schließlich war sie den ganzen Tag in Bewegung, und wenn sie nicht gerade arbeitete, gab sie sich mit Béla ab und zeigte ihm geduldig und liebevoll einen Ausweg aus seinem allzufrüh einsetzenden Trotz.

Cora malte, ich verrichtete Hausarbeiten und betreute mein Kind. Gelegentlich überlegte ich, ob ich Jonas für immer abschreiben und Friedrich wieder anködern sollte. Im Grunde hoffte ich, daß sich noch weitere Möglichkeiten boten, und ließ die Entschlüsse erst einmal schleifen.

Schon am übernächsten Tag waren die beiden Ausflügler wieder zurück. Cora hörte den Cadillac vorfahren. »Die waren kaum einen vollen Tag bei der lieben Kusine«, sagte

sie verwundert, »am Ende haben sie sich nicht vertragen. Manchmal erlebt man ja sein blaues Wunder.«

Wir gingen hinaus. Es war zwar erst halb fünf, aber bereits dunkel. Pippo begrüßte uns herzlich. Emilia und Mario stiegen mit ernsten Gesichtern aus dem Wagen.

»Was ist los?« fragte ich.

Emilia antwortete nicht, von Mario hatte ich es sowieso nicht erwartet. Wir gingen in die Küche. Cora setzte Teewasser auf. Mario und Emilia rückten mit gedrückter Miene an den Herd und hielten die Hände über die heiße Platte.

Plötzlich sagte Emilia: »Wir haben Don wieder mitgebracht.«

Cora blieb der Mund offen, ich ließ meine Teetasse fallen. »Was hast du gesagt?« fragte ich.

»Don liegt im Auto; wir haben ihn in eine Decke gewikkelt.«

»Ich denke, er ist im Heu verbrannt?« fragte Cora.

Emilia faßte sich etwas. »Ich konnte nicht anders. Ich bin mit Mario hingefahren, um nach dem Rechten zu sehen. Wir liehen uns diesmal den Geländewagen von meinem Schwager; ich sagte, Mario liebe die Berge. Es hatte überhaupt nicht gebrannt, meine Kusine hatte ein anderes Haus gemeint. Die Kerze muß gleich ausgegangen sein. Alles war so, wie wir es hinterlassen hatten, der Rucksack lag auf dem Boden und Don daneben.«

»Weiß Mario Bescheid?«

»Ich mußte ihm alles erklären. Man kann Gift noch Monate später im Körper feststellen, selbst in verkohlten Knochen, hat er mir gesagt.«

Ich sah Mario an. Er betrachtete i Emilia mit ängstlichen, aber auch glücklichen Maroni-Augen. »Aber ihr hättet doch jetzt noch Feuer legen können ... «

»Und wenn es wieder ausgegangen wäre? Wir konnten doch nicht dabeibleiben und aufpassen, daß es gut brennt, am Ende wäre die Feuerwehr gekommen und hätte uns ertappt!«

»Warum habt ihr ihn nicht einfach liegen gelassen!«

»Cora, mir fiel ein – seine teuren Schuhe! Man hätte sofort gesehen, daß sie aus Italien stammen, man hätte herausbekommen, wo sie gekauft worden sind. Der Verkäufer hätte sich an euch erinnert.«

»Warum hast du dann nicht einfach die Schuhe mitgenommen statt den ganzen Don? Habt ihr ihn in den Geländewagen gepackt und später in den Cadillac umgeladen?«

»Ja, so ähnlich. Wir haben ihn an einer einsamen Strecke unten im Tal in einem Graben versteckt und auf der Heimfahrt aufgesammelt.«

»Und was sollen wir jetzt mit ihm machen?«

»Zuerst muß er hineingetragen werden.«

Ich sah Cora mit unbeschreiblichem Ekel in die Augen: Wie mochte Don jetzt aussehen! Emilia erriet meine Gedanken. »Reg dich nicht auf, die kalte, trockene Bergluft hat ihn fast wie einen Parmaschinken konserviert.«

Inzwischen hatte Mario auf seinem Täfelchen herumgekritzelt und hielt es uns vor die Augen. *Ein Grab unter Pflastersteinen* lasen wir.

Emilia nickte stolz. »Mario wird heute nacht durcharbeiten, zum Glück ist die Erde nicht gefroren. In ein paar Stunden hat er eine Grube ausgehoben, ich stelle

ihm die Stehlampe nach draußen. Wenn ihr morgen auf-
steht, ist schon alles erledigt, ihr könnt nach Sizilien fliegen
und euch amüsieren. Wenn ihr wiederkommt, ist die
schöne neue Terrasse fertig.«

Mario stand auf und drückte uns die Hand, wahrscheinlich wollte er damit seine Verschwiegenheit ausdrücken.
Dann ging er hinaus in den Garten und begann unverzüglich mit der Arbeit.

»Hast du im letzten Monat Jonas mal angerufen?« fragte
Cora.

»Er hat einmal mit mir telefoniert, wieso fragst du?«

»Sieh mal, die Telefonrechnung ist doppelt so hoch wie
sonst. Im Grunde ist mir das egal, aber ich habe den fatalen
Verdacht, daß Don in Neuseeland angerufen hat.«

»Ach, es ging ihm viel zu schlecht, ich glaube das kaum.«

Emilia kam herein und suchte eine Verlängerungs-
schnur. »Don hat nicht telefoniert«, sagte sie.

»Woher weißt du das so genau? Schau dir mal diese Rechnung an!« sagte Cora besorgt.

»Das war ich«, gestand Emilia. Wir wunderten uns; aber
als wir erfuhren, daß sie täglich mit Mario geredet hatte,
sahen wir alles ein: Ferngespräche mit einem Stotterer
ziehen sich in die Länge.

»Na, Gott sei Dank«, sagte ich, »wir hatten schon Angst,
daß er unsere Adresse nach Neuseeland durchgegeben
hat.«

Emilia lächelte wie ein Zauberkünstler, der eine Taube
aus dem Zylinder zieht, und reichte uns eine Karte und
einen Brief. Don hatte nach Hause geschrieben und Emilia
seine Post zum Einwerfen übergeben. Die Karte an seine

Eltern war langweilig: lovely Italy und so weiter. Der Brief, den Emilia bereits geöffnet hatte, wäre uns zum Verhängnis geworden. Don berichtete seiner Frau, er sei einer interessanten Sache auf der Spur. *Es handelt sich um eine deutsche Witwe – weder jung noch schön –, die offensichtlich ihren reichen Mann hat umbringen lassen.*

»Wie bist du auf die Idee gekommen, daß es in diesem Brief um ein brisantes Thema geht? Du kannst doch kein Wort Englisch?« fragte ich.

Emilia zuckte mit den Schultern. »Intuizione«, sagte sie bescheiden.

Mario trug Don ohne Hilfe in die Küche und legte ihn, immer noch gut eingewickelt, in eine Ecke. »Nein, bring ihn gleich nach draußen«, fuhr ich ihn an und hielt mir vorsorglich die Nase zu.

Aber Cora kam mit Fotoapparat, Zeichenblock und Stift. »Wiedersehen macht Freude«, sagte sie, »aber du solltest lieber mal nach Béla sehen, wenn du schwache Nerven hast.«

Als sie die Decke von Don abzog, konnte ich mich doch nicht zurückhalten und sah hin. Ich werde den gräßlichen Anblick in meinem Leben nicht vergessen.

Glasklar

Ich kenne italienische Friedhöfe, die völlig verkabelt sind, weil die Angehörigen neben dem Foto der Verstorbenen eine ewige Glühbirne brennen lassen. Wegen der Hitze gibt es fast nur Plastikblumen. Die Farbe grün, die auf deutschen Friedhöfen vorherrscht, ist hier kaum vertreten. Sicher, ein paar Zypressen umsäumen das Totenreich, aber wenn ich an die Vogelstimmen denke, die aus den Bäumen am Grab von Carlo und meiner Mutter zwitschern, dann sind mein Vater und Henning ruhiger untergebracht. Falls man davon ausgeht, daß die Toten noch irgendeinen Genuß aus ihrer Grabstelle ziehen, dann hat mein Vater mehr Sonne als meine Mutter und sie dafür mehr Grünzeug.

Dons Grab liegt leider direkt vor unseren empfindlichen Nasen. Mir wäre es lieber, er würde als Ausländer auf dem historischen Cimitero degli Inglesi liegen, einem Friedhof, der wie seine Toten verfällt und vermodert. Wenn wir auf der Terrasse Kaffee trinken, bringt sich unser Liebhaber immer wieder auf unangenehme Weise in Erinnerung.

Mario hatte versprochen, Don über Nacht zu bestatten, und er hielt Wort. Das alte Pflaster wurde hierfür in einem etwas verdächtigen Format entfernt. Die dichte Lorbeerhecke ließ neugierigen Nachbarn keinen Durchblick; außerdem behauptete Emilia, das angrenzende Haus sei nur im Frühjahr und Herbst bewohnt.

Cora und ich waren froh, noch eine Maschine der Alitalia nach Sizilien zu erwischen. Béla saß auf meinem Schoß, wurde von einem bildschönen Steward gehätschelt und erwies sich als gutgelaunter Reisekamerad.

Am Terminal der schwarzen Lavastadt Catania lauerte ein Pulk von Fotografen und Paparazzi. »Großer Bahnhof für uns«, scherzte ich und ging ein Gepäckwägelchen holen. Wir erfuhren, daß ein Politiker aus Rom erwartet werde, der Weihnachten stets bei seiner Mama in der Heimat verbringe.

Als ich mit dem Trolley bei unseren Koffern ankam, wurde Cora (mit Béla an der Hand) von der Foto-Mafia geblitzt. Sie bleckte die Zähne wie ein hungriger Hund, und die bis jetzt aufrichtig gelangweilten Presseleute riefen: »*Ancora!*«

Wir fragten unseren Taxifahrer nach einem empfehlenswerten Hotel. Er bringe uns fünfzig Kilometer weiter nach Taormina, sagte er, dort hätten wir die Wahl zwischen nobel – in einem ehemaligen Kloster –, mittel und bürgerlich.

»Wir können uns nobel leisten«, überlegte Cora, »aber ob es Spaß macht, mit lauter Henning Kornmeiers Weihnachten zu feiern? Nehmen wir lieber bürgerlich, dann haben wir vielleicht Aussicht auf nette Gesellschaft!«

Unser Hotel war reizend, bei aller Bürgerlichkeit aber nicht gerade billig. Wir hatten einen spektakulären Blick auf das Meer links und den Ätna rechts. Das Wetter war mild, fast sah es nach Regen aus. Wir richteten uns in einer sogenannten Juniorsuite ein, legten uns alle drei ein wenig aufs Ohr und schlenderten dann über den Corso Um-

berto. Zum Abendessen bestellten wir gefüllten Schweine-
fuß mit Linsen und danach die köstliche Torta di Mirtilli –
Tirami su mit Heidelbeeren.

Beim späten Frühstück am nächsten Tag stürzte die Kellnerin aufgeregt mit einer Zeitung an unseren Tisch. Cora
war in Großformat abgebildet. *Die Witwe des ermordeten
brasilianischen Millionärs Kornmeier besucht mit ihrer
kleinen Tochter Sizilien* lasen wir.

»Wie blöd die sind«, sagte Cora, »wenn man mich damals
für schwanger hielt – an Hennings Todestag –, dann müßte
ich jetzt einen dicken Bauch oder allenfalls einen Säugling
haben, aber noch kein Kind, das laufen und sprechen
kann.«

Ich war geschmeichelt, denn diese Fertigkeiten waren bei
Béla nicht sehr ausgeprägt. »Wieso aber Tochter?« fragte
ich.

»Weil sie blöd sind, ich sagte es doch; wahrscheinlich halten sie ›Béla‹ für einen Mädchennamen.« Wir lachten und
maßen der Angelegenheit keinerlei Bedeutung bei.

Nach ein paar gemütlichen Urlaubstagen rief ich Emilia
an. Alles in Butter, sagte sie, Mario habe trotz einsetzender
Kälte so fleißig gearbeitet, daß die Pflastersteine schon
morgen fertig verlegt seien.

»Und wie versteht ihr euch?« fragte ich.

»Prächtig«, sie machte eine Pause, »bitte, Maja, ich habe
einen Wunsch. Ohne euch, vor allem ohne Béla, ist es langweilig. Wir würden euch gern besuchen, auf eigene Kosten,
versteht sich. Wir wollen mit dem Auto durch ganz Italien
fahren; meinst du, daß Cora es erlaubt?«

Ich versprach, mich für dieses Projekt stark zu machen.

»Ich hätte dann meinen Cadillac hier«, sagte Cora, »das wäre nicht unpraktisch. Ich möchte gern die Katakomben in Palermo besuchen. Sollen sie kommen!«

Am Tag, als wir das unternehmungslustige Paar erwarteten, machten wir einen nachweihnachtlichen Einkaufsbummel. In allen Hauseingängen standen Spanschachteln mit Weihnachtssternen. Den Heiligen Abend hatten wir ohne Sentimentalitäten in der Hotelhalle verbracht, in der eine große Krippe aufgebaut war. Nun beschlossen wir, uns ohne Hektik durch ein paar selbstgekaufte Geschenke zu erfreuen. Wir erstanden folkloristische Seidentücher, Ketten aus geschliffenem Lavastein, bunte Marzipanfrüchte und silberne Herzen und Füße, die ehemals als Votivbilder gedient hatten.

Mit Päckchen beladen saßen wir schließlich im *Café Wunderbar* und wärmten uns mit heißer Schokolade auf, auch Béla durfte mithalten. Cora schleckte von allen drei Bechern die eklige Haut ab. Hinterher leisteten wir uns noch einen eisigen Tartufo. Nach der großen Schlemmerei verließ ich Kind und Cora und suchte die Toilette auf.

Fünf Minuten später trat ich wieder an unseren Marmortisch, wo nur Bélas leere Karre stand. Suchend sah ich mich um. Cora zahlte an der Theke und schwatzte mit der Kassiererin. »Wo ist mein Kind, wo ist mein Reh?« fragte ich.

Cora drehte sich um. »In seinem Wagen«, sagte sie, sah aber sofort, daß der Baby-Buggy leer war.

Bis zu diesem Tage konnte Béla nicht allein aussteigen. Wir blickten – nicht sonderlich beunruhigt – in die Runde;

irgendeine sizilianische Mamma hatte den Kleinen sicherlich auf dem Schoß und fütterte ihn mit Panforte.

»Sieh mal«, sagte Cora und nahm einen Brief von ihrem Teller.

In diesem Moment setzte mir beinahe der Herzschlag aus. Ich fiel auf einen Stuhl, Cora fetzte den Umschlag auf, und wir lasen gemeinsam:

Signora Kornmeier, wir haben Ihre Tochter in unserer Gewalt. Wenn Sie sie lebend wiederhaben wollen, schalten Sie unter keinen Umständen die Polizei ein. Sie werden beobachtet! Begeben Sie sich mit Ihrer Begleiterin unauffällig in Ihr Hotelzimmer und warten Sie dort auf weitere Nachricht.

Cora hielt meine Hand. Sie fühlte sich schuldig, weil sie Béla eine Minute allein gelassen hatte, was ich in einem gut besuchten Café ebenso getan hätte. Sie wandte sich an zwei ältere Frauen, die am Tisch neben uns saßen. In möglichst ruhigem Ton sagte sie: »Haben Sie gesehen, wer das Kind aus dem Wagen gehoben hat?«

»Natürlich, Signora, Sie können unbesorgt sein, es war der Onkel des Kleinen. Ich denke, er wartet draußen.«

Trotz des Briefes dachte ich sekundenlang, Emilia und Mario wären gekommen und hätten Béla auf den Arm genommen. Ich warf Cora einen warnenden Blick zu: die Frauen sollten keinen Verdacht schöpfen und am Ende die Polizei benachrichtigen.

»Alles bestens«, sagte sie, und wir brachen eilig auf. Schon auf der Straße, mit dem leeren Kinderwägelchen an

der Hand, war es mit meiner Fassung vorbei; zwar konnte ich weder sprechen noch weinen, aber kalter Schweiß trat mir auf die Stirn, und mein Herz raste.

Cora winkte ein Taxi heran, und wir fuhren schweigend das kleine Stück bis zu unserem Hotel. Erst als wir in unserem Zimmer waren, begann Cora zu reden: »Sie halten Béla für das Kind einer Millionärin und werden versuchen, ein happiges Lösegeld zu erpressen. Dieses Mißverständnis läßt sich sicher schnell aufklären.«

»Cora, das sind Profis. Wenn sie kein Geld kriegen, werden sie Béla ermorden!«

»Du weißt, daß ich ihnen mein gesamtes Geld in den Rachen schmeiße, wenn es sein muß. Ich betrachte Béla auch als mein Kind. Aber vielleicht ist es gar nicht nötig. Man muß knallhart verhandeln.«

Endlich fing ich an zu weinen. Ich lag bäuchlings auf meinem Bett, und die Tränen stürzten auf das adrett gefaltete Nachthemd. »Cora, ich habe alles in meinem Leben falsch gemacht. Wenn nur Béla nichts geschieht, dann will ich ein guter Mensch werden, Leprakranke pflegen oder in den Slums von Rio als Sozialhelferin arbeiten.«

»Mach mal halblang, Béla wird kein Haar gekrümmt. Außerdem hätte er wenig Nutzen davon, wenn seine Mama eine zweite Mutter Teresa wird.«

»Auf was warten wir eigentlich? Auf einen Boten, einen Telefonanruf, einen Brief?«

»Kann alles sein. Möglich ist auch, daß jemand vom Hotelpersonal mit ihnen unter einer Decke steckt. Denk mal an die Kellnerin mit der Zeitung! Wir müssen Geduld haben.«

Nach einer Stunde, in der wir uns verschiedene Strategien und Geldbeschaffungsmöglichkeiten überlegt hatten, wurde heftig geklopft. Cora riß die Tür auf. Aber kein Bote der Entführer, sondern Emilia und Mario standen strahlend auf der Schwelle. Sie sahen sofort, daß irgend etwas passiert war.

»Wo ist mein Schätzchen?« fragte Emilia, dank ihrer bewährten Intuition gleich auf der richtigen Spur.

Weinend erzählte ich ihr die Katastrophe. Pippo lief schnüffelnd durch die beiden Zimmer. Mario regte sich so auf, daß er wirres Zeug stotterte.

Cora blieb noch am gelassensten. »Ich habe Maja bereits gesagt, daß ich mein Vermögen zur Verfügung stelle, wenn es erforderlich ist.«

»Es ist ein Glück«, sagte Emilia, »daß Béla kaum spricht; er kann nicht erzählen, wo er gewesen ist und wie diese Leute aussehen. Dadurch hat er eine gute Chance, daß sie ihm nichts antun.«

Als das Telefon klingelte, riß Cora fast den Hörer ab. Ich drückte meinen Kopf gegen ihren, um alles zu verstehen. Die Rezeption meldete, ein Signor Dante wolle sie sprechen.

Dante hatte gerade sagen können, dem Kind gehe es gut, als Cora ihn schon anschrie: »Ihr Idioten! Inzwischen habt ihr wohl festgestellt, daß das Kind kein Mädchen ist. Wenn ihr etwas Grütze im Kopf hättet, dann wäre euch aufgefallen, daß ich nach sechs Monaten Schwangerschaft keinen anderthalbjährigen Sohn haben kann! Ich war überhaupt nie schwanger, habe weder Kinder, noch bin ich Millionärin; wäre ich sonst nicht in einem Nobelhotel abgestiegen?

Also gebt das Kind heraus und macht euch nicht unglücklich!«

Anscheinend hatte sie Dante erschreckt, er legte auf. Ich war wütend. »Das hast du nun davon!« schrie ich. »So darf man es gerade nicht machen! Jetzt werden sie sich nie wieder melden, und mein Kind muß sterben!«

Emilia nahm mich in die Arme. »Natürlich rufen sie wieder an, sie müssen sich jetzt untereinander beraten und prüfen, ob Cora recht hat. Sicher wird jetzt einer von den Schweinen fertiggemacht, weil er schlecht recherchiert hat. Wenn sie wieder anrufen, werde ich mit ihnen reden. Schließlich sind es meine Landsleute, da kenne ich mich aus! Aber du brauchst keine Angst zu haben, daß ich undiplomatisch bin; im Gegenteil, ich werde ihnen Honig um den Bart schmieren.«

Ich wußte nicht, ob Honig das Mittel der Wahl war; eigentlich wußte ich überhaupt nichts. Cora und ich hielten uns auf kriminellem Gebiet nicht eben für Greenhorns, aber in diesem Fall war ich so hilflos wie mein armes Kind. »Emilia«, sagte ich, »du kannst ihnen vorschlagen, daß ich mich als Tauschobjekt für mein Kind anbiete!«

Alle schüttelten den Kopf. »Keine gute Idee, das weißt du selbst«, sagte Cora.

»Ob Jonas etwas damit zu tun hat?« fragte Emilia.

Nach zwei Stunden rief Dante wieder an. Emilia meldete sich und behauptete, sie sei die Großmutter von Béla und eine arme Frau, die kein Lösegeld zur Verfügung hätte. »Das Kind spricht zwei Worte Deutsch und drei Italienisch«, sagte Dante, »wenn es Ihr Enkelkind wäre, könnte es kein Deutsch.«

»Wie klug Sie sind, Signor Dante«, sagte Emilia freundlich, »der Kleine ist der Sohn einer Deutschen, und zwar einer Freundin von Signora Kornmeier. Sie hat unglücklicherweise kein Geld, denn mein Sohn – der Vater des Kindes – hat sie verlassen und ist nach Amerika verschwunden.«

Dante war ein höflicher Mensch und äußerte sein Bedauern. Aber die reiche Signora, meinte er, würde für das Kind einer Freundin bestimmt etwas springen lassen.

»Sicher«, sagte Emilia, »wir lieben den Kleinen, sitzen hier und weinen um ihn. Haben Sie kein Herz für Kinder?«

Dante versicherte, er habe Kinder gern, Béla geschehe nichts Böses, aber ganz ohne Lösegeld könne man ihn nicht zurückgeben.

Cora murmelte: »Das hört sich schon besser an.«

Emilia fragte nun nach dem Preis. Wir konnten die Antwort nicht verstehen, aber ihrem Geschrei nach war es eine indiskutable Summe. Diesen Betrag könnten wir nie auftreiben, sagte sie, es sei einfach unmöglich. Nun wurde der milde Dante etwas energischer; kein Geld, kein Kind, so einfach sei das. »Muß ich euch erst einen Finger oder ein Ohr schicken, damit ihr begreift?« Damit war das Gespräch beendet.

Mario schrieb auf seine Tafel: *Emilia = Oma. Mario = Opa.* Cora lächelte: »schon recht«.

Mario wischte alles wieder mit dem Handballen aus und schrieb von neuem: *Emilia = Verhandlung. Mario = Tat.* Ich war tief bewegt. Hatte ich es verdient, daß diese Menschen mich so liebten? In meiner schrecklichen Angst wußte ich, daß ich nicht verlassen war. Cora wollte ihr Geld

hergeben, die beiden anderen taten auf ihre Weise alles, um mir zu helfen. Das wollte ich ihnen nie vergessen.

»Wie meinst du das, Mario, mit der Tat?« fragte Cora.

Er konnte nicht antworten, schrieb also: *Geldübergabe.* Sicher, wenn es dazu kam, war es eine gefährliche Situation. Aber war Mario der rechte Mann dafür, der mit Dante gegebenenfalls gar nicht reden konnte?

Emilia schien das auch zu empfinden, sie sagte: »Mario und ich werden das gemeinsam machen.«

»Nein«, sagte ich, »es ist mein Kind. Wenn das Lösegeld übergeben wird, dann ist das einzig und allein meine Aufgabe. Ich werde es niemals zulassen, daß ihr euch meinetwegen in Lebensgefahr begebt.«

Emilia sagte ruhig: »Wir sind alt, du bist jung. Dein Kind soll bei dir aufwachsen.«

Ich weinte. Auf einmal wünschte ich, Jonas wäre hier. Hatte ich nicht eine große Schuld auf mich geladen, daß ich meinem Sohn den Vater vorenthalten hatte? Niemals hätten Kidnapper den Weg zu seinem Bauernhof gefunden, wenn Béla dort aufwachsen würde.

Cora fragte: »Vielleicht sollte man doch im Café nachforschen, wie dieser angebliche ›Onkel‹ ausgesehen hat. Habt ihr eine Ahnung, ob die Polizei in Sizilien korrupt und unfähig ist oder ob man am Ende doch erwägen sollte, sie in Kenntnis zu setzen?«

Emilia sah Mario fragend an, beide wiegten bedenklich die Köpfe hin und her. »Es gibt solche und solche«, orakelte Emilia, »man darf nichts riskieren. Vielleicht beobachten uns die Verbrecher nicht, vielleicht sind es Stümper – aber woher soll man es wissen?«

Mario schrieb wieder: *Ich sehe mich mal um. Mich kennen sie nicht.* Er verließ mit Pippo unser Zimmer.

Das Warten war unerträglich. Cora bestellte Essen aufs Zimmer und behauptete, ich sei fiebrig. Als man mit vielen guten Wünschen ein Tablett mit Antipasti brachte, rührte keiner etwas an. Mario fehlte uns, er übte eine beruhigende Wirkung aus.

Als Dante wieder anrief, verlangte er gleich die Großmutter und nicht Cora. Emilia war liebenswürdig, aber sie verfolgte ihre Pläne. »Wir sind arme Leute«, sagte sie, »mein Mann hat als Gärtner gearbeitet, ich bin Putzfrau. Ihr Gangster lebt auf großem Fuß und könnt euch nicht vorstellen, was solche Summen für uns bedeuten.«

Dante verriet sich. »Meinen Sie etwa, wir wären reich? Mein Bruder und ich haben nichts als Schulden, wir sind viel schlimmer dran als Sie, wir sind arbeitslos...«

Emilia bemitleidete ihn. »Wir können uns bestimmt einigen«, meinte sie, »aber Sie dürfen nicht unrealistisch sein. Was man nicht hat – ich meine, was die Signora Kornmeier nicht hat –, das kann man auch nicht ausgeben, Signore!«

Nun verlangte Dante, Cora solle sich überlegen, was ihr das Leben meines Kindes wert sei, er werde wieder anrufen. Ich riß Emilia den Hörer aus der Hand. »Ich bin die Mutter des Kleinen, passen Sie auf, er braucht um sieben Uhr seine Mahlzeit, er wird Hunger haben! Und er mag nicht im Dunkeln einschlafen, lassen Sie ihm ein Licht, sonst kriegt er Angst und weint!«

»Signora, wir sind Ehrenmänner, wir werden einem kleinen Kerl keine Angst machen. Er hat schon sein Essen bekommen und liegt zufrieden im Bett.«

»Bitte, Signor Dante«, sagte ich demütig, »dieses Kind ist alles, was ich auf der Welt habe, Sie dürfen es mir nicht nehmen. Signor Dante, ich weiß jetzt, was das Inferno bedeutet, wissen Sie es auch? Ich werde verrückt bei dem Gedanken, daß mein Sohn zum ersten Mal in seinem Leben von mir getrennt ist und Schaden an seiner Seele erleidet!«

»Nein, nein, so dürfen Sie nicht reden«, sagte Dante, »dem Kleinen geschieht nichts, darauf können Sie sich verlassen! Sobald Ihre Freundin bezahlt, haben Sie ihn wieder – Ehrenwort! Und nun sprechen Sie mit ihr, ich rufe in einer Stunde wieder an.«

Irgendwie war ich erleichtert. Dante war kein Unmensch und schon gar kein professioneller Kidnapper oder Killer; er schien ein junger, vielleicht sogar sehr junger Mann zu sein, der durch das Foto in der Zeitung auf dumme Gedanken gekommen war. Ob die Polizei nicht doch helfen konnte? Aber wenn der empfindsame Dante beim Anblick der Polizisten durchdrehte, sich mitsamt meinem Kind in die Luft sprengte oder ähnlich Entsetzliches tat?

Cora rechnete. Sie hatte alle ihre Schecks – einen viel zu großen Haufen, welch ein Leichtsinn! – auf ihrem Bett ausgebreitet und zählte. »Wir werden ihnen diese Summe anbieten, oder sagen wir einmal, ein klein bißchen weniger. Wenn sie anbeißen, ist alles okay. Sonst muß ich nach Florenz fliegen und versuchen, Geld locker zu machen.«

»Cora«, sagte ich, »mein ganzes Leben lang will ich arbeiten, um diese Schulden bei dir abzutragen. Aber zahl bitte, tu es für mich, tu es für Béla!«

»Ja doch, ich habe es vor! Aber mehr als nötig braucht man Dante auch wieder nicht hinzublättern. Im übrigen

kriegen wir beide schon neue Knete rein, das soll nicht unser Problem sein.«

Plötzlich mußte ich an meine Mutter denken. Mit fünf Jahren war ich beim Ausverkauf in einem überfüllten Kaufhaus verlorengegangen. Ich weinte nicht und hatte auch keine Angst, weil mich ein Junge in die Tierabteilung mitnahm und ich an seiner Hand Welpen, Papageien und Junghasen bestaunte. In meiner Erinnerung erlebte ich bereits damals das erhebende Gefühl, meine Ketten abgeworfen zu haben. Als ich endlich durch verschiedene Lautsprecherdurchsagen (die ich nie verstand) gefunden, aufgegriffen und zu meiner Mutter geführt wurde, war sie vollkommen verstört. Nie vergesse ich die unendliche Erleichterung auf ihrem Gesicht, als sie mich sah. Dann kam allerdings das Donnerwetter.

Mario kam mit Pippo an der Leine herein, ziemlich erregt. Leider konnte er in diesem Zustand noch nicht einmal stottern. Emilia hielt ihm das Täfelchen. *Parkplatz, Mann in Auto mit Fernglas*, schrieb er.

»Das muß Dantes Bruder sein«, meinte Cora, »ist er jung und stark, sieht er gefährlich aus?«

Mario stotterte: »Ganz jung!« Dann schrieb er, weil es schneller ging: *Wenn ich noch einen Mann zur Hilfe hätte, könnten wir ihn schnappen!*

Emilia geriet in Begeisterung: »Ich bin besser als jeder Mann! Und wenn Dante anruft, sagen wir freundlich: Rate mal, wen wir hier haben!«

Cora lachte kurz, aber schon kamen ihr Bedenken. »Und wenn er ein Schießeisen hat? Und was wird man auf der

Straße denken, wenn wir einen fremden Mann aus seinem Auto zerren und fesseln? Man wird die Polizei holen! Außerdem – wer sagt, daß es Dantes Bruder ist? Es könnte ein harmloser Spanner sein oder ein Privatdetektiv, der ganz was anderes beobachtet.«

Mario schrieb: *Nein!*

Emilia sah ihn fragend an. »Woher weißt du, daß er uns beobachtet?«

Mario deutete auf unser Fenster.

Ich wollte aufspringen und hinausschauen, aber Emilia hielt mich am Ärmel fest. »Bist du verrückt! Wenn wir eine Chance haben, darf er nicht merken, daß Mario ihn gesehen hat.«

In diesem Augenblick klingelte wieder das Telefon. Ob die Hotelangestellten nicht Verdacht schöpften und mithörten, wenn ständig ein Signor Dante bei uns anrief? Er mußte ziemlich leichtsinnig oder unerfahren sein, daß er ein solches Wagnis einging. Cora machte nun ihr Angebot, und Dante bat wiederum um Bedenkzeit. Anscheinend konnte er nichts allein entscheiden.

Emilia zog die Pantoffeln aus und Schuhe an. »Ich gehe jetzt nach unten in die Halle, schließlich haben Mario und ich noch keine Schlüssel für unsere Zimmer. Wir sind gleich zu euch hinaufgelaufen, weil wir eure Zimmernummer kannten.«

Ich sah ihr an, daß sie andere Pläne hatte und sich wahrscheinlich die Gestalt im Auto ansehen wollte, doch ich hatte Vertrauen.

Dante rief an, noch bevor Emilia zurück war. »Signora«, sagte er zu Cora, »wir haben Ihre Angaben überprüft. Sie

haben zwar recht mit der Behauptung, daß es nicht Ihr eigenes Kind ist, aber Sie besitzen in Florenz ein Haus, das einen ganz anderen Wert hat als die lächerliche Summe, die Sie uns anzubieten wagen. Hängen Sie noch zwei Nullen an Ihr Angebot, und wir können darüber sprechen.«

Cora sagte: »Mein Haus in Florenz ist eine Bruchbude, das haben Sie hoffentlich auch herausbekommen.«

»Signora, hören Sie auf zu lügen! Allein die Rechnung für Ihre Atelierfenster übersteigt bei weitem dieses Almosen, das Sie uns offerieren.«

»Woher soll ich wissen, ob das Kind überhaupt noch lebt? Außerdem können Sie sich denken, daß ich so viel Geld nicht über Nacht flüssig machen kann, noch dazu wo eure Banken fast immer geschlossen sind.«

»Nun, Sie müssen sich morgen nach Florenz bequemen. Je schneller Sie mit dem Geld zurück sind, desto eher geben wir den Kleinen heraus.«

»Wie soll die Übergabe erfolgen?«

»Das bestimme ich später. Erst will ich sehen, daß Sie morgen früh im Flugzeug sitzen, es startet um acht in Catania.« Er legte auf.

Cora fluchte. »Etwas macht mich hellhörig. Woher weiß er über die Atelierfenster Bescheid? Ich rufe auf der Stelle meinen Glasermeister an, ich habe einen bestimmten Verdacht.« Cora rief die Auskunft an, telefonierte herum und hatte tatsächlich den Glasermeister an der Strippe. Sie fragte, ob Ruggero, ihr verflossener Geliebter, Sizilianer sei. Nein, Ruggero sei in Florenz geboren, aber sein Vater stamme aus Taormina. Ob der Junge etwas ausgefressen habe?

»Überhaupt nicht, wir haben nur gewettet, daß ich italienische Dialekte heraushören kann.«

»Signora, Sie sprechen vorzüglich Italienisch, aber diese Wette haben Sie verloren. Ruggero spricht feinstes Toskanisch.«

Cora bedankte sich und fing an zu grübeln. »Wie heißt er mit Nachnamen? Verflucht, ich habe es vergessen, nun ist es zu spät, um seinen Chef zu fragen.«

Emilia kam herein. »Sherlock Holmes hat etwas herausgefunden«, sagte sie stolz, »Dante hat vom Hotel aus telefoniert! An der Rezeption sitzt nämlich eine Frau, und euch hat ein Mann mit Dante verbunden. Mit der Frau habe ich ein wenig geplaudert; ich habe behauptet, ihr hättet einen hartnäckigen Verehrer, der euch dauernd anruft, sie solle sich nicht wundern. Seit sechs Stunden mache sie Dienst, und niemand habe euch angerufen. Möglich ist natürlich, daß sie lügt, aber warum sollte sie?«

»Dann gehört Dante entweder zum Personal oder ist Hotelgast«, sagte Cora, »er hat ein Telefon im Zimmer und kann uns direkt anwählen. Am Ende ist auch Béla hier im Hotel untergebracht, wer weiß!«

»Wir haben den Verdacht«, erzählte ich Emilia, »daß Ruggero, der Glasergehilfe aus Florenz, mit ihnen unter einer Decke steckt oder zumindest Informationen geliefert hat. Kannst du dich erinnern, wie er mit Familiennamen heißt?«

»Mandorlo«, sagte sie, »so einen hübschen Namen vergesse ich nicht. Wenn Ruggero ein Vetter von Dante ist, könnten sie den gleichen Namen haben. Ich sehe mal im

Hotelbuch nach, ob ein gewisser Signor Mandorlo hier abgestiegen ist.«

Mario schrieb: *Und ich sehe nach, ob der Mann im Auto noch da ist.*

Cora und ich waren allein; immer wieder bekam ich Weinkrämpfe. Dann fing ich an zu beten. Cora sagte: »Ich verstehe dich ja, aber statt einfach nur abzuwarten, solltest du besser deinen scharfen Verstand einsetzen.«

Ich versuchte es: »Ich denke, diese Entführer sind alles andere als Profis. Einerseits ist das ein Glück, denn sie werden es nicht übers Herz bringen, Béla etwas zuleide zu tun. Aber andererseits haben sie keine eiskalten Nerven, sie können durchdrehen.«

Cora rief beim Flughafen an und buchte für den nächsten Morgen einen Flug nach Florenz. »Mario muß mich in aller Frühe nach Catania fahren«, sagte sie, »ich werde versuchen, eine Hypothek für das Haus aufzunehmen. Ich rufe dich an, sobald ich bei der Bank war.«

»Ach Cora, ich würde so gern mitkommen und dir helfen, aber ich muß auf jeden Fall hierbleiben, falls Dante anruft.«

»Ihr müßt alle hierbleiben. Ich überlege nur, ob ich mir in Florenz diesen Mistkerl Ruggero greifen soll. Es ist möglich, daß er nichts mit der Entführung zu tun hat und nur aus Angeberei seinen Vettern vom Liebesabenteuer mit mir berichtet hat. Und dann sah er mein Bild in der Zeitung und konnte prahlen: ›Mit dieser Frau habe ich geschlafen, seht sie euch an!‹«

»So wird es gewesen sein. Aber vielleicht nimmt er Rache, weil du ihm den Laufpaß gegeben hast.«

Emilia kam herein. »Von den Hotelgästen heißt niemand Mandorlo«, sagte sie atemlos, »nach dem Personal wollte ich nicht so plump fragen.«

Auch Mario kam zurück. *Mann hat Walkie-talkie im Auto und spricht*, schrieb er auf.

Emilia klärte ihn über den neuesten Stand unserer Erkenntnisse auf. Er nahm den Hund an die Leine und stapfte hinaus. Im Gegensatz zu Emilia war er als Aushorcher nicht zu gebrauchen, aber auf seine Art würde er helfen.

Cora packte ihre Waschsachen. »Heute ruft Dante nicht mehr an, da bin ich sicher«, sagte sie, »ich lege mich jetzt für ein paar Stündchen aufs Ohr, richtig schlafen kann ich kaum. Wenn irgend etwas Besonderes ist, dann weckt mich.«

Cora rollte sich in Kleidern im Nebenzimmer aufs Bett. Ich weinte vor mich hin und ließ mich von Emilia streicheln. Sie weinte auch.

Nach einer Stunde war Mario wieder da. Aufgeregt nahm er die Tafel. *Pippo hat eine Spur*, schrieb er.

»Wo?« schrie ich. *Mansarde, Personalzimmer. Pippo riecht vielleicht Béla.* Wir weckten Cora.

»Ich kenne einen Film mit Doris Day«, sagte Emilia, »da wird ein kleiner Junge in einer Botschaft gefangengehalten. Doris setzt sich ans Klavier und singt ein Lied, das ihr Sohn gut kennt und wozu er immer den Refrain gepfiffen hat. Er hört sie in seinem Zimmer und fängt an, laut zu pfeifen . . .«

»Kenn' ich auch«, sagte Cora, ›The Man Who Knew Too Much‹, aber Béla kann nicht pfeifen, und du kannst nicht Klavier spielen.«

Emilia blieb bei ihrer Filmidee. »Ich kann singen, er kann

in die Hände patschen«, und sie machte es vor: »Ma come balli bene bella bimba«, und bei »bella« patschte sie in die Hände, wie sie es meinem Kind beigebracht hatte.

»Bleibt hier, ich gehe singen«, sagte sie, »wenn ich es in diesem Zimmer patschen höre, ist Béla dort.«

»Es ist sinnlos«, sagte ich, »im allgemeinen schläft er um diese Zeit, das weißt du doch.«

»Ich probiere es trotzdem.«

Emilia und Mario schlichen davon, wir warteten erregt.

Nach zehn Minuten kamen sie zurück. Mario schüttelte bekümmert den Kopf, kein Klatschen war zu hören gewesen. Aber Emilia meinte, sie habe durch das Schlüsselloch Bélas Atemzüge erlauscht, was aber kaum glaubwürdig war.

Cora kuschelte sich wieder auf ihr Bett. Pippo winselte und kratzte an der Tür. »Muß er schon wieder, oder hat er wirklich Bélas Geruch in der Nase?« fragte Emilia. »Mario ist mit dem Hund alle Zimmer abgegangen, aber nur bei einem hat er reagiert.«

Cora rief aus dem dunklen Nebenraum: »Möglicherweise ist eine Katze oder ein Hund in der Kammer oder am Ende ein Schinken.«

»Geht in eure Betten, ihr seid bestimmt todmüde«, sagte ich zu Emilia und Mario, »ich werde euch sofort holen, wenn es nötig wird.«

Emilia und Mario schüttelten den Kopf. »Alte Leute brauchen weniger Schlaf«, sagte Emilia. Mario nahm meine Hand und küßte sie, eine Geste der Freundschaft und des Mitgefühls, die mich wieder in Tränen ausbrechen ließ. Er nahm seine Tafel und schrieb, aber nur für Emilia. Sie

las, lächelte und küßte ihn. Auf einmal wußte ich – glasklar – was Liebe war.

Einmal klingelte das Telefon, tief in der Nacht. Emilia hatte den Hörer schneller als ich in der Hand, aber es war eine falsche Verbindung. Natürlich tat ich kein Auge zu, aber ich lag wenigstens, während Emilia und Mario auf Stühlen daneben saßen und die Beine auf mein Bett streckten.

Auf einmal hielt ich es nicht mehr aus. »Und wenn ihr mich für verrückt erklärt«, sagte ich, »unentwegt höre ich mein Kind in der Nacht weinen und rufen. Ich gehe jetzt zu dem bewußten Zimmer und sehe nach, ob Béla dort ist. Es kann zwei Tage dauern, bis Cora mit dem Geld wieder hier ist, bis dahin bin ich wahnsinnig geworden.«

»Ich auch«, sagte Emilia, »ich komme mit dir. Mehr als totschlagen kann man uns nicht.«

Wir zogen uns die Stiefel an. Mario war nicht einverstanden, schnürte sich aber ebenfalls Dons Schuhe. Cora torkelte aus dem Nebenzimmer. »Was ist? Hat er angerufen? Warum weckt ihr mich nicht?« fragte sie verwirrt.

»Wir gehen in das verdächtige Mansardenzimmer«, sagte ich, »ich muß es einfach tun.«

Cora fand das falsch, es wäre viel zu gefährlich, Dante zu Gesicht zu bekommen. »Er steht dann unter Zwang, uns zu töten«, sagte sie.

Mario schrieb: *Er wird überrumpelt.*

Mit Pippo schlichen wir den dunklen Hotelgang entlang, bis wir zu der Hintertreppe kamen, die zu den Mansarden führte. Ich hatte panische Angst, aber ich ertrug es besser,

als tatenlos herumzuhängen. Wir sprachen nicht und versuchten, ein Knarren der alten Treppenstufen zu vermeiden, was nicht gelang. Emilia hatte eine Taschenlampe – die schon bei der Expedition zu Dons vorletzter Ruhestätte gute Dienste getan hatte – bei sich. Als wir vor der Tür standen, schnüffelte Pippo wieder auffällig an der unteren Ritze und blies seinen Atem schnaubend in den unbekannten Raum, um durch die zurückströmende Luft Anhaltspunkte für seine Bewohner zu bekommen. Er wedelte ein wenig, für Emilia ein sicherer Beweis, daß sich Pippos bester Freund und Spielkamerad hinter dieser Tür befand.

»Sicher ist das Schloß verriegelt«, flüsterte Cora, »wir haben weder einen Dietrich noch sonst ein Werkzeug dabei.«

Mario schüttelte den Kopf und zeigte ihr einen kleinen Schraubenzieher.

Emilia legte die Hand auf die Klinke, die sofort nachgab. Es war nicht abgeschlossen. »Tina?« fragte es von innen. Mit hoher Mädchenstimme sagte Emilia geistesgegenwärtig: »Sì!« und machte die Tür auf und das Licht an.

In einem schmalen Bett lagen Béla und ein fremder Mann, der hochschnellte und nach einem Revolver griff. Alles ging unglaublich schnell: Ich stürzte mich auf mein Kind, Mario auf den Mann, das Bett krachte unter uns vieren zusammen, ein Schuß ging los. Béla schlief, ich hielt ihn fest im Arm und sprang hoch, fiel aber gleich über Pippo, der sich auch einmischen wollte. Einen Augenblick lang war ich wie betäubt.

Emilia hielt die Waffe in der Hand, Mario mußte sie dem Mann entwunden haben. Er lag immer noch auf Dante und

drückte ihn mit seinem ganzen Gewicht auf das eingebrochene Bett.

Cora rief den Nachtportier an. »Schließen Sie sofort die Haustür und lassen Sie nur die Polizei herein. Rufen Sie bei der Wache an, man soll einen Fiat auf dem Parkplatz umstellen und einen Mann mit Fernglas verhaften. Außerdem brauchen wir hier in der Mansarde ein paar Polizisten und einen Arzt!«

Ich kroch aus der Gefahrenzone und sah dabei, daß Mario blutete. Cora half ihm, den sich aufbäumenden Dante zu bändigen, indem sie dem Erpresser ein Kissen aufs Gesicht drückte.

»Wir machen dich kalt, wenn du nicht Ruhe gibst«, sagte sie.

Emilia stand regungslos mit der Waffe vor unserem Opfer.

Cora meinte auf deutsch: »Von mir aus wäre es ohne Polizei abgegangen, ich habe eine Schwäche für Banditen; aber Kinder klauen geht zu weit.«

Ich stand mit dem patschnassen Béla und Pippo auf dem Flur, da ich auf keinen Fall in diesem Zimmer bleiben, aber andererseits meine Helfer nicht verlassen wollte. Die Polizisten kamen nicht übertrieben schnell und ließen die Handschellen klicken. Ein endloses Palaver setzte ein.

Mario war verletzt. Später erfuhren wir, daß ihm seine Tafel das Leben gerettet hatte, man konnte auch sagen, auf indirekte Weise Emilia. Sie hatte ihm ein praktisches Geschenk zu Weihnachten gemacht: eine neue Tafel, auf deren Vorderseite mit Ölfarbe der immer gleichbleibende

Satz von der Sprachbehinderung stand. Für diese Tafel hatte sie ihm in seine beiden Jacken große Taschen eingenäht.

Dantes Kugel war an der Tafel abgeprallt und hatte ihren Lauf verändert; sie blieb in Marios Arm stecken. Der Arzt machte einen Verband und meinte, die Verletzung sei zwar nicht gefährlich, müsse aber in der Klinik behandelt werden. Der arme Mario wurde im Krankenwagen abtransportiert. Seine Augen leuchteten, er war der Held dieser Nacht. Emilia küßte ihn und Béla abwechselnd, lobte ihren klugen Hund und fuhr mit ins Krankenhaus.

Das halbe Hotelpersonal war auf den Beinen, in Schlafanzügen und Morgenmänteln stand man herum und redete. Dante, der natürlich einen anderen Namen hatte, war mit dem Zimmermädchen befreundet. Tina war aber ebenso unschuldig wie der Vetter Ruggero aus Florenz; beide hatten unwissentlich als Informanten gedient. Tina hatte an diesem Tag frei und war zu ihren Eltern gefahren. Dante, der von Cora Diledante genannt wurde, hatte seine Entführung denkbar schlecht vorbereitet und erst für den nächsten Tag ein passendes Quartier für sich und Béla in Aussicht. Aber das erfuhren wir erst nach und nach.

In dieser Nacht haben wir noch ein paar Stunden geschlafen, Béla rechts und Pippo links von mir. Emilia kam gegen Morgen mit einem Taxi aus dem Krankenhaus; Mario sei erfolgreich operiert worden und brauche Ruhe.

Als wir um zwölf beim Frühstück saßen, das unsere mitfühlende Kellnerin aufs Zimmer brachte, meinte Cora: »Er tut mir leid, der arme Diledante. Kein Geld, arbeitslos und untauglich für den Gangsterberuf. Er sollte studieren!

Ich muß mal sehen, ob man etwas für ihn tun kann . . . Übrigens, ein hübscher Junge.«

»Mit solchen Typen habe ich kein Mitleid«, sagte Emilia, »er hat unseren Béla geraubt und ihm starke Schlafmittel gegeben, er hat auf Mario geschossen.«

»Das kann man nicht unbedingt sagen, der Schuß ging von alleine los«, sagte ich, »das kann leicht passieren, ich weiß es.«

»Jetzt haben wir aber viel Geld gespart«, sagte Cora, »wir sollten uns etwas Gutes gönnen. Emilia, was möchtest du?«

»Ich möchte eine Sonnenbrille, es blendet heute so.«

»Es sei gewährt deine Bitte, du bist ja im Bunde die Dritte«, sagte Cora, und wir gingen in eine Drogerie und kauften drei schräge Katzenbrillen.

»Maja, was möchtest du?«

»Ein ganz großes Eis.«

Die Sonne schien, man konnte draußen sitzen. Eine große Pyramide aus Weihnachtssternen auf einem Eisengestell verwandelte den Sommersitz in einen Wintergarten. Die Italienerinnen trugen ihre Pelze zur Schau. Knirpse spielten mit Luftballons, ein besonders privilegierter Knabe hatte zu Weihnachten eine elektrische Vespa bekommen.

Wir gingen Eis essen und fütterten den immer noch schlaftrunkenen Béla und den treuen Pippo, bis die beiden fast platzten. »Basta!« schrie mein Sohn abrupt und schlug mit der Faust auf den Tisch, daß uns allen die Schokoladensauce um die Ohren spritzte.

Weißglut

An manchen Tagen wache ich auf und bin guter Laune. Ich fühle mich leicht und frei, froh und dankbar und empfinde das Leben als wunderbares Geschenk. Leider gibt es andere Tage, an denen ich allen Ernstes glaube, Mutters depressive Grundhaltung geerbt zu haben. Der Gedanke an Selbstmord ist mir von klein auf vertraut und tröstlich. Andererseits bin ich sicher, daß ich Béla niemals im Stich lassen werde, solange er mich braucht.

Cora kennt solche Stimmungsschwankungen nicht. Sie ist fast immer gut aufgelegt, aber sie bringt Verständnis für meine schwarzen Tage auf; ja, sie ist als einzige dazu in der Lage, mich aus meinem Loch herauszuholen.

Alle kleinen Mädchen spielen ›Vater, Mutter und Kind‹. Es kommt mir vor, als spiele ich immer noch. Meine leibliche Familie existiert nicht mehr, dafür habe ich mir eine neue geschaffen: Cora ist der Vater, ich die Mutter, Béla das Kind. Unsere Eltern und Bélas Großeltern sind Emilia und Mario. Wie es ihr in dieser Rolle zukommt, sorgt Cora für das tägliche Brot. Gewiß, ich verdiene durch die Touristen auch ein wenig und kann meine Kleider selbst bezahlen; aber Versicherungen, Steuer, Heizung, Auto, Lebensmittel und Emilias Gehalt werden von Cora bestritten.

Wenn ein Außenstehender Cora beschreiben sollte, dann käme eine sehr weibliche Frauengestalt heraus. Aber sie hat durchaus männliche Seiten: ihre Dominanz und

kalte Sexualität. Sie kostet ihre Überlegenheit aus, und wenn ich meine depressiven Anfälle habe, rettet sie mich. Ja, gerade diese Retter-Attitüde macht sie zum Vater in unserem Spiel, aber ich bezweifle, ob sie dadurch je ausbügeln wird, was mein leiblicher Vater angerichtet hat.

Aber auch Cora hat mir einiges angetan, vielleicht gehört das ebenfalls zum Spiel kleiner Mädchen.

Nach Bélas Entführung und Befreiung hatten wir das Bedürfnis, sofort nach Florenz zu fahren, aber wir wollten warten, bis Mario aus dem Krankenhaus entlassen wurde. Im Hotel wurden wir nach Strich und Faden verwöhnt; die Menschen im Lande der Mafia erwiesen sich als herzlich und mitfühlend und taten alles, um uns den erlebten Schrecken vergessen zu lassen. Wir saßen oft in der Sonne, fuhren mit dem Cadillac ins Ospedale und mit dem Kinderkarren ins Teatro Greco. Wir kratzten, wie viele andere Touristen, unsere Namen in die Agavenblätter, obgleich auf einer Tafel geschrieben stand: VIETATO SCRIVERE SULLE PIANTE. Mitten auf dem Corso spielte ein Russe Akkordeon, und eine ältere Frau sang dazu ›Schwarze Augen‹ und ›Kalinka‹; wir gehörten zu ihren Bewunderern, und Béla durfte Geld in die Russenmütze werfen.

Wenn wir im Hotelzimmer saßen, drehten wir das Fernsehen an; Emilia liebte die Sendung ›Club della lirica‹ in RAI TRE, in der dickliche Männer Donizetti sangen.

Das Autofahren in Taorminas engen Gassen war eine besondere Kunst, an der selbst Cora keinen Gefallen

fand. Die Parkplätze wurden rücksichtslos zugestellt, und oft genug konnten wir unseren breiten Wagen nicht benutzen, weil er eingekeilt war.

Nach vier Tagen kam Mario aus dem Krankenhaus, mußte aber bis auf weiteres seinen kranken Arm schonen; an Autofahren war nicht zu denken.

Cora hatte sich eine Grippe zugezogen. »Ich will heim, ich muß endlich wieder malen«, sagte sie, »das Nichtstun bekommt mir nicht.«

»Na, was gibt es diesmal für eine Serie?« fragte ich halb scherzhaft, halb ängstlich.

»Wie wäre es mit Variationen über ›Die nackte Maja‹«, sagte sie ernsthaft, »klassische Zitate in modernen Bildern reizen mich, wie du weißt. Und die Judith-Serie ist abgeschlossen.«

Wir entschieden, daß Mario mit meinem Ticket flog, gemeinsam mit der fiebrigen Cora. Ich sollte mit Emilia den Wagen heimbringen. Was blieb mir anderes übrig? Die Autoreisezüge fuhren nicht im Winter. Emilia riet mir: »Laß das Schätzchen mit Cora fliegen, die Autofahrt ist sehr anstrengend.«

Doch obwohl mir tatsächlich vor der langen Reise graute, wollte ich mein Kind auf keinen Fall auch nur einen Tag allein lassen. Ich brachte Mario und Cora zum Flugplatz. Zu meiner großen Verwunderung benahm sie sich wie eine Glucke. »Fahrt vorsichtig! Du bist nervös, seit deiner Bekanntschaft mit Dante! Nehmt auf keinen Fall einen Anhalter mit! Hier ist Geld, nein, es ist nicht zuviel. Mir ist es lieber, wenn ihr einmal mehr übernachtet und . . .«

Wir umarmten uns. Emilia und Mario hatten schon im Hotel liebevoll Abschied genommen, obgleich wir uns alle in wenigen Tagen wiedersehen würden.

Am nächsten Tag starteten wir, um die Fähre von Messina nach Reggio di Calabria zu nehmen. Ich fuhr, Emilia saß mit Béla und Pippo hinten. Zwar besaß sie nun den Führerschein und war keine unbegabte Anfängerin, aber sie ermüdete rasch und konnte nie länger als eine halbe Stunde am Steuer sitzen. Um fünf wurde es dunkel, länger wollten wir nicht fahren. In einem nicht allzu feinen Hotel machten wir halt, nahmen uns ein Doppelzimmer und gingen essen. Abends legten wir uns früh zu Bett, denn wir hatten nicht vor, auszugehen und Béla in Pippos Obhut zu lassen.

»Ach Emilia, wahrscheinlich entwickle ich mich zur überbesorgten Mutter... Das ist sicher nicht richtig!«

»Nach so einem Schock ist es normal«, tröstete mich Emilia, »uns allen sitzt der Schrecken in den Gliedern.«

In jener Nacht schlug man ein Seitenfenster des Cadillacs ein. Viel wurde nicht gestohlen, denn wir hatten die Koffer mit ins Zimmer genommen. Eine Wolldecke fehlte, mein kleiner Fotoapparat und Emilias geflochtene Einkaufstasche mit Lebensmitteln. In der Werkstatt sagte man, daß ein passendes Seitenfenster für den amerikanischen Wagen aus Rom bestellt werden müsse. »Und wie lange dauert das?« fragte ich.

»Man wird sehen, höchstens drei Tage.«

Ich rief Cora an. »Was sollen wir machen? Drei Tage warten oder den Wagen hierlassen und mit der Bahn fahren? Ich müßte dann noch einmal herkommen und das Auto abholen.«

»Wenn es nicht allzu mies und triste in eurem Hotel ist, dann bleibt die drei Tage dort«, sagte sie, »ohne Fenster könnt ihr bei diesem Wetter nicht fahren. Übrigens hat Jonas angerufen – ich habe ihm dummerweise von Bélas Entführung erzählt. Leider hat er sich schrecklich aufgeregt, ich sage dir das zur Warnung!«

»Ach Cora, das hättest du nicht tun sollen ...«

»Ja, ich weiß, aber nun ist es passiert. Also bleibt im Hotel und langweilt euch; ich bin sehr beschäftigt, habe gerade ein neues Bild begonnen. Übrigens hat Mario die Terrasse vorzüglich hingekriegt; sag' mir keiner, Don läge unter einem freudlosen Pflaster! Ich bin ganz entzückt, im Frühling werden wir diesen Platz richtig zu schätzen wissen.«

Emilia riß mir den Hörer weg. »Ist Mario bei dir?«

»Nein, ich habe am Flugplatz ein Taxi genommen und ihn vor seinem Haus abgesetzt. Im Augenblick darf er nicht arbeiten, er soll sich schonen. Braucht ihr Geld für die Autoreparatur?«

Am nächsten Tag – wir langweilten uns wirklich sehr in unserem häßlichen Zimmer, draußen regnete es – überbrachte uns der Werkstattchef die Hiobsbotschaft, daß die bestellte Fensterscheibe erst in einer Woche zu erwarten sei, denn sie sei auch in Rom nicht vorrätig. Ich war wütend. Man könne die Scheibe auch provisorisch verschließen, sagte der Mann, es sei ja zum Glück nur das Seitenfenster. Ich willigte ein, und wir bekamen eine Plastikplane vor das Fenster geklebt, die Regen und Wind abhielt. Ich verzichtete auf die Reparatur und wollte den Schaden erst in Florenz beheben lassen.

Wieder rief ich Cora an, aber sie meldete sich nicht.

Ich mochte kein zweites Mal übernachten, im Grunde war ich Hotelzimmer seit der Entführungsnacht gründlich leid. Zwar war es eine weite Strecke bis nach Hause, aber ich wollte im eigenen Bett schlafen und nicht noch einmal ein eingeschlagenes Fenster oder gar ein geraubtes Kind beklagen.

Tief in der Nacht kamen wir in Florenz an. Ich war übermüdet und gleichzeitig überdreht. Emilia hatte ein schlechtes Gewissen, weil sie mich kaum entlastet hatte. »Geh nur schlafen«, bot sie mir an, »ich bringe Béla ins Bett und hole das Gepäck, du brauchst dich um nichts mehr zu kümmern.«

Ich nahm ihr Angebot an.

Im Haus war es dunkel, Cora schlief bestimmt. Ich zog mich aus, putzte mir die Zähne und öffnete mein Schlafzimmerfenster. Plötzlich hatte ich das dringende Bedürfnis, Cora schnell zu sagen, daß wir wohlbehalten zurück waren. Sie würde beruhigt wieder einschlafen.

Leise schlich ich in ihr Zimmer und knipste das Licht an. Sie schlief fest, die roten Haare ringelten sich über das Kopfkissen; ich war gerührt und wollte sie nun doch nicht wecken.

Gerade als ich die Lampe ausschalten wollte, entdeckte ich neben ihr einen dunklen Schopf. Don! Ich fuhr mir über die Augen, um das Trugbild zu vertreiben, und spähte noch einmal hinüber – Ruggero?

Das Licht weckte Cora. Sie setzte sich auf, lächelte verschlafen und gleichzeitig hinterlistig. Beim Hochrecken

rutschte die gemeinsame Decke von ihrem Beischläfer, und ich erkannte den fest schlafenden Jonas.

Cora rieb sich die Augen. »Seid ihr schon da?« fragte sie dümmlich. Ich blieb wie eine Marmorstatue stehen. »Ach so«, sagte sie grinsend, »du siehst, was man alles aus pädagogischen Gründen macht...«

Ich knallte die Tür zu, lief in die Küche, warf mich auf einen Stuhl und heulte los. Emilia füllte trotz später Stunde die Waschmaschine, sie mochte es nicht, wenn sich allzuviel Wäsche ansammelte. »Kindchen, was ist los? Es war alles zu viel für dich«, sagte sie und strich mir übers Haar.

»Jonas liegt mit Cora im Bett«, schluchzte ich.

Emilia ließ Bélas Jeans fallen. »Was ist?«

»Du hast schon richtig gehört!«

Sie setzte sich zu mir. »Cora ist ein böses Mädchen«, sagte sie.

Ich weinte weiter. »Hast du noch zwei Giftpillen?« fragte ich.

»Klar, mehr als zwei«, sagte sie freundlich.

Ich öffnete den Kühlschrank und entdeckte frisch geschlachtete Blut- und Leberwurst, die Jonas phantasielos bei seinen Besuchen als Dauermitbringsel mit sich führte; weil Weihnachtszeit war, auch ein großes Glas Gänseschmalz.

»Geh sofort nach oben«, herrschte ich Emilia an, »und bring mir zwei Kapseln! Ich werde dem Pärchen Leberwurstschnitten zum Frühstück servieren, die es in sich haben.«

»Gewiß doch, mein Schätzchen, ich hole gleich vier, dann kannst du auch Mario und mich versorgen.«

Ich sah sie wütend an. »Ich mache keine Witze. Mario und dich liebe ich, für euch brauche ich kein Gift.«

»Du liebst auch Cora und Jonas«, sagte sie, »sonst würdest du dich nicht so aufregen. Man kann nicht jeden umbringen, den man liebt.«

Ich heulte.

Emilia streichelte mir wohltuend den Rücken. »Komm, geh zu Bett. Du bist übermüdet. Morgen sieht alles anders aus. Warum ist Jonas eigentlich gekommen?«

»Ich weiß nicht, kann es mir aber denken: Cora hat ihm am Telefon von Dante erzählt. Wahrscheinlich will er mich und das Kind wieder heimholen.«

Emilia ging schlafen, und ich blieb gegen ihren Rat in der Küche sitzen. Wütend schmierte ich mir Leberwurst auf eine Scheibe Schwarzwälder Bauernbrot, das Emilia verachtete. Beim Anblick des Küchenmessers kamen mir finstere Gedanken. Falsche Freundinnen und untreue Ehemänner sollte man abstechen. Ich hatte ihr das Stehlen beigebracht, und sie stahl mir meinen Mann! Ich rammte das Messer in den Holztisch.

Dann kam mir der schreckliche Verdacht, Jonas könnte morgen früh mit meinem Sohn einfach verschwinden. Mit dem Messer in der Faust begab ich mich auf die Straße. Wieso hatte ich beim Heimkommen Jonas' Wagen einfach übersehen, wo er direkt vorm Nachbarhaus parkte? Ich stieß das Messer in den rechten Hinterreifen. Es tat gut. Ich wiederholte die Bluttat immer wieder. Die drei anderen Räder ließ ich leben. Jetzt konnte Jonas nur nach einem Reifenwechsel wegfahren und sich nicht blitzschnell davonstehlen.

Nach der Messerstecherei ging ich ins Bett, aber an Schlaf war nicht zu denken. Ich versuchte mir klarzumachen, daß ich Jonas auch betrogen hatte, daß ich ihn als Ehemann nicht mehr wollte, daß ich ihm nach diesem Vorfall seine Selbstgerechtigkeit vorwerfen konnte und wir quitt waren. Hätte er mit allen Mädchen seines Dorfes geschlafen, es hätte mich kalt gelassen, aber mit meiner besten Freundin erschien es mir unverzeihlich. Auch auf Cora hatte ich eine teuflische Wut. Sie konnte jeden Mann haben, warum mußte es gerade Jonas sein, den sie nicht liebte? Warum wollte sie ihn derart demütigen? Es war klar, daß er sich in Grund und Boden schämen mußte, wenn er seinen Prinzipien untreu wurde. Oder befürchtete Cora, daß ich nach dem Schock der sizilianischen Entführung zu Jonas nach Deutschland zurückkehren würde? Ich hatte in meiner Angst mehrmals solche Gedanken geäußert. Es war möglich, daß sie diese Pläne boykottieren wollte, ehe ich erneut darüber nachdachte.

Immer blutigere Bilder tauchten vor mir auf: Cora und Jonas lagen neben Don unter dem edlen Pflaster, von Mario umsichtig beerdigt. Ich fühlte mich erniedrigt, verraten, betrogen. Ich mußte mich rächen. War die Todesstrafe angebracht oder lebenslänglicher Kerker?

Plötzlich kam mir eine neue Version in den Sinn: Ich konnte mich morgen früh zu den beiden ins Bett legen, entweder im durchsichtigen Hemd oder besser noch als nackte Maja. »Liebe Cora, du wolltest mich à la Goya malen! Lieber Jonas, hier bin ich, deine erwartungsvolle Frau...«

Mein frommer Mann würde sterben vor Scham, Cora würde lachen.

Einen Eimer eiskaltes Wasser wollte ich auf die Schlafenden schütten, Coras Bilder mit Säure zerstören, den ausgegrabenen Don zu ihnen ins Bett legen. Statt eisigem Wasser wäre auch Benzin denkbar – ein Funke, und diese Hexe würde mitsamt dem Heuchler und der rosa Villa zur Hölle fahren. Oder sollte ich heute nacht davonfahren, mit meinem Kind nach Deutschland fliehen, und das ehebrecherische Paar seinem Glück überlassen? Sollte ich einen Abschiedsbrief hinterlassen, der die beiden depressiv werden ließ? Man nannte mich früher die Elefantin, weil ich dazu neigte, meine Feinde niederzutrampeln. Am meisten hatte ich unter meinen Blutsverwandten gelitten, aber nur Cora hatte es vermocht, mich derart in Weißglut zu bringen wie in jener Nacht.

Ob sie in meiner Abwesenheit gemalt hatte oder sich seit zwei Tagen mit Jonas im Bett herumwälzte? Ich verließ mein zerwühltes Lager und schlich ins Atelier. Zu meiner Verwunderung stand dort ein Christbäumchen (Schwarzwälder Tanne) mit Strohsternen, roten Äpfeln und Honigkerzen geschmückt. Alles Natur, kein Lametta, keine elektrischen Plastiksterne wie auf Sizilien; Jonas mochte es schlicht und besinnlich. Diesen Bonsai hatte er wohl für Béla mitgebracht. Ich streifte meinen Ehering ab und hängte ihn an den grünen Baum.

Skizzen lagen auf dem Boden. Cora hatte Jonas mit Ambiente gemalt: neben ihm Tännchen und deutsche Leberwurst. Sein Gesichtsausdruck war auf allen drei Blättern in gemeiner Weise karikiert: hübsch und einfältig, fleißig und langsam, fromm und lüstern. Cora war hochbegabt.

Die gemalte Leberwurst machte mir erneut Appetit,

obgleich sie immer zu viel Majoran enthielt. Ich geisterte durch das Haus und stopfte mir in der Küche ein weiteres Brot in den Mund. Dieses fette Zeug läßt die Pickel sprießen, dachte ich resigniert, denn ausnahmsweise sah meine Haut nach dem Streß mit Dante sehr lädiert aus. Im Badezimmer konnte ich mich vergewissern, daß ich rote Flecken im Gesicht, verquollene Augen und strähnige Haare hatte. Ich griff nach Coras Nachtcreme »für die empfindliche Haut«, teuerster japanischer Luxus. Zornig klatschte ich mir das Produkt auf die Wangen, goß eine halbe Flasche ihres Lieblingsparfums über mein verschwitztes Nachthemd und leerte den gesamten Cremetopf auf den Jugendstilkacheln aus. Dann kam mir noch Perfideres in den Sinn – ich holte das Gänsefett und füllte Tag- und Nachtcreme-Dosen mit zwiebeligem Schmalz. Es roch verräterisch, also verspritzte ich ihr Parfum im Bad, bis die Flasche leer war. Als das Badezimmer – ein Traum, hatte Cora einmal gesagt – einem Saustall glich, fühlte ich mich besser.

Ich schwor mir, in Zukunft nicht mehr in finanzieller Abhängigkeit von Cora zu leben. Mit meiner Hände Arbeit wollte ich Geld verdienen, wobei ich noch nicht einmal an Stehlen dachte. Als Fremdenführerin würde ich zwar nicht reich, aber für eigene Hautcreme konnte es reichen.

Erst gegen Morgen schlief ich ein, von gräßlichen Träumen geplagt, die von fetter Leberwurst, schweren Düften und traumatischen Erlebnissen immer neu angeregt wurden. Zu diesen Träumen paßte ein gellender Schrei, der mich aus dem Bett riß und im Halbschlaf losrasen ließ. Béla! sagte mein Mutterinstinkt.

Der Schrei kam aus dem Bad. Ich war in Rekordzeit dort, schneller als in der Schule beim Hundertmeterlauf. Mit gewaltigem Schwung schlug ich neben Cora auf die gecremten Fliesen, die einer Eisbahn glichen, und schrie nun meinerseits vor Schmerz und Entsetzen.

Emilia mit Béla auf dem Arm und Jonas in der Unterhose versammelten sich und verstanden nichts. Wir wurden ins Krankenhaus gefahren, nachdem wir bereits im Badezimmer von einem Sanitäter schmerzstillende Spritzen verabreicht bekommen hatten. Nach dem Röntgen stellte man fest, daß Cora ein Bein und ich einen Arm gebrochen hatten.

Im Krankenzimmer lagen wir Bett an Bett und stöhnten uns an. Emilia besuchte uns täglich. Jonas nahm Béla zu sich nach Hause, damit seine Mutter endlich ihr Enkelkind kennenlernen konnte. Er versprach unter Tränen, daß er Béla in vierzehn Tagen zurückbrächte. Außerdem verlangte ich meine seladongrüne Schale, und auch diese wollte er beschaffen.

»Heute muß ich euch etwas sagen«, teilte uns Emilia bei einem Besuch mit, »wenn ihr demnächst gesund seid, werde ich euch verlassen.«

»Wie meinst du das?« fragten wir wie aus einem Munde.

»Ich werde mit Mario zusammenziehen.«

Wir waren verblüfft. »Emilia, du möchtest heiraten! Herzlichen Glückwunsch!«

»Kinder, ihr seid aber altmodisch, man muß nicht gleich heiraten, um zusammenzuleben!«

Da hat sie allerdings recht, dachte ich.

Cora fragte: »Hätte Mario Lust, in unsere rosa Villa zu ziehen?«

Emilia bezweifelte das. »Ich glaube nicht, daß er mit drei Frauen unter einem Dach leben will...«

»Du vergißt Béla und Pippo«, sagte ich. Emilia bat um Bedenkzeit.

Als sie weg war, malte ich ein Herz auf Coras Gipsbein und schrieb ein wenig plump mit der linken Hand: MARIO + EMILIA ins Zentrum.

Cora zeichnete einen zierlichen Amor daneben.

Am nächsten Tag erfuhren wir Emilias Bedingungen. »Die Mansarde soll ausgebaut und vergrößert werden. Außerdem müßt ihr mir versprechen, daß ihr nie mehr mit ein und demselben Mann...« Sie errötete.

Wir lachten und versprachen es. Es war ehrlich gemeint.

Perlmutt

Cora und ich haben schon vielen Menschen die Frage nach der Lieblingsfarbe gestellt. Inzwischen wissen wir, daß Männer solchen Gesprächen im allgemeinen aus dem Wege gehen und uns für dumme kleine Mädchen halten; Jonas ist ein gutes Beispiel dafür. Auch Friedrich will sich nicht auf eine Farbe festlegen und meint, er hätte wichtigere Dinge im Kopf. Von Coras Mutter weiß ich schon lange, daß sie Persischrosa bevorzugt, der Professor sagte zu meinem Schrecken: »Seladongrün«. Mario deutete auf seine braune Hose, eine erdige, phantasielose Farbe. Cora schwankt zwischen Eisvogelblau und Smaragd. Emilia liebt ein warmes Rot, das sie als »mütterliche« Farbe empfindet. Meine eigene Lieblingsfarbe ist Perlmutt. Emilia ist damit nicht einverstanden: »Das gilt nicht«, sagt sie, »das ist keine Farbe.«

Doch, versichere ich, alle Farben sind in Perlmutt enthalten, die ganze Skala des Regenbogens. Ich besitze Perlmuscheln und Seeschnecken, deren Innenschicht mit geheimnisvollem Schmelz überzogen ist, irisierend in allen Farben, silbrig-rosa wie Falterflügel oder Gewitterwolken. Meine liebste Muschel habe ich nicht am Strand gefunden, sondern in einem Souvenirlädchen. Sie stammt nicht aus dem Mittelmeer, sondern aus der Südsee. Manchmal meditiere ich vor dieser Muschel, denn sie erscheint mir als Inbegriff aller Lebensrätsel. Die Liebesgöttin Venus wird

von vielen Malern mit Perlen geschmückt, weil sie aus einer Meermuschel entstanden ist. Auch das menschliche Ohr gleicht einer Muschel und wäre schöner, wenn es die Natur ebenfalls mit perlmutternem Glanz ausgekleidet hätte. Die Muslime verzieren die Grabsäulen der Männer mit Turbanen, die der Frauen mit Muscheln.

Cora lacht spöttisch, wenn sie vor meiner Sammlung steht.

Mario hat mir ein Regal gebaut. Aus irgendwelchen dunklen Kanälen brachte er mir 12 Miniatursäulen, die ziemlich sicher von der Balustrade einer herrschaftlichen Villa stammen. Ruggero, der sich inzwischen immer wieder sehen läßt, um Cora seine neueste Freundin vorzuführen, hat mir Glasplatten zugeschnitten, die auf den flach abschließenden Marmorsäulen sicher ruhen. Diese Vitrine nimmt alle meine Schätze auf, gestohlene und gefundene, gesammelte und gekaufte.

Wenn ich meine Lieblingsmuschel betrachte, bin ich glücklich, daß ich mich nicht für eine bestimmte Farbe entschieden, sondern die ganze Palette gewählt habe. Diese Vielfalt kommt mir wie ein Symbol für die Reichhaltigkeit des Lebens vor. Wie kann ein Maler auf solche Fülle verzichten und sich auf Schwarz-Weiß-Rot beschränken!

Zuweilen bin ich voller Mitleid mit Vaters eingeengtem Leben, seiner Unfähigkeit, die eigene Begabung zu entfalten. Ich habe meine Lieblingsmuschel zu Hennings Grab mitgenommen, wo in einem Eckchen die Urne meines Vaters bestattet ist. Nun liegt die Muschel statt eines Steines neben weißen Plastiklilien, die Emilia aus Gründen der Schicklichkeit hier deponiert hat. Béla will die Muschel

natürlich wegnehmen. Ich ertappe mich dabei, daß ich sage: »Nein, sie gehört dem Opa!«

»Opa?« fragt mein Kind.

Ich gebe ihm einen Kuß, und wir treten den Heimweg an. Wir kommen stets an einem Garten mit einer alten Weide vorbei. Ihre hellgrünen Zweige hängen über die Mauer, und ich versuche so zu laufen, daß mir ein zarter junger Trieb sanft über den Kopf wischt. Wenn ich die richtige Stelle zwischen Mauer und Bürgersteig verpaßt habe, kehre ich um und versuche es zum zweitenmal (allerdings nur, wenn mich niemand beobachtet). Ich bilde mir ein, Vater, Mutter oder Carlo würden mir übers Haar streichen, was sie leider niemals getan haben.

Der Weg nach Hause ist nicht weit, aber ich habe dennoch einen sehr langen Marsch vor mir. Das Ziel ist schwer zu erreichen, aber nicht unbekannt: Ich möchte meinen toten Eltern verzeihen.

Bitte beachten Sie auch
die folgenden Seiten

Ingrid Noll
im Diogenes Verlag

Der Hahn ist tot
Roman

Mit zweiundfünfzig Jahren trifft sie die Liebe wie ein Hexenschuß. Diese letzte Chance muß wahrgenommen werden, Hindernisse müssen beiseite geräumt werden. Sie entwickelt eine bittere Tatkraft: Rosemarie Hirte, Versicherungsangestellte, geht buchstäblich über Leichen, um den Mann ihrer Träume zu erbeuten.

»Die Geschichte mit dem überraschenden Schluß ist eine Mordsgaudi. Ein Krimi-Spaß speziell für Frauen. Ingrid Noll hat das mit einem verschwörerischen Augenblinzeln hingekriegt. Wenn die Autorin so munter weitermordet, wird es ein Vergnügen sein, auch ihr nächstes Buch zu lesen.«
Martina I. Kischke/Frankfurter Rundschau

»Ein beachtlicher Krimi-Erstling: absolut realistisch erzählt und doch voll von schwarzem Humor. Der Grat zwischen Karikatur und Tragik ist haarscharf gehalten, die Sache stimmt und die Charaktere auch. Gutes Debüt!« *Ellen Pomikalko/Brigitte, Hamburg*

»Wenn Frauen zu sehr lieben... ein Psychokrimi voll trockenem Humor. Spielte er nicht in Mannheim, könnte man ihn für ein Werk von Patricia Highsmith halten.« *Für Sie, Hamburg*

Die Häupter meiner Lieben
Roman

Maja und Cora, Freundinnen seit sie sechzehn sind, lassen sich von den Männern so schnell nicht an Draufgängertum überbieten. Kavalierinnendelikte und böse Mädchenstreiche sind ebenso von der Partie

wie Mord und Totschlag. Wehe denen, die ihrem Glück in der Toskana im Wege stehen! *Die Häupter meiner Lieben* ist ein rasanter Roman, in dem die Heldinnen ihre Familienprobleme auf eigenwillige Weise lösen.

»Eine munter geschriebene Geschichte voll schwarzen Humors, richtig süffig zu lesen. Ingrid Noll kann erzählen und versteht es zu unterhalten, was man von deutschen Autoren bekanntlich nicht oft sagen kann.«
Frankfurter Allgemeine Zeitung

»Ein herzerquicklich unmoralischer Lesestoff für schwarze Stunden.« *Der Standard, Wien*

»Spätestens seit im Kino *Thelma & Louise* Machos verschreckt haben, floriert überall der biestige Charme gewissenloser Frauenzimmer. Ihre Waffen: flinke Finger, Tränen, Zyankali.« *stern, Hamburg*

»So schamlos amoralisch, charmant und witzig wurden Männer bisher nicht unter den Boden gebracht.«
SonntagsZeitung, Zürich

Die Apothekerin
Roman

Hella Moormann, von Beruf Apothekerin, leidet unter ihrem Retter- und Muttertrieb, der daran schuld ist, daß sie immer wieder an die falschen Männer gerät – und in die abenteuerlichsten Situationen: Eine Erbschaft, die es in sich hat, Rauschgift, ein gefährliches künstliches Gebiß, ein leichtlebiger Student und ein Kind von mehreren Vätern sind mit von der Partie. Und nicht zu vergessen Rosemarie Hirte in der Rolle einer unberechenbaren Beichtmutter...

»Das kommt in den besten Familien vor: Wieder scheint dies die Quintessenz der Geschichte. Mord und Totschlag passieren bei Ingrid Noll ganz beiläufig, schein-

bar naturnotwendig. Das macht ihre Bücher ebenso amüsant wie hintergründig.« *Darmstädter Echo*

»Ingrid Noll ist Deutschlands erfolgreichste Krimi-Autorin.« *Der Spiegel, Hamburg*

»Weit mehr als für Leichen interessiert sich die Autorin für die psychologischen Verstrickungen ihrer Figuren, für die Motive und Zwangsmechanismen, die zu den Dramen des Alltags führen.« *Mannheimer Morgen*

»Die Unverfrorenheit, mit der sie ihre Mörderinnen als verfolgte Unschuld hinstellt, ist grandios.« *Der Standard, Wien*

»Eine fesselnd formulierende, mit viel schwarzem Humor ausgestattete Neurosen-Spezialistin in Patricia-Highsmith-Format.« *M. Vanhoefer/Münchner Merkur*

Der Schweinepascha

in 15 Bildern, illustriert von der Autorin

Die Ottomane, der Diwan,
die Pfeife und das Marzipan,
der Seidenkaftan und sein Fez,
fast stündlich frisch der Mokka stets,

zu später Stund ein Nabeltanz
mit rosa Tüll am Schweineschwanz –
verloren ist sein Paradies,
das früher einmal Harem hieß.

Der Schweinepascha hat es schwer... Sieben Frauen hatte er, doch die sind ihm alle davongelaufen – bis auf die letzte: die macht ihn zum Vater von sieben Schweinekindern.

Kalt ist der Abendhauch

Roman

Charlotte, eine lebenskluge Frau mit Charme und Witz, erwartet Besuch: Hugo, ihren Schwager, für den sie zeit ihres Lebens eine Schwäche hatte. Sollten sie doch noch einen romantischen Lebensabend miteinander verbringen können? Wird, was lange währt, endlich gut?

Von der Onkelehe über die Angst, ein altes Mädchen zu werden, bis hin zu einem Spätheimkehrer, der buchstäblich zu spät heimkehrt: Ingrid Nolls Heldin erzählt anrührend und tragikomisch zugleich von einer weitverzweigten Familie, die es in sich hat. Nicht zufällig ist Cora, die ihren Liebhaber einst in der Toskana unter den Terrazzofliesen verschwinden ließ, Charlottes Enkelin...

»Sie ist voller Lebensklugheit, Menschenkenntnis und verarbeiteter Erfahrung.«
Georg Hensel / Frankfurter Allgemeine Zeitung

»Eigenwilliger wurden Familienprobleme wohl noch nie gelöst.« *Newmag, München*

Donna Leon
im Diogenes Verlag

Venezianisches Finale
Commissario Brunettis erster Fall
Roman. Aus dem Amerikanischen von
Monika Elwenspoek

Skandal in Venedigs Opernhaus ›La Fenice‹: In der
Pause vor dem letzten Akt der ›Traviata‹ wird der
deutsche Stardirigent Helmut Wellauer tot aufgefun-
den. In seiner Garderobe riecht es unverkennbar nach
Bittermandel – Zyankali. Ein großer Verlust für die
Musikwelt und ein heikler Fall für Commissario
Guido Brunetti. Dessen Ermittlungen bringen Dinge
an den Tag, wonach einige Leute allen Grund gehabt
hätten, den Maestro unter die Erde zu bringen. Der
Commissario entdeckt nach und nach einen wahren
Teufelskreis aus Ressentiments, Verworfenheit und
Rache. Sein Empfinden für Recht und Unrecht wird
auf eine harte Probe gestellt.

»Mit ihrem ersten, preisgekrönten Kriminalroman
Venezianisches Finale weckt die aus New Jersey kom-
mende Wahlitalienerin Donna Leon großen Appetit
nach mehr aus ihrer Feder. Die Verfasserin krönt ihre
Detailkenntnisse und ihre geistreichen Italien-Ein-
blicke wie en passant mit dem Gespür und der klugen
Lakonie amerikanischer Crime-Ladies.«
Wiesbadener Tagblatt

Endstation Venedig
Commissario Brunettis zweiter Fall
Roman. Deutsch von Monika Elwenspoek

Ein neuer Fall für Commissario Brunetti: Die aufge-
dunsene Leiche eines kräftigen jungen Mannes
schwimmt in einem stinkenden Kanal in Venedig.
Und zum Himmel stinken auch die Machenschaften,

Doris Dörrie
im Diogenes Verlag

»Doris Dörrie ist als Erzählerin Spezialistin in diffizilen Angelegenheiten der kleinen Rache und gezielten Ohrfeigen zum Zwecke der Unterstützung des eigenen Selbstwertgefühles. Sie ist eine sehr gute Kurzgeschichten-Schreiberin mit der erforderlichen Prise Selbstironie und mit stilistischer Eleganz.«
Annemarie Stoltenberg/Die Zeit, Hamburg

»Es ist vollkommen gleichgültig, ob Sie Doris Dörrie in der Badewanne, im Intercity-Großraumwagen, im Lehnstuhl oder in der Straßenbahn lesen, nur: Lesen Sie sie!« *Deutschlandfunk, Köln*

*Liebe, Schmerz und
das ganze verdammte Zeug*
Vier Geschichten

»Was wollen Sie von mir?«
Erzählungen
Mit Fotos von Helge Weindler

Der Mann meiner Träume
Erzählung

Für immer und ewig
Eine Art Reigen

Love in Germany
Deutsche Paare im Gespräch mit Doris Dörrie
Unter Mitarbeit von Volker Wach. Mit 13 Fotos

Bin ich schön?
Erzählungen

Samsara
Erzählungen

die sich hinter diesem Tod verbergen: Mafia, amerikanisches Militär und der italienische Machtapparat sind gleichermaßen verwickelt. Ja gibt es Verbindungen zur Drogenszene? Einen Giftmüllskandal?

Eine harte Nuß für Brunetti, der sich nicht unterkriegen läßt: Venedig durchstreifend und seine Connections nutzend, ermittelt er ebenso sympathisch wie unkonventionell. Dank seiner Menschenkenntnis und seinem souveränen Umgang mit den Autoritäten bringt er gelassen und engagiert Licht in die dunklen Machenschaften. Drohen doch andernfalls eine junge Ärztin, eine sizilianische Mamma, ein unverbesserlicher Kleinbetrüger und unschuldige Kinder zu Opfern von Schlendrian und Gewinnsucht zu werden.

»Aus Brunetti könnte mit der Zeit ein Nachfolger für Simenons Maigret werden.« *Radio Bremen*

Venezianische Scharade
Commissario Brunettis dritter Fall
Roman. Deutsch von Monika Elwenspoek

Eigentlich wollte Brunetti ja mit seiner Familie in die Berge fahren, statt den brütendheißen August in Venedig zu verbringen. Doch dann wird beim Schlachthof vor Mestre die Leiche eines Mannes in Frauenkleidern gefunden. Ein Transvestit? Wird Streitigkeiten mit seinen Freiern gehabt haben – so die allgemeine Meinung, auch bei Teilen der Polizei. Brunetti, so rechtschaffen, wie man es in Italien eben noch sein kann, schaut genauer hin. Stammt der Tote überhaupt aus der Transvestitenszene? Der Commissario lernt bei seinen Ermittlungen in einem Milieu, das auch den meisten Lesern weniger bekannt sein dürfte und darum nur um so spannender ist, weniger schnell zu urteilen, als die ach so ehrenwerten Normalbürger es tun.

»Weitermachen, Guido Brunetti, und weiterschreiben, Donna Leon!« *NDR, Hamburg*